古典詩歌研究彙刊

第二五輯

龔鵬程　主編

第 4 冊

陸游田園詩研究（上）

何 映 涵 著

國家圖書館出版品預行編目資料

陸游田園詩研究（上）／何映涵 著 — 初版 — 新北市：花木
蘭文化事業有限公司，2019〔民 108〕
目 4+208 面；17×24 公分
（古典詩歌研究彙刊 第二五輯：第 4 冊）
ISBN 978-986-485-632-9（精裝）
1.（宋）陸游 2.田園詩 3.詩評
820.91　　　　　　　　　　　　　　　　108000646

ISBN-978-986-485-632-9

9 789864 856329

古典詩歌研究彙刊
第二五輯　第四冊　　　　　ISBN：978-986-485-632-9

陸游田園詩研究（上）

作　　　者　何映涵
主　　　編　龔鵬程
總 編 輯　杜潔祥
副總編輯　楊嘉樂
編　　　輯　許郁翎、王筑　美術編輯　陳逸婷
出　　　版　花木蘭文化事業有限公司
發 行 人　高小娟
聯絡地址　235 新北市中和區中安街七二號十三樓
　　　　　　電話：02-2923-1455／傳真：02-2923-1452
網　　　址　http://www.huamulan.tw 信箱 hml810518@gmail.com
印　　　刷　普羅文化出版廣告事業
初　　　版　2019 年 3 月
全書字數　486057 字
定　　　價　第二五輯共 6 冊（精裝）新台幣 10,000 元　版權所有‧請勿翻印

陸游田園詩研究(上)

何映涵 著

作者簡介

何映涵，台灣新北市人。2016 年畢業於臺大中文系，獲博士學位。現爲廣東中山大學中文系（珠海）副研究員。研究方向爲山水田園詩；唐宋詩文；清詩。已在《中國文學研究》（台灣）、《新宋學》（大陸）、《中國韻文學刊》（大陸）發表〈陸游晚年人生志趣新探〉、〈陸游詩中的生機之趣及其文化意蘊〉、〈論清初重臣張英對陸游的接受〉等論文。

提　　要

　　本文將陸詩置於東晉以降田園詩的演進脈絡下加以觀照，以掌握陸游對田園詩傳統的創變，並比較陸游、范成大與楊萬里之詩，最後探討陸詩對後代的影響。

　　本文先提出田園詩的定義，並探究東晉以降田園詩的發展，以爲論述陸詩的繼承創變提供參照。繼而研究陸詩的創作背景以作爲理解其詩的基礎。

　　第四至第七章探討陸詩在旨趣和語言藝術方面的承傳與開拓。第四章指出陸詩延續唐代以後抒寫「田園樂」的基調，並發展出「日常生活之悅」、「生機蓬勃之趣」、「人情淳古之慕」、「與民同樂之懷」等特色顯著的主題。本章還發現陸詩拓展了北宋詩「抒情寫景生活化」與「民生關懷普泛化」兩大特點。最後強調，擺脫田園詩旨在抒發自適之情的藩籬，流露儒者的仁愛胸襟，是陸詩最具特色的精神。

　　第五章論述陸詩藉「安於貧窮的志意」、「困頓失意的感觸」與「勤勉耕作的心聲」等新穎的主題，發揚了陶詩的詠懷傳統。並指出陸詩更富頑強的意志與關切社會的精神，因此仍展現濃厚的個性色彩。

　　第六、七章聚焦陸詩「巧妙整飭的語音安排」、「生動鮮明的字詞」、「聲義兼備的疊字」、「圓穩整煉的對偶」、「廣博熨貼的用典」、「顯著的敘事性與細膩的寫景」等特色，指出這些特點使陸詩呈現「工緻曉暢」的代表性語言風格。

　　最末章分析陸詩與范、楊田園詩的異同，並指出陸詩以自我生活細節入詩的作風和工緻曉暢的七律詩風對後代有深遠影響。

　　總而言之，陸游不僅對田園詩傳統有多方面的開拓，也在南宋三大家中獨樹一格，其影響之深遠更能與范成大相提並論。他在南宋田園詩史上實爲與范成大、楊萬里鼎足而立的重要作者。

目

次

下　冊

第一章　導　論

　　陸游（1125～1209）作爲南宋最重要詩人之一的文學史地位雖然
早已獲得承認，但其詩歌的成就其實尚未得到充分的認識。從清代開
始，陸游的近萬首詩作經常爲讀者分成兩大類。早在乾隆年間，《四
庫全書總目》「劍南詩稿提要」就認爲陸詩的內容風格包含以下兩種：
「感激豪宕，沈鬱深婉」，與「流連光景」。〔註1〕前者代表愛君憂國
的一面，後者多指描寫閒適生活的內容。陸詩的此種分類方式廣爲民
國以後的學者繼承，其中最具代表性的應爲錢鍾書（1910～1998）的
概括，他指出陸詩「一方面是悲憤激昂，要爲國家報仇雪恥，恢復喪
失的疆土，解放淪陷的人民；一方面是閒適細膩，咀嚼出日常生活的
深永的滋味，熨貼出當前景物的曲折的情狀。」〔註2〕

　　然而，民初以來的文學史與相關研究著作中，陸游幾乎始終以「愛
國詩人」的高大形象或刻板印象屹立眾人心中，「這種以政治信念爲
主要參照的批評和研究幾乎貫穿了整個 20 世紀，成爲時至今日陸游
研究不變的底色」。〔註3〕

〔註1〕清・紀昀編纂：《四庫全書總目》（臺北：藝文印書館，1989），「劍
　　　　南詩稿提要」，卷160，集部13，頁3178～3179。
〔註2〕氏著：《宋詩選注》（北京：生活、讀書、新知三聯書店，2003），頁
　　　　270。
〔註3〕張毅：《陸游詩歌傳播、閱讀研究》（上海：復旦大學出版社，2014），
　　　　頁2。又，這種解讀方式與十九世紀後半葉開始的中華民族危難與民
　　　　族主義思潮盛行密不可分。詳參前揭張毅氏著，頁103～148。

　　此現象的形成自有其歷史淵源與時代背景。文學史本非作家與作品史實的單純羅列,「爲了有效地概括那一時代的創作,會擬定一些創作的類型,並將創作歸置到類型框架中去把握,這樣才能使得浩瀚的創作有一種秩序感,並爲大量的遺漏找到一個辯解的理由,即已有它們的更優秀的代表被紀錄在案了。這一點對編寫文學史來說是不得不如此的,但對於那段眞實的文學歷史來說則有了偏差。」〔註4〕自晚清以來,由於民族主義思潮籠罩文藝學術領域,也因爲當時文學史寫作承擔了激發愛國情操、提升民族自信的任務,所以文學史教科書總是賦予陸游「愛國詩人」或「民族詩人」的頭銜。史家對陸詩的淵源追朔、風格概括、經典評述、詩作例證多由「愛國之忱」與「追蹤杜甫」的角度出發,格外注重視其中慷慨激昂、悲憤沉雄的一面。在各體詩歌的評價上,較爲豪邁奔放的七古頗受關注,甚至超過清人通常認爲是陸詩中成就最高的溫潤工緻的七律。梁啓超(1873～1929)〈讀陸放翁集〉詩裡「集中什九從軍樂,互古男兒一放翁」、「誰憐愛國千行淚,說到胡塵意不平」之類的感慨,越來越成爲文學史寫作的支撐性材料,幾乎被視爲一個不証自明的結論。〔註5〕

　　二十世紀八十年代以前,陸游研究總體來說即呈現此種格局。「忠君愛國」、尤其是其中的「收復中原」、「報國雪恥」情懷普遍被視爲陸詩「主流」,《劍南詩稿》其他作品的內涵,在許多時候只被視作反映陸游的「暫時性」逃避態度,其底層意蘊也往往被歸結到「排遣理想無由實現的苦悶」。〔註6〕更多時候,與恢復情懷似乎無涉的詩篇,

---

〔註4〕張榮翼、李松:《文學史哲學》(武漢:武漢大學出版社,2014),頁82。
〔註5〕梁啓超此處爲了抒發特定情懷而對事實有所誇大。「集中什九從軍樂」明顯是不符陸詩實情的。又,關於1930年開始出現的文學史介紹陸游的慣用角度及其產生原因,詳參前揭張毅氏著,頁153～166。
〔註6〕這方面胡雲翼的看法是有代表性的。氏著《宋詩研究》(上海:上海商務印書館,1930,頁147)云:「這種『作得閒人要十分』的骨子裡,便是『用世』的反動行爲。原來陸游實在是一個『空懷救國心』的志士,懷抱莫展,只得浪游嘯傲終身,而『故作閒人樣』了。」認爲陸游的山水田園、閒居遣興諸作不過是對壯志難酬的排遣。

只被視爲理解陸游現實生活境況的參考材料。它們的藝術特徵經常被一筆帶過，其新變所在、詩史意義更是略而不提。這種根深蒂固的盲點，無疑會妨礙對陸游整體文學成就理解的加深。高利華在廿一世紀初回顧道：

> 過去特別突出陸游的愛國詩章和認識價值，突出一面，無意之中就會忽略其餘。錢鍾書說陸游詩還有熨貼出日常生活滋味的一面，但這一面，一直沒有給予足夠的重視。論及陸游只強調了作爲愛國者的陸游，淡化了作爲一個詩人的陸游，以至於一個自稱『六十年間萬首詩』創作宏富多彩的詩人，給人的印象卻是面目單純、情趣索然的模式化人物。……除了這些詩（引者按：指愛國詩），陸游的集子裡尚有許多富有意味的作品，比如沈園情詩、酒詩醉歌、道家養生、詠物品題、山水記游、童稚情趣、田園節候、風土民俗、談詩論藝、游仙記夢、詠史懷古、酬唱贈答等等。陸游絕非有人指摘的只知一味叫囂的詩人，他的生活是五彩閒暇的，有很多文人士大夫的情趣。〔註7〕

這裡說的是大陸的研究現況。從總體來看，臺灣的陸游研究基本上也未脫離此種局面。其實，自南宋以降就不斷有讀者指出陸游詩包羅宏富、格局闊大的特點。〔註8〕這應也是他被譽爲宋詩大家的重要原因。

〔註7〕 氏著：〈陸游詩歌研究中的幾個問題〉，《浙江學刊》，2002 年第 4 期，頁 144。

〔註8〕 如南宋戴復古：「茶山衣缽放翁詩，南渡百年無此奇。入妙文章本平澹，等閒言語變瑰奇。三春花柳天裁剪，歷代興衰世轉移。李、杜、陳、黃題不盡，先生模寫一無遺」（〈讀放翁先生劍南詩草〉，《石屏詩集》，卷 5，頁 628，收入《文淵閣四庫全書》，臺北：臺灣商務印書館，1983）明代王世貞：「詩自正宗之外，如昔人所稱廣大教化主者，於長慶得一人，曰白樂天，於元豐得一人，曰蘇子瞻，於南渡後得一人，曰陸務觀。爲其情事景物之悉備也。」（《藝苑卮言》，卷4，頁 1188，收入丁福保編：《續歷代詩話》，臺北：藝文印書館，1983），清代田雯：「放翁意摹香山，取材甚廣，作愈更妍。」（《古歡堂雜著》，卷 2，頁 703，收入郭紹虞編選，富壽蓀校點：《清詩話續編》，上海：上海古籍出版社，1999）

但誠如高氏提及的，相較於愛國詩章，陸游詩的其他面向一直未受足夠重視。廿一世紀後陸游詩歌的探討雖已逐漸涉及其他題材，包括山水、紀夢、詠物等，但研究力度較愛國詩篇仍遠爲不足；對陸游其他詩歌類型是否有突破傳統、別具特色之處，也少有深入嚴謹的論述。

我們並無意否定古今論者對陸游愛國詩篇的推崇，也並不是質疑陸游這些詩篇中情感的眞誠。但我們認爲過度偏重陸游的「愛國詩」，並過於強調此類詩中恢復雪恥之類的情懷內涵，既容易將陸游對國家社稷的關懷理解得過於狹隘，〔註9〕更導致陸詩的總體創作成就難以被充分發掘和確認。在此現有的研究格局下，深入探討具有潛在價值的其他作品，對抉發陸游在詩歌傳統的地位、開拓陸詩的研究空間尤其顯得重要。我們以爲，以「田園詩」爲研究視角，有助於「確切理解陸詩成就」、「透視陸游多面的心靈世界」，因此是一個較富學術價值的論題。以下我們將依次說明此選題的兩種價值。

第一節　選題價值

一、確切理解陸詩特色所在

目前，研究陸游「愛國詩」以外詩歌、且同樣從內容切入的論著，其探討之面向主要有二：（一）從「內涵情調」的角度著眼。其中唯一出版的專著爲李建英的《陸游閒適詩研究》（北京：首都師範大學

〔註9〕 現今學者多因陸游「倡言恢復中原」而視其爲愛國詩人。如錢鍾書指出陸游與其他宋代愛國詩人相較，「不但寫愛國、憂國的情緒，並且聲明救國、衛國的膽量和決心」，「愛國情緒飽和在陸游的整個生命裡，洋溢在他的全部作品裡；他看到一幅畫馬，碰見幾朵鮮花，聽了一聲雁唳，喝幾杯酒，寫幾行草書，都會惹起報國仇、雪國恥的心事，血液沸騰起來，而且這股熱潮衝擊了他的白天清醒生活的邊界，還氾濫到他的夢境裡去。」《宋詩選注》（北京：生活·讀書·新知三聯書店，2003），頁271～272。但這種一味強調復仇雪恥之心無時不有、無所不在的論點，是否將陸游對國事的關懷理解得過於僵化，似乎尚未得到深刻的反省。

出版社，2012）。（二）從「題材」的角度著眼，從中辨認出諸如山水、民俗、養生、記夢等類型，再針對其中一種展開研究。如諸多期刊論文、專書論文與碩士論文。〔註10〕我們以為，就凸顯陸詩新變與成就的方面而論，後一種的可操作性是比較高的。以下，我們藉由討論《陸游閒適詩研究》一書取材與寫作方式的得失論證此點。

　　李著的研究對象基本上是《劍南詩稿》中體現閒適情懷的詩歌。此書細膩地梳理了陸游的各種生活情趣及其表現題材，但對於陸詩內涵、藝術手法與創作個性、詩史地位等問題，則有論述不夠充分之憾。〔註11〕這與陸游閒適詩的特點有密切關係。

　　要在一本專著裡對陸游閒適詩的「創新」或「特色」作較全面且深入的研究，是存在一定難度的。這首先是因為研究對象範圍近於模糊，且過於龐大。「閒適詩」以所表現的詩人情趣界定，由於閒適情趣可以藉由日常生活諸方面內容或各種細節抒發，因此閒適詩一般有較強的瑣屑化傾向。再加上陸詩（尤其到晚年）還有隨手取材，即目成詠的特點。於是，《劍南詩稿》中可以歸入「閒適詩」的詩，邊界泿漫無際，就題材而言即包含山水詩、田園詩、詠物詩、寫日常生活瑣事的詩等等，數量極為巨大。〔註12〕在一本專著中，既要將分散於諸多類型詩歌的閒適精神抽繹出來，加以歸納；又要能深入陸游閒適主題這個焦點；並且對其藝術技巧作詳實分析，其難度可想而知。因此，此書對陸詩內涵只能作面面俱到、但多半停留題材歸納層次的泛泛之論，對於其藝術手法的討論，更是點到即止。

〔註10〕詳參本章第二節。

〔註11〕包括對陸游閒適詩中的「山水田園之趣」與「日常生活情趣」（包含文人雅趣、生活閒趣、人情樂趣）的梳理與分析。

〔註12〕李建英即指出：「陸游的詩歌，表現歸隱躬耕的閒情逸致的，田園詩、山水詩中表現閒適情調的，表現日常起居生活和文人閒適生活的，以及表現親情與家鄉父老之情的詩歌，即凡是在心境比較輕鬆自然、閒適安逸的狀態創作的詩歌，都應歸在閒適詩之列。」因此，據他「粗略統計，陸游的閒適詩一共有 6683 首」。氏著：《陸游閒適詩研究》（北京：首都師範大學出版社，2012），頁 16。

　　此書面臨的另一棘手狀況是，它如果要論證陸詩的特色，就必須面對數量龐大到難以揀擇的前代同類詩歌的作者。此書作者指出：「為更好地分析陸游閒適詩繼承發展的情況，便於與前人比較，本書在結構上仍將閒適詩按題材做了分類論述，這樣做是想從每一類題材的詩歌分析比較中清晰地看到陸游在該方面對前人的學習和自己的創新之處，綜合起來就能看到陸游閒適詩的獨特之處，從而達到本書研究的目的。」〔註13〕雖然如此，但此書涉及此面向者，僅有兩節、共十餘頁篇幅，一節是與白居易的日常生活詩比較，另一節則討論陸游閒適詩「對前人山水田園詩的繼承與新變」，包括「畫境與意境──陸游與王維山水田園詩的比較」以及「筆觸與語言──陸游與杜甫草堂山水田園詩的比較」。這不免引起讀者以下困惑：陸游「閒適詩」的精髓──閒適精神的特點，或「繼承發展的情況」，是否能藉由「按題材做分類論述」的方式切實掌握？又，陸游高達近六千七百首、包羅各種體裁與題材、擁有複雜詩史源流的閒適詩，在意境與語言藝術只與王維、杜甫、白居易相近嗎？藉由此番比較，是否真能充分地論述「陸游閒適詩的獨特之處」？

　　綜上所述，李著所遭遇的困難啟示我們的是：若要確切把握陸詩之特色，我們選擇的研究對象應該具備以下兩個條件：（一）具有相對清晰的詩史源流；（二）足以凸顯陸游創作成就。我們以為，以「田園詩」為研究視角，可以滿足上述兩種條件，理由陳述如下。

（一）具有相對清晰的詩史源流：

　　「閒適詩」由於是著眼於詩人的情感、精神而成立的詩歌類型，因此它在取材範圍、表現手法等方面極為多樣，可以分佈在「山水詩」、「田園詩」與「日常生活詩」、甚至是「寫意詩」等類型之中。在這些詩類中雖有部份已有經典作家，但其經典地位又不僅著眼（甚

〔註13〕氏著：《陸游閒適詩研究》（北京：首都師範大學出版社，2012），頁16。

至主要並非著眼）於其中「閒適精神」的傑出表現，所以他們未必能「兼任」閒適詩的代表作者。〔註14〕事實上，雖然唐宋時文士已將「閒」直接確立和表現爲一種意境風格，〔註15〕但從古至今，尚未出現一個公認的「閒適詩」代表作家序列。因此，要研究任何一位詩人閒適詩的特色，都必須先將這些代表詩人找出來，以勾勒閒適詩的演變脈絡。〔註16〕而且這段極爲複雜的工程還只是進入正題前的準備工作。相較之下，「田園詩」具有較多公認的經典作家和代表風格。這便於我們建立一個相對明晰的發展脈絡，並且能集中更多精力在觀照陸游田園詩的特色所在。

（二）足以凸顯陸游創作成就

陸游在宋代田園詩、乃至整個田園詩史的確擁有不容忽視的地位。現代學者已發現宋代是古代田園詩史的重要環節，而且陸游在其中扮演重要角色；歷史文獻的各種跡象也顯示，田園詩是陸詩中值得重視的類型。

上世紀九零年代初，就有學者指出宋代是繼陶淵明詩與唐代田園詩之後，田園詩史上的第三個高峰期。〔註17〕十年後，又有學者肯定宋代田園詩既是唐代之前田園詩的總結，也對後世田園詩生了巨大影

〔註14〕謝靈運就是一個突出的例子。他是中國山水詩的開創者，但其山水詩的内涵卻很難以「閒適」概括。

〔註15〕詳參蘇狀：《「閒」與中國古代文人的審美人生》（上海：復旦大學出版社，2013），頁147。

〔註16〕例如毛妍君的《白居易閒適詩研究》（北京：中國社會科學出版社，2010）雖是一部研究特定詩人閒適詩的專著，但在「探究其他詩人創作閒適精神詩歌的面貌，以此來考察白居易閒適詩在中國詩歌發展史上的地位」（頁45）時，採取的方法也只能是「選擇陶淵明、王維、杜甫、韋應物四位對白居易閒適詩創作影響較大的詩人進行著重探討，以期鉤勒出白居易之前閒適詩的發展狀況。」（頁81）她的這種作法，有比較明顯的權宜性質，所勾勒出來的「白居易之前閒適詩的發展狀況」，似乎也不宜作爲「中唐以前閒適詩史」看待。總之，這方面詩史的嚴謹梳理，至今仍是比較欠缺的。

〔註17〕周錫䪖：〈中國田園詩之研究〉，《中山大學學報》，1991年第3期，頁131～133。

響。〔註18〕散見於宋詩研究論著的評述也有注意到宋代田園詩者。例如張高評認為：宋代「禽言詩、山水詩、詠物詩、田園詩、詠史詩的推陳出新，都是在六朝三唐的基礎上，發揚光大，較前朝推進一層，比傳統為別開生面」〔註19〕。朱剛則注意到「農事詩」是宋詩較為突出的題材，自中唐元結、顧況等人發端，在趙宋一代蔚為大觀，一直延伸到南宋後期的江湖派。〔註20〕

但宋代田園詩到了南宋才真正進入高峰期。劉蔚即指出，從簽訂隆興和議（1165）到開禧北伐（1206）的四十餘年是宋代田園詩的繁盛期。「詩壇上湧現出范成大、楊萬里、陸游等著名詩人，他們在宋代田園詩乃至在整個古代田園詩發展史上都佔有重要地位。」〔註21〕

田園詩是足以代表陸游創作成就的詩歌類型之一，從其創作數量與類型之豐富，以及它在後代受重視的程度，亦可見其端倪。

陸游的田園詩總共約有七百首，比同期重要詩人范成大、楊萬里均多出五倍有餘。〔註22〕更重要的是，其詩不僅數量豐沛，而且涵蓋五七律、古體等多種體裁，既兼容田園詩的各種傳統又富於自己的個性，藝術成就向來頗受肯定。前人云陸游詩「家數甚大，無所不該」〔註23〕，「裁制既富，變境亦多」〔註24〕，田園詩正是充分體現其新變代雄之才力的藝術碩果。

〔註18〕劉文剛：〈繁榮美奐的宋代田園詩〉《四川大學學報・哲學社會科學版》，2001 年第 2 期，頁 85～91。

〔註19〕〈宋詩特色之自覺與形成〉，氏著：《宋詩之新變與代雄》（臺北：洪葉文化事業有限公司，1995），頁 37。

〔註20〕氏著：〈從類編詩集看宋詩題材〉，收入王水照主編：《宋代文學通論》（高雄：高雄復文圖書出版社，2000），頁 427。

〔註21〕氏著：《宋代田園詩研究》（北京：人民文學出版社，2012），頁 30。

〔註22〕本論文引用之陸游詩歌及其繫年，均以錢仲聯校注：《劍南詩稿校注》（上海：上海古籍出版社，1985）為據。為節省篇幅，不再詳註。

〔註23〕清・張謙宜：《絸齋詩談》，卷 5，頁 857，收入郭紹虞編選，富壽蓀校點：《清詩話續編》（上海：上海古籍出版社，1999）。

〔註24〕清・姚鼐：《今體詩鈔・序目》（臺北：廣文書局，1962）。

　　從相關文獻可以確知，從宋末陸游的田園詩就開始受到重視。首先是選本方面，陸詩的眾多著名選集均選入多首田園詩。〔註25〕雖然在這些選本中，田園詩與其他表達閒適之情的詩歌相較並未佔絕對的數量優勢，但如此眾多的篇目，已足以顯示選家對陸游田園詩的喜愛。若考量到這些選本在當時的廣大影響力，則田園詩的大量入選，也從側面透露了廣大讀者對它們的印象或認同。

　　在創作影響方面，南宋至清代，追和、仿作陸田園詩的情形層出不窮。〔註26〕清初詩壇宗宋之風興起，范成大與陸游的詩歌重新盛行，乃至形成「家劍南而戶石湖」〔註27〕的盛況。自乾隆年間起，不少詩評家將陸游與范成大一併視爲田園詩的典範詩人，〔註28〕可概見陸游田園詩受到古代眾多讀者欣賞之一斑。

　　由此可知，陸游田園詩在創作數量與類型都極其豐富，在後代也頗受推崇，因此應是值得研究者注意的陸詩作品。儘管如此，自從現代意義上的中國文學研究開始發展以來，陸游田園詩卻始終未得到細緻且全面的探討。相較之下，陸游的山水詩已在近年新出版的《靈境詩心——中國古代山水詩史》〔註29〕一書中得到專節的介紹，其田園詩卻依然受到冷落，以下幾項重要的基本問題都尚未被充分地探究，如：陸游田園詩主題的主要方面有哪些？其田園詩的藝術手法及風格特徵爲何？這些內涵對傳統有怎樣的繼承與創新？其詩語言風格、寫作手法有怎樣的特殊個性？與同期的田園詩大家范成大、楊萬里相較，陸詩的獨特之處究竟何在？其創作路數對南宋後期與後代的田園詩是否有所啓發？釐清上述問題，無疑有助跳脫近百年來對他「愛國

〔註25〕詳參本論文的第八章第三節。
〔註26〕詳參本文第八章第三節。
〔註27〕清・蔡顯：《閒漁閒閒錄》（乾隆31年華亭蔡氏刊本，微縮資料，臺北：國立中央圖書館，1989?），卷6，頁11。
〔註28〕詳參本論文第八章第三節。
〔註29〕陶文鵬、韋鳳娟主編，南京鳳凰出版社2004年出版。按：該書將陸游視爲南宋中期山水詩的代表，並對其山水詩的特色成因、內涵類型與藝術技巧有比較細緻的討論。

詩人」定位的框架，對陸游在田園詩史上的意義有更確實的理解，對其詩歌之其他成就也能有進一步的認識。

　　總而言之，研究陸游的田園詩，能較確實地考察陸游在中國田園詩史的特色與地位，從而理解陸游詩歌創作在「愛國詩」之外的傑出成就。

二、透視陸游多面心靈世界

　　本選題的第二個價值，在於選擇一個富於包蘊力的題材爲切入的視角，從而在展開相關研究的同時，透視陸游多面的心靈世界。

　　面對一位詩人的作品，讀者總是會先確定其文類歸屬，再以某種特定的期待視野來規約、統籌作品的各個組成要素和細節，進而掌握其意義。如果作品處於不同文類的交點，那麼研究者通過各種文類的視角分析該作品，就相當於突出該作品不同側面的重點，或使作品在不同的視野脈絡中折射光芒各異的意涵。

　　現代的陸詩研究者，已將探討方向延伸至陸游在直接抒發愛國憂國赤忱或慷慨激昂懷抱以外的其他詩作。他們或者研究「閒適詩」、「山水詩」之類外延較廣的詩類；〔註30〕或者討論「茶詩」、「飲食詩」、「養生詩」、「讀書詩」、「教子詩」之類基本上局限於日常家居生活的詩類。〔註31〕以下我們將討論的是，以「田園詩」視角切入，與從上述的其

〔註30〕例如李建英《陸游閒適詩研究》（北京：首都師範大學出版社，2012）；另外，在陶文鵬、韋鳳娟主編的《靈境詩心──中國山水詩史》（南京：鳳凰出版社，2004）中，也設有專門的一節探究陸游的山水詩。

〔註31〕例如蔣凡：〈藥‧養生‧濟世──讀陸游《劍南詩稿》札記〉，《中國韻文學刊》，22卷3期，2008年、莫礪鋒：〈陸游「讀書」詩的文學意味〉，《浙江社會科學》，2003年第2期、馬冬豔：《陸游讀書詩研究》，東北師範大學2010年碩士論文，陳向春先生指導、范雲波：〈陸游茶詩的茶文化意蘊〉，《教育教學論壇》，2013年第41期、付玲玲：《陸游茶詩研究》，曲阜大學2006年碩士論文，曹志平先生指導、【日】中村孝子：〈論陸游的茶詩〉，鄧喬彬主編：《第五屆宋代文學國際研討會論文集》（廣州：暨南大學出版社，2009）、姜新：〈三萬里天供醉眼，二千年事入悲歌──陸游飲食詩歷史文化意義試論〉，《楚雄師範學院學報》，2015年第10期、李汶潔：〈論陸游詩中的親情關懷〉，《內江師範學院學報》，2005年z1期等。

他視角切入，哪種作法更可能挖掘到多元的意義面向。

　　首先我們認爲：與著眼於旨趣的「閒適詩」視角相較，採取屬於題材概念的「田園詩」視角，更有助於凸顯陸游詩的多面內涵。李建英的專著《陸游閒適詩研究》承錢鍾書將陸詩分爲「悲憤慷慨」與「閒適細膩」的作法，從「閒適詩」的視角看待陸游詩。就此而言，「閒適詩」視角勢必「只能」觀照到此二分框架下、與「悲憤慷慨」相對的一部分陸詩。相較之下，作爲題材概念的「田園詩」超越了這種二分的框架，更能容納多樣心靈信息，也更有助於研究者挖掘陸游詩的多面內涵。其中或有抒發閒適情懷者，但也有不少傳達的是「閒適」概念無法準確概括的意蘊。〔註32〕

　　從本質上說，詩中的環境或事物其實並無抽象孤立的意義，而是「精神所藉以感觸生發或流連傾注的客觀事物」〔註33〕，因此「田園詩」所表現的，實際上是詩人與田園景事相摩相盪而生成的心靈波動。再加上「田園」題材還具有「貼近日常」與「外延廣闊」等特質，所以「田園詩」所抒寫的內容，不只包括「閒適」等凸顯個人精神境界的情懷，更包含了不同的「人、物」和「人、我」關係，如「詩人與景物」、「詩人與農民」、「詩人與自我田園生活」等，其意蘊豐富之可能性，自然超過「閒適詩」。

　　田園題材「貼近日常」與「外延廣闊」的特質，也預示了它具有較「山水詩」與「日常生活詩」容納更多樣內涵的潛能。

　　與山水相較，田園不僅是一個文人欲擺脫名韁利鎖束縛時、暫時性的心靈棲息地，或純粹的審美對象。如果說，「山水有可行者，有可望者，有可游者，有可居者」〔註34〕種種分別，「田園」就單純得

────────────

〔註32〕雖然絕大多數陸游的田園詩仍屬於錢鍾書所謂「悲憤激昂」類陸詩的對立面，但這不表示它們的風格就能完全以錢氏所謂「閒適細膩」來概括。陸游田園詩蘊含的情韻意味甚爲多元，並不局限於閒適。
〔註33〕吳戰壘：《中國詩學》（臺北：五南圖書出版有限公司，1993），頁10。
〔註34〕宋・郭熙：《林泉高致集・山川訓》，頁553，收入《文津閣四庫全書》（北京：商務印書館，2006）。

多，它以其生產自足的性能，能夠成為眞正的長久居住之地，並予人持久的依託感與安定感。李伯齊明確指出，「田園詩就題材而言，是抒寫生活本身，……而山水詩則是描寫山光水色，……兩類詩歌中都有描寫自然景物的部份，但是山水詩在於準確、形象地描繪自然山水的千姿百態，而田園詩則是通過田園情景的描寫，來抒發某一特定感情；山水詩重在寫景，而田園詩要在抒情。」〔註35〕雖然田園詩不必然只是「抒寫生活本身」，許多山水詩也在摹山範水之際表達主觀情感，但兩相比較，田園詩的確更有可能抒發貼近日常生活的各種思想感情。

　　在陸游的現實生活中尤其如此。他在淳熙十六年（1189）年底罷歸山陰後，直到嘉定二年（1209）去世之間，除了曾有一年到臨安編纂孝宗、光宗《實錄》之外，都在故鄉的農村中生活。在此之前，他也有兩次、共約十年罷歸較久的經歷。〔註36〕陸游雖然始終難以忘懷報國的理想，但由於種種原因，他在農村田園閒居的時光卻長達約三十年。在他的人生裡，山水是足供遊覽的勝境，但農畝田園才是棲遲安居的所在。因此，田園詩展露的是陸游在一段長期時間中、「逆胡未滅心未平」〔註37〕之外的另一系列精神面貌。

　　此外，「田園」在文人生活中可能是一個與「廟堂」權力空間遙隔的久居之地，因而往往又是「在野」身分的象徵。文士長期閒居田園時，除了極少數的功成身退者，容易對自我的人生道路有所反思。像陸游這樣一位早年仕途頗為順遂，後來卻被迫在農村中投閒置散數十年的詩人，面對自我的「田居」處境，將產生怎樣的複雜情懷、人

〔註35〕 氏著：〈田園詩瑣議〉，《山東師大學報·社會科學版》，1988 年第 5 期，頁 59。

〔註36〕 第一次是乾道二年（1166）四十二歲時以「力說張浚用兵」的罪名免歸，直到乾道五年（1169）年底被差通判夔州。第二次是淳熙八年（1181）五十七歲時又被罷黜，直至淳熙十三年（1186）受命為知嚴州軍事。

〔註37〕 〈三月十七日夜醉中作〉，卷3，頁299。

生況味，是令人十分好奇的。

　　除此之外，「田園詩」在陸游閒居期間詩作中的獨特性正在於，它一方面較山水詩貼近日常生活，另一方面又比只是取材於日常家居的詩貼近社會。陸游的「茶詩」、「飲食詩」、「養生詩」、「讀書詩」等局限於日常家居生活的詩類，一般以私人生活的活動細節或思想情趣爲中心。相較之下，眞實的或一般意義的田園包含農村中人際間的交往聯繫，充斥各種「人群」的活動。這也是位於私宅中的生活空間不可能具備的性質。田園爲農民開墾出來的生活領域，而農村本質上是一個社會空間，亦即人們實踐活動生成的生存區域，或社會群體居住的地理區域，[註38] 因此，在最貼近田園特徵的田園詩中，所抒發的見聞感懷必然是不離群眾的。那麼在陸游的田園詩中，是否也涵蘊著對農民階層乃至社會國家的思考與關懷？透過研究他的田園詩，是否能發掘其熱愛國家之心在「報國仇、雪國恥」之外的面向？這些都是饒富興味的問題。

　　總的來說，就陸游的情況而言，「田園」這個空間的家園性、象徵性與社會性等多重性質，使得作爲他對田園審美觀照的集中體現的田園詩，涵蘊了詩人對自我與田園世界、自我與農村世界、過去與現在、現實與理想等多方面的感懷與思考。甚至可以說，在「愛國詩」以外的各種詩歌類型裡，「田園詩」應該是可以含納最多情懷面向者，它無疑是我們觀察陸游精神世界時很有意思的一個視角。

　　綜上所述，陸游田園詩就像一面多采多姿的稜鏡，透過它，我們既能觀照陸游的詩歌成就與詩史地位，又能把握詩人豐富多彩的心靈世界。針對陸游田園詩進行全面且細緻的研究，應有助於對其人其詩的深入理解。

〔註38〕所謂「社會空間」一詞，在哲學、社會學、地理學、城市規劃學中有不同意涵。此處所採的定義，乃王曉磊〈「社會空間」的概念界說與本質特徵〉，《理論與現代化》，2010 年第 1 期，頁 50、52 歸納所得。

第二節　研究成果回顧與檢討

一、田園詩研究

　　上世紀七零年代至二十一世紀以前，古代田園詩已受眾多學者關注，並產生了知名學者的研究力作。例如大陸地區的葛曉音《山水田園詩派研究》〔註39〕、〈盛唐田園詩和文人的隱居方式〉〔註40〕、林繼中的一系列論文、〔註41〕霍松林：〈白居易的田園詩〉〔註42〕等。大陸列入「核心期刊」的重要刊物中，也有多篇研究「田園詩」或「山水田園詩」的論文。〔註43〕

　　臺灣的重要研究成果包括：王熙元：〈田園詩派的形成與陶淵明

〔註39〕瀋陽：遼寧大學出版社，1997出版。
〔註40〕《學術月刊》，1989年第11期。
〔註41〕〈試論盛唐田園詩的心理依據〉，《文史哲》，1989年第4期；〈田園詩：人與自然的對話——「唐文化與文學」研究之一〉，《中州學刊》，1993年第6期；〈人的精神面貌在田園詩中的位置——兼論中唐田園詩蛻變之意義〉，《人文雜志》，1993年第3期；〈變遷感：中唐士大夫的心理壓力——中唐田園詩的透視〉，《暨南學報‧哲學社會科學版》，1993年第3期；〈田園夕照話晚唐〉，《漳州師範學院學報‧哲學社會科學版》，1994年第3期等。
〔註42〕《陝西師範大學學報‧哲學社會科學版》，1982年第3期。
〔註43〕例如孫靜：〈談陶淵明田園詩的浪漫主義〉，《北京大學學報‧哲學社會科學版》，1980年第4期；曾明：〈著壁成繪——試探王維山水田園詩的藝術特點〉，《西南民族大學學報‧人文社科版》1981年第1期；李伯齊：〈田園詩瑣議〉，《山東師範大學學報‧人文社會科學版》，1988年第5期；單啓新：〈王孟山水田園詩別略論〉，《社會科學輯刊》，1990年第5期；周錫馥：〈中國田園詩之研究〉，《中山大學學報》，1991年第3期；楊德才：〈王維的山水田園詩所折射的文化心態〉，《華中師範大學學報‧人文社會科學版》，1993年第3期；童強：〈論韋應物山水田園詩的寫實傾向〉，《文學遺產》，1996年第1期；劉蔚：〈田園與山水合流——論王維、孟浩然田園詩的突破〉，《江蘇社會科學》，2002年第3期；蘭翠：〈論盛唐田園詩人心態的轉換〉，《煙臺大學學報‧哲學社會科學版》，15卷3期，2002年7月；盧曉河：〈唐代山水田園詩的道教文化意蘊〉，《貴州社會科學》，2006年第6期；周秀榮：〈唐五代田園詩創作情形之定量分析〉，《社會科學輯刊》，2011年第6期等。

田園詩的風格〉〔註 44〕；洪順隆：〈田園詩論——由「詩經」到陶淵明暨其餘響看「田園詩」的發展及其特色〉〔註 45〕；王文進：〈陶謝並稱對其文學範型流變的影響——兼論陶、謝「田園」、「山水」詩類空間書寫的區別〉〔註 46〕；蔡瑜師：〈陶淵明的吾廬意識與園田世界〉〔註 47〕等。

在眾多學者的投入下，古代田園詩、尤其是東晉至唐代的代表詩人其詩作的特色、風格面貌、生成背景、影響地位、盛唐到中唐曾發生田園詩旨趣上較大的轉移等，都得到程度不一的討論，而且許多基本問題也已形成較一致的看法。

二十一世紀以來，大陸地區持續湧現眾多古典田園詩的研究論文。其中較大的進展為：研究範圍擴及宋元明清四朝的田園詩、開始運用生態學理論研究田園詩、考察中國田園詩的海外接受與影響、進行中外田園詩的各種比較等，〔註 48〕也取得了初步的成績。總體觀之，1975 年以來的古代田園詩研究雖取得頗為可觀的成果，但也存在著有待商榷之處。以下分兩部份論述。

（一）宋代以前田園詩研究

目前宋以前田園詩研究有研究對象比例明顯失衡、重複性研究較多、未能突出田園詩主體地位等現象。

在研究對象比例失衡方面，就時間段而言，偏重唐代，對宋代的關注明顯不夠。具體研究對象而言，偏重於陶淵明、王維、孟浩然等大家。尤以大陸地區的研究為然。我們在「中國知識資源總庫」資料庫中，在「篇目」欄以「田園詩」為搜尋條件，在 1975～2015 年中，共搜得 827 篇論文。除王、孟、儲、韋等代表作家外，標明以「唐代」

〔註 44〕《幼獅學誌》，14 卷 2 期，1977 年 5 月。
〔註 45〕《華學月刊》，101～105 期，1980 年 5～9 月。
〔註 46〕《東華人文學報》，第 9 期，2006 年 7 月。
〔註 47〕《中國文哲研究集刊》，第 38 期，2011 年 3 月。
〔註 48〕詳參劉蔚：〈新世紀古代田園詩研究綜述〉，《南通大學學報・社會科學版》，29 卷 3 期，2013 年 5 月，頁 59～64。

田園詩爲研究對象者達 81 篇，若再加上王、孟、儲、韋田園詩的研究論文，則以唐代田園詩爲探討對象的研究論文高達 372 篇，接近總數的 45%。而這個數量還不包括標題上未呈現、但其實討論內容以唐代田園詩爲主的論文。相較之下，唐代以後田園詩的研究篇數就少得多，說明此時段的研究領域仍呈現大片的空白。

又如以王維爲研究對象者高達 228 篇，〔註 49〕佔四分之一強，甚至略高於以陶淵明爲研究對象的 218 篇。以孟浩然爲研究對象者也有 49 篇。但同爲唐代重要田園詩人的儲光羲、韋應物，則分別只有 6 篇與 8 篇。從研究成果的數量即可說明，陶淵明、王維以外重要田園詩人的研究顯然受到了忽略。

除了研究對象重複，論題雷同的情形也比較明顯。已有學者指出相關問題：

> 一些論者不僅習慣於將關注目標鎖定在王維等大家身上，而且選題上也總是圍著幾個現成的論題打轉。例如，對王維山水田園詩藝術的研究，從 20 世紀 80 年代開始，學界主要圍繞其詩中的畫意、禪意等問題進行論述，儘管出了不少有價值的成果，但論點重複、毫無新意的論文也比比皆是。對具體作品的研究，也主要集中在一些名篇佳作上，而對其他田園作品少有關注，由此形成研究的盲點。〔註 50〕

> （21 世紀古代田園詩研究）低水平重複性研究較多，有深度有創見的研究較少。……對唐代田園詩的研究，……多侷限在風格、主題、內容方面的總結，或者重複著將陶淵明、王績、王維、孟浩然、儲光羲、韋應物、柳宗元等相互比較的套路；或存在思維定式，如對王維田園詩的研究，從禪意、畫意立論的就有二十餘篇，這是今後研究亟待改觀之處。〔註 51〕

〔註 49〕 包括與他人合論者，以下對孟浩然等人的研究成果統計均如此計算。

〔註 50〕 周秀榮：〈近六十年唐代田園詩研究的問題與不足〉，氏著：《唐代田園詩研究》（北京：中國社會科學出版社，2013），頁 26。

〔註 51〕 劉蔚：〈新世紀古代田園詩研究綜述〉，《南通大學學報·社會科學版》，29 卷 3 期，2013 年 5 月，頁 64。

兩位論者所論雖針對特定時段而言，但就「中國知識資源總庫」1975
～2015 年收錄的田園詩研究論文來看，這些情形其實是四十年間的
普遍現象。

　　研究論題的重複，與研究者往往沒有突出「田園詩」的獨立性有
關。現有研究成果中將「田園詩」與「山水詩」合稱或並論的現象很
普遍。仍以「中國期刊網」的搜尋結果為例，1975～2015 年中，在
篇目為「田園詩」的共 827 篇論文中，以「山水田園詩」為題者竟有
338 篇，佔全部篇數的三分之一強。將「田園詩」與「山水詩」合在
一起論述，往往只能把握到田園詩與山水詩在審美情趣或寫作風格的
共性；或突顯「田園詩」向「山水詩」靠攏的面向；甚且以山水詩為
主、以田園詩為從。這些情況都導致無法準確地捕捉田園詩特有的意
趣情味，以及研究思路的難以開拓。甚至，對某詩人「山水田園詩」
得出的研究結論，在實際研究過程中「以山水詩為主、以田園詩為從」
的情況下，不能完全適用於該詩人以較適切的田園詩定義篩選出的田
園詩。〔註 52〕因此，雖然表面看來這些研究論文多已指出了王、孟、

〔註 52〕 這方面最常見的情形是，許多論者指出王維的「山水田園詩」體現
　　　　　了「禪意」、「禪境」，或具有「空靈幽寂之美」，例如陳敏直：〈佛
　　　　　教禪宗與王維山水田園詩〉，《唐都學刊》，15 卷 4 期，1999 年 10
　　　　　月；安國華：〈論王維山水田園詩中的禪境〉，《湖北民族學院學報‧
　　　　　哲學社會科學版》，20 卷 3 期，2002 年 3 月；劉敏：〈論王維山水
　　　　　田園詩空靈的意境追求〉，《黔南民族師範學院學報》，2002 年第 5
　　　　　期；李平權：〈空幻靜寂　無我隨緣——談談王維山水田園詩中的
　　　　　禪意〉，《滁州職業技術學院學報》，1 卷 3 期，2002 年 12 月；方珍：
　　　　　〈試論王維的山水田園詩〉，《巢湖學院學報》，2004 年第 6 卷第 4
　　　　　期；陳明華：〈玄妙空靈　清淡悠遠——王維山水田園詩的意境解
　　　　　讀〉，《西藏民族學院學報‧哲學社會科學版》，26 卷 3 期，2005 年
　　　　　5 月；楊曉慧：〈試論佛禪思想對王維山水田園詩創作的積極影響〉，
　　　　　《寶雞文理學院學報‧社會科學版》，30 卷 4 期，2010 年 8 月；申
　　　　　婧涵：〈王維山水田園詩中的佛光禪影〉，《綏化學院學報》，30 卷 4
　　　　　期，2010 年 8 月；吳永超：〈幽深清遠的林下風流——王維山水田
　　　　　園詩審美情趣探源〉，《安陽工學院學報》，10 卷 3 期，2011 年 5 月；
　　　　　叢平：〈論王維山水田園詩禪意的形成及表現〉，《文學界（理論
　　　　　版）》，2011 年第 5 期；楊立杰：〈論王維山水田園詩的空靈意境〉，

儲、韋等詩人「山水田園詩」的主題或風格，但這些代表詩人「田園詩」的主旨內涵與語言藝術特色，仍有待更準確的釐清。

此外，唐代田園詩的另一重要系統以揭露農家疾苦為主旨，以元稹、白居易等為代表，這類詩作得到的專門研究更少，多半只論其詩旨、稱頌其抨擊時政的勇氣與責任感，對其寫作技巧幾無探討，或只在論述「新樂府運動」成果時連帶提及。

以上為期刊論文對宋代以前古代田園詩的研究概況。在專著部份，大陸近年來有數本碩士論文對晉唐田園詩的發展脈絡有較宏觀的研究。如王赫延《文學變革大潮中的田園詩——漢晉之際田園題材作品的走勢》〔註53〕討論先秦至魏晉文學作品中田園題材的發展；李晶《唐宋山水田園詩之比較》〔註54〕借鑒前人研究成果，歸納唐、宋山水田園詩風貌的異同與其原因；陶明香《中唐田園詩新變及其原因探析》〔註55〕；

《赤峰學院學報・漢文哲學社會科學版》，29卷6期，2011年8月；房立敏：〈議王維山水田園詩的空寂美〉，《語文學刊》，2014年第9期等。但細觀其所舉詩例，則可發現九成以上是純粹的「山水詩」，而與「田園詩」無涉。又，以「山水田園詩」為研究範圍，但實際上只以「山水詩」為詩例與研究對象的狀況，也出現在孟浩然、韋應物詩的研究中，如米卉：〈論孟浩然山水田園詩的審美情境——兼及孟浩然詩歌與王維詩歌的比較〉，《中國韻文學刊》，1992年總第6期；鄧立勛：〈論孟浩然山水田園詩創作個性〉，《求索》，2002年第5期；薛惠芝：〈論孟浩然山水田園詩之自然風格〉，《山東科技大學學報・社會科學版》，4卷3期，2002年9月；馬莉英：〈孟浩然山水田園詩中的清真美〉，《九江學院學報》，2007年第4期；伍立君、楊璠：〈禪境　詩境　玄境——淺析王維、孟浩然山水田園詩之同〉，《現代語文》，2007年第8期；童強：〈論韋應物山水田園詩的寫實傾向〉，《文學遺產》，1996年第1期；蔚華萍、鄧珊：〈韋應物和王維山水田園詩比較〉，《華北水利水電學院學報》，21卷2期，2005年5月；陳小波：〈「詩中有畫」與「詩中有人」——王維、韋應物山水田園詩比較〉，《巢湖學院學報》，8卷5期，2006年等。這類研究成果對我們確切理解王、孟、韋等人「田園詩」的特點，其實是沒有太多幫助的。

〔註53〕高長山先生指導，東北師範大學2009年碩士論文。
〔註54〕李浩先生指導，西北大學2010年碩士論文。
〔註55〕曹志平先生指導，曲阜師範大學2010年碩士論文。

李曉娜《唐代田園詩主題曲——「田園樂」到「田家苦」的轉變》
〔註56〕則交待了唐代各期田園詩的種種變化。這些論文基本上以知名
學者已作出的大判斷爲基礎，綜合各個面向的公認看法鋪衍成文，但
並未在此基礎上對問題有更具體細緻的闡述，尤其在論述代表詩作的
詩意旨趣、藝術風貌時，顯得頗爲籠統。這使得論文的新意比較有限。

　　周秀榮《唐代田園詩研究》是第一本針對唐代田園詩的系統性、
整體性研究著作，對唐代田園詩的興盛原因、產生方式、兩大主題、
發展流變、語言藝術等面向有較全面的考察。但比較可惜的有以下三
點。一、此書對於「田園詩」的認定實際上偏於寬泛，〔註57〕數據概
括的準確度、抽樣分析的科學性等方面，也因此存在進一步提升的空
間。〔註58〕二，解讀詩作時多流於串講詩意，較少顧及題旨內蘊概括
的精確度與個性化。三，「藝術分析」的部份已論及語言、意象、體
裁等，但尚未進一步上升到對整體風格特點的概括。

（二）宋代田園詩研究

　　與唐代田園詩研究的數量繁盛相較，宋代田園詩至今未引起學界
的足夠重視。微觀研究僅限於少數幾位詩人。范成大與陸游是其中最

〔註56〕劉明華先生指導，西南大學 2007 年碩士論文。
〔註57〕例如儲光羲寫「水鄉男女勞動生活畫面」的〈江南曲〉四首（頁 163）；
　　　　王維僅有兩句寫到田園（全詩十二句）的〈早入滎陽界〉（頁 157）、
　　　　韋應物寫泛舟乘涼的〈南塘泛舟會元六昆季〉（頁 213）；還有孟浩然
　　　　的〈秋登蘭山寄張五〉、〈夜歸鹿門歌〉雖融合山水與田園題材、但
　　　　畢竟以山水爲主，也全都劃入「田園詩」加以討論（頁 149、151）。
　　　　此外如李白以詠水鄉女子之美爲旨趣的〈越女詞〉、〈采蓮曲〉（頁
　　　　178）；毫無明確田園意象的杜甫的〈客至〉（頁 189）；與錢起反映「隱
　　　　居生活」的〈鋤藥詠〉、〈月下洗藥〉（頁 204）等，均被歸入田園詩。
　　　　諸如此類尚有許多，難以一一列舉。學界已有共識，即既然以「田
　　　　園詩」爲研究對象，選取的詩篇應以「描寫田園景象、生活爲主」
　　　　爲標準。以上詩篇顯然並不符合這一基本認識。所論對象的寬泛，
　　　　必然直接影響結論（包括主題概括、語言技巧研究、背景研究等）
　　　　的準確度。這是本書令人惋惜的一個缺憾。
〔註58〕詳參尚永亮：〈《唐代田園詩研究》序〉，收入周秀榮：《唐代田園詩
　　　　研究》（北京：中國社會科學出版社，2013），頁 5。

受注意的作者，其餘林逋、晁補之、蘇軾、李之儀、朱熹、趙蕃、韓淲、方回等人的田園詩也有極為零星的研究成果。〔註59〕其中值得注意的是，篇目中以「山水田園詩」為研究對象者較唐代田園詩的研究論文大為減少，多半直接以「田園詩」或「農事詩」為題，顯示研究者對宋代田園詩已走出「與山水合流」的格局，並更貼近真實農村生活的特徵有所體認。但他們一般沒有突顯對於詩中個性化的情意旨趣、藝術特徵的發掘。這與所論詩人於田園詩致力有限，以及研究者未將之置於田園詩傳統下進行觀照，均有一定關係。

　　宏觀研究方面，期刊論文的篇幅尤其偏少，僅有劉文剛：〈繁榮美奐的宋代田園詩〉〔註60〕、周秀榮：〈從文人雅趣到泥土氣息——唐宋田園詩之比較〉〔註61〕、霍然：〈論南宋田園題材作品的美學意蘊〉〔註62〕、郭軼卿：〈宋代田園詩的新特色——回歸真實〉〔註63〕、漆俠：〈關於南宋農事詩——讀《南宋六十家集》兼論江湖派〉〔註64〕、韓梅、孫旭：〈宋代農事詩的文化闡釋〉〔註65〕等寥寥數篇，這些論文對宋代田園詩的題材特徵與藝術技巧，做了極為簡括的敘述，並且幾乎都提到：宋代田園詩不同於唐代田園詩的最大新變在於「全面而

〔註59〕 包括孫瑩瑩：〈論林逋山水田園詩中的隱逸情懷〉，《宜春學院學報》，2007 年 S1 期；朱小枝：〈貶謫人生中的田園——論蘇軾〈和陶詩〉中的田園詩〉，《文學界（理論版）》，2011 年第 7 期；孫超：〈論李之儀《姑溪田舍示虞孫小詩二十四首》〉，《文學遺產》，2005 年第 4 期；孫超：〈論李之儀的田園詩〉，《中國韻文學刊》，24 卷 4 期，2010 年 12 月；李朝軍：〈論晁補之的農事詩〉，《求索》，2007 年第 9 期；胡迎建、呂榮榮：〈論朱熹的田園農事詩〉，《農業考古》，2011 年第 4 期；花志紅：〈「上饒二泉」筆下的田園〉，《文教資料》，2007 年第 27 期；李曉璐：《方回田園詩研究》，河北大學 2010 年碩士論文，王素美先生指導。

〔註60〕 《四川大學學報·哲學社會科學版》，2001 年第 2 期。

〔註61〕 《湖北社會科學》，2003 年第 5 期。

〔註62〕 《殷都學刊》，2006 年第 3 期。

〔註63〕 《大眾文藝·理論版》，2009 年 11 期。

〔註64〕 《河北學刊》，1988 年第 5 期。

〔註65〕 《赤峰學院學報·漢文哲學社會科學版》，33 卷 5 期，2012 年 5 月。

深刻地反映鄉村的眞實面貌」，並述及造成此種新變的經濟、文化上的原因。限於期刊論文的體例，這些論文對宋代田園詩其實只能做到對表象的初步梳理，所論也多雷同，但畢竟畫出了它的粗略面貌。

目前對宋代田園詩最全面的研究，首推劉蔚的專著《宋代田園詩研究》。此書對有宋一代田園詩採取總體性、系統性的探索，既討論了宋代田園詩在審美取向、農事題材、日常生活題材等方面的新變；又對宋代田園詩與當時政治、經濟、理學、士風、民俗、繪畫等文化背景的關係有較多探討；還針對梅堯臣、范成大、陸游等詩人的田園詩作個別研究；最後總結出宋代田園詩的文學史地位與史料價值。

然而，宋代田園詩是一個很大的題目，一部論著也不可能窮盡對所有問題的探討。但至少在此書的主線——對宋代田園詩概況作全面論述上，此書還有兩個可以補充的面向。第一，對作品內容的研究多停留在題材層面，這與它屬於群體性研究相關。因爲所論的範圍太廣，[註66] 所以概括作品的主題有一定難度，更遑論有餘力論述個別作家的創作心態、詩旨特徵與特徵成因。第二，對宋代田園詩語言藝術方面的討論也還比較粗疏，主要只在概述宋代田園詩發展歷程時，簡略地介紹了在體式上的特徵。

我們以爲，在宋代田園詩代表作者的創作特徵尚未獲得清楚掌握時，綜論所有宋代田園詩雖有篳路藍縷之功，卻也必然有難以深入之處。有鑑於此，後繼者可以先針對個案進行確實的研究，進一步發現問題、解決問題、從而形成總體的看法。以「微觀認識的積累」造成「宏觀認識的變化」，應爲更穩健可行的方式。[註67]

[註66] 據作者「粗略統計」，兩宋創作過田園詩的詩人將近五百位，田園詩的總數突破四千首。詳參該書頁1～2。

[註67] 蔣寅針對近來大陸古典文學研究出現的「以宏觀爲創新」、「以宏觀爲高深」的盲點提出針砭，指出：學術研究不應直接將「宏觀研究」視爲一種「研究方法」，應以微觀研究的成果爲宏觀認識的基礎。詳參〈古典文學研究三「執」〉，氏著：《學術的年輪》（南京：鳳凰出版社，2010），頁87～92。

二、陸游田園詩研究

　　從南宋到清代，陸游詩歌的評論主要爲中國古代詩歌批評中典型的隻言片語形式，〔註68〕其評價內容包括陸游詩在南宋詩壇的地位、對前人詩的繼承、風格概括、形式特點、題材風格的變化、具體詩句的評論等。針對田園詩而發的評論尚未出現，相關評語多夾雜於對「閒適詩」的評述中。

　　二十世紀以後陸詩的閱讀、傳播依舊維持榮景，也誕生了第一批現代學術研究成果。但也從此段時期起，對陸游詩的評價始終以愛國熱忱、民族思想、政治信念爲重心，這種批評路線至今仍是陸詩研究的主流基調，〔註69〕直接導致陸游田園詩的研究顯得零星、片面，缺少深入充實的代表性論述。

　　民國以後，開始有著名學者直接地肯定陸游的田園詩或農村詩。陸游田園詩吸引此期學者的，主要是題材的豐富與描寫的逼眞。

　　胡懷琛（1886～1938）初版於 1925 年的《中國八大詩人》，將陸游列爲中國詩史上八位重要詩人之一，並在肯定陸游詩「寫實」的「好處」的基礎上，評價道：「我以爲放翁最好的文學作品，就是描寫鄉村閒居的樂趣。」〔註70〕「描寫鄉村情景，像這樣的詩，放翁以外，確不多見。惟普通選本，於放翁這樣的詩，多刪去不選，所以人家越發不知道。梁任公說，陶淵明以後的詩人，描寫田園生活，不能寫到眞際。卻不曾知道陸放翁，有這樣的好詩。」〔註71〕胡氏從描寫親切、忠實的角

〔註68〕孔凡禮、齊治平編：《古典文學研究資料彙編・陸游資料彙編》（北京：中華書局，1962（2004 重印））、程千帆主編：《中華大典・文學典・宋遼金元文學分典》（南京：江蘇古籍出版社，1999）對此類資料有大量收錄。

〔註69〕清末民初以來陸游在讀者心目中逐漸定型爲「愛國詩人」的過程，張毅透過梳理當時的報刊文章、文學史著作等著述，作成頗詳細的研究，詳參氏著：《陸游詩歌傳播、閱讀研究》（上海：復旦大學出版社，2014），頁 103～174。

〔註70〕氏著：《中國八大詩人》（上海：商務印書館，1927），頁 78。

〔註71〕同前註，頁 85。

度肯定陸游田園詩，明顯帶有受「白話文運動」影響的痕跡。〔註72〕

　　二十世紀三十年代以後，錢鍾書是大力研究陸游的一位學者，但他對陸游的田園詩並無太大興趣，直接評述的文字只有讀書筆記《容安館札記》第616則：

> 放翁忠義發憤之詩幾乎連篇累牘，而胞與癃瘝之什，如卷二十七〈僧廬〉、卷三十一〈首春連陰〉、卷三十二〈農家歎〉、卷三十九〈喜雨歌〉、卷四十二〈甲申雨〉、卷五十九〈太息〉、卷六十八〈農家〉，於全集不過牛這毛、海之粟，亦不及石湖此體之佳也。卷二十九〈鳥啼〉云：『人言農家苦，望晴復望雨。樂處誰得知，生不識官府。葛衫麥飯有即休，湖橋小市酒如油。』其詠農事者，大致不出斯意。(如卷三〈岳池農家〉云：『農家農家樂復樂，不比市朝爭奪惡。』又卷二十六〈稽山農〉、卷五十五〈農家歌〉、卷七十八〈農家〉云：『農家自堪樂，不是傲王公。』卷八十五〈農圃歌〉。) 異乎後山〈田家〉所謂『人言田家樂，爾苦誰得知』者矣。〔註73〕

《容安館札記》此段的整理者鄧子勉加按語云：「《宋詩選注》中多選農事詩，但32首陸游詩中無一首農事詩，其原因就在此段，數量不多，境界不高，藝術上亦趕不上范成大的農事詩。」〔註74〕但在與《容安館札記》約作於同時、〔註75〕初版於1958年的《宋詩選注》中錢鍾書又對陸游的閒居之作有「閒適細膩，咀嚼出日常生活的深永的滋味，熨貼出當前景物的曲折的情狀。」〔註76〕之評，這些閒適詩應包括爲

〔註72〕相關研究，詳參前揭張毅《陸游詩歌傳播、閱讀研究》，頁107～109。

〔註73〕《錢鍾書手稿集・容安館札記》（北京：商務印書館，2003），卷2，頁1104。

〔註74〕鄧氏之語見於季品鋒：《錢鍾書與宋詩研究》，復旦大學2006年博士論文，王水照先生指導，頁91。

〔註75〕《容安館札記》是《錢鍾書手稿集》目前影印出版的其中一部分，是錢氏在五十年代初「思想改造」運動之後開始的讀書筆記，一直記到六十年代文革。詳參陸灝：〈讀《容安館札記》的札記〉，氏著：《東寫西讀》（上海：上海書店，2006），頁2。

〔註76〕氏著：《宋詩選注》（北京：生活、讀書、新知三聯書店，2003），頁270。

數不少的田園詩。就此推測，錢氏對陸游的田園詩也不是絕對地否定。但由於他認爲其中同情農家疾苦者偏少，以歌詠田家樂事爲主，且在詩歌數量或意境上又無多少變化，所以不甚重視。錢氏在《容安館札記》中提及陸游田園詩，筆調較似對陸詩的印象雜感，他已發表的學術論文中，也未見能與此處論述相參照的對陸游田園詩的深入研究。因此，這段文字是否完整反映他對陸游田園詩的看法，也不無疑問。

陸游研究專家朱東潤（1896～1988）在 1961 年初版的《陸游研究》中，〈陸游在農村〉、〈陸游詩中的山陰風土〉兩篇討論的內容涉及了陸游田園詩。其中〈陸游在農村〉雖也承認陸游「和一般文學史上的田園詩人相比，他在農村的時間較長，敘述農村生活的詩數量較多，有的質量也較高。」﹝註77﹞但不難發現，朱氏其實只是以田園詩爲考察陸游生活與心態、乃至當時山陰地區農村實況的材料。文章中主要論證了陸游是否曾參加農業勞動、地主階級的出身對於認識被剝削者痛苦的影響等問題，也考證了山陰的物產、風俗、農諺、物價、農村生產情形、甚至陸游的鄉鄰等。對於陸游詩中表現的思想感情，僅以「對於農村生活的愛好，對於農民的同情」﹝註78﹞、「對於故鄉的熱愛、和農村生活的欣賞」﹝註79﹞等語一筆帶過。

大約與此同時，日本學者吉川幸次郎（1904～1980）的《宋詩概說》﹝註80﹞也肯定「自陶淵明以來，歌詠農村的『田園詩人』並不少。但像陸游那樣，從多種角度，憑感覺觀察並描寫農村生活的，卻還沒有。」﹝註81﹞但主要仍著眼於題材的豐富，並以這類詩爲探知陸游真實生活的窗口，對其詩旨所在、藝術特色並未探究。

﹝註77﹞ 氏著：《陸游研究》（北京：中華書局，1962），頁 31。

﹝註78﹞ 同前注，頁 35。

﹝註79﹞ 同前注，頁 75。

﹝註80﹞ 此書初版於昭和三十七年（1962），漢譯本則初刊於民國六十六年（1977）。詳參【日】吉川幸次郎著，鄭清茂譯：《宋詩概說》（臺北：聯經出版事業股份有限公司，2012），封底上的說明。

﹝註81﹞ 【日】吉川幸次郎著，鄭清茂譯：《宋詩概說》（臺北：聯經出版股份有限公司，2012），頁 185。

　　綜上所述可知，從民國後到二十世紀八十年代以前，陸游田園詩受到的學界關注實在有限。研究成果除了數量少，也大多侷限在內容「反映生活」的層面。其實不只是田園詩，在學界幾十年強調陸游的愛國熱忱或民族思想的熱潮中，陸游的其他類詩作，尤其是與「愛國」形象似有扞格的詩類，難免都受到忽視。一方面，陸游牢牢坐穩了中國古代偉大詩人的地位，但另一方面，在陸詩與政治、社會的聯繫長期被片面強調的情況下，陸游的詩歌成就、詩史意義，卻很難得到較系統或精細的研究，以及更穩妥的評價。

　　二十世紀八十年代以後，陸游詩歌研究獲得長足的進展，研究成果包含以下類型：一、選本及校注；二、名篇賞析；三、各類詩歌研究，包括愛國詩、山水詩、鄉土詩、記夢詩、詠梅詩、愛情詩、示兒詩、田園詩、蜀中詩等；四、詩歌淵源研究；五、藝術風格研究；六、詩論研究；七、陸詩展現出來的各種社會生活的研究等。〔註82〕但專門討論陸游田園詩研究成果依然不多，只有張福勛：〈白首爲農信樂哉——論陸游的農村詩〉〔註83〕；王志清：〈陸游山水田園詩：狂與逸的交滲協和〉〔註84〕；陸應南：〈陸游的田園詩淺探〉〔註85〕；張展：〈陸游農村詩初讀〉〔註86〕等少數幾篇。

　　張福勛文雖題爲「論陸游的農村詩」，但其實是以「作於農村的詩」爲討論對象，不少詩例中田園農村只是模糊的背景，實非嚴格意義上的田園詩。此文首先探討了陸游農村詩的內容，整理爲以下幾點：一、以到農村爲對抗黑暗社會的方式，因此既迴響著對現實的悲憤不平，又流淌著無比痛快興奮，及由此產生的對農村的美化。二，

〔註82〕關於此段時期陸游詩歌研究成果的梳理，詳參葉幫義：〈二十世紀對陸游和楊萬里詩歌研究綜述〉，《南京師範大學文學院學報》，第 3 期，2004年 9 月，頁 136～139；李建英：〈陸游詩研究綜述〉，《新疆師範大學學報・哲學社會科學版》，30 卷 3 期，2009 年 9 月，頁 125～129。
〔註83〕《內蒙古師大學報・哲學社會科學漢文版》，1988 年第 3 期。
〔註84〕《徐州師範學院學報・哲學社會科學版》，1993 年第 3 期。
〔註85〕《廣州師院學報》，1984 年第 2 期。
〔註86〕《河北師院學報》，1982 年第 4 期。

昂揚著以天下為己任的愛國激情。三、展現與農民的情感交流。四、記載躬耕自甘的生活體驗。其次介紹回陸游的重農思想。最後將陸詩的語言風格歸納為真樸、天然、清淡。

　　此文是我們所知最早的一篇專門以陸游「作於農村的詩」（其中有部份是真正的田園詩）為討論對象的論文。其草創之功，不可磨滅。但不可諱言的是，此文除了對「農村詩」的擇取以「創作背景」為主，不符學界以「題材」為此種詩類命名依據的慣例以外，還有以下有待改善之處：偏重作品字面義的梳理，缺乏文學批評的意識；對作品的思想感情、藝術技巧，也多半點到即止。例如，以田園為與宦途對立的樂土，本是中國田園詩的傳統，陸游的創新之處究竟何在？本文對此缺乏關注。陸詩何以能產生這些個人化特色，以及其田園詩中思想情懷是否產生過演變，更是並無著墨。陸游有數百首田園詩，本文卻只以約兩頁的篇幅論述其寫作技巧，其概略更是可想而知。最後一點或因篇幅所限難以充分開展，但其他方面若是能深入挖掘文本，應能有更多發現。

　　王志清文則集中論證陸游晚年隱居山陰時的審美人格特徵為「狂」與「逸」的交織，及其對詩歌造成的影響：「逸，也只主要是其外在生活形式，狂，則主要表現為他內在信念的自守。其審美人格中的逸與狂，始終互為輔補，交滲交響，這就是詩人於滿目桑麻時而卻念念於鐵馬秋風直至生命最後一息的深刻緣由，也是其田園山水詩所以於靜穆中見飛動，於淡泊中見踔厲的最可靠的解釋。」〔註87〕指出陸游田園山水之作於平淡中寓深鬱雄肆的特徵，頗富啟發性。

　　陸應南之文與張展之文的原文我們未能見到，但從《宋代文學研究》的引述可略知其內容梗概。陸文認為陸游田園詩的主要特點：一是描繪了農村的純樸風俗和農民的質樸品質，表達了對農村生活的真摯感情；二是描寫了農村貧困生活，揭露了統治者對農民的殘酷剝削；三是描繪了農村的綺麗景色。不難發現，陸文所舉出的其實是唐

〔註87〕王志清：〈陸游山水田園詩：狂與逸的交滲協和〉，《徐州師範學院學報·哲學社會科學版》，1993 年第 3 期，頁 87。

代以下田園詩的普遍表現，而非陸游詩所獨有。張文則認爲陸游農村詩是其愛國主義的深化和發展，但其詳細論述則無從得知。〔註88〕

此外，胡明：〈陸游詩歌主題瑣議〉〔註89〕；佘德余：〈沉雄蒼涼的崇高感與平淡恬靜的優美感的統一──論陸游後期詩歌創作的美學風格〉〔註90〕兩篇文章，也對陸游田園詩有較多論述。胡文提醒讀者不應忽略《劍南詩稿》中田園閒適的主題佔絕大比例、以及陸游本人相當肯定自己這類作品的事實，並將其風格概括爲蕭散閒逸、平淡清頤。佘文則指出，陸游思想「兼濟」與「獨善」、「入世」與「超脫」並存，使其晚年詩（包括田園詩）蘊含沉雄蒼涼與平淡閒適兼具的美學風格。

此外，1991 年韓國學者李致洙的《陸游詩研究》〔註91〕出版，其第四章論述「陸游詩的主要內容」時，即專列出「田園」一節，並肯定：「在陸游詩中，作品主題的重要性絕不下於前文所論的憂國詩，在風格上也呈現不同面貌的是以田園爲主題的詩」，並將之分爲「敘述田園生活與心境者」與「描寫田園景色與農民生活者」兩大類。雖對陸游詩歌有梳理之功，但其所論依然局限於題材表象，對陸詩的深層詩旨、藝術特色，依然尚未觸及。

總的來看，此期陸詩的研究雖已出現多樣化趨勢，但陸游田園詩研究數量寥寥，成就有限。對之前研究有較大進展的是此類詩的風格開始受到注意，但尚未能結合語言特點、表達手段等作深刻分析，故仍難免有過於簡略、說服力不強的遺憾。

二十一世紀之後，陸游田園詩的相關與專門研究開始湧現。但眞正權威性的成果其實仍然不多。其中，劉蔚的研究屬於佼佼者。她在博士論文《宋代田園詩研究》中，已用一節的篇幅討論「陸游田園詩

〔註88〕陸應南與張展之文的摘錄與重點整理，見於張毅主編：《宋代文學研究》（北京：北京出版社，2003），頁 1014。
〔註89〕《煙台師院學報‧社科版》，1987 年第 2 期。
〔註90〕《紹興師專學報‧社會科學版》，1989 年第 2 期。
〔註91〕臺北：文史哲出版社，1991 年版。

的文化內涵」，但其全文在臺灣無法獲得，〔註92〕故難知其詳。劉氏的兩篇期刊論文:〈陸游的村居心態及其田園詩風的嬗變〉〔註93〕、〈論陸游田園詩的「太平」書寫〉〔註94〕對陸游田園詩都有頗為精彩的分析。與先前研究成果相較，最大的不同在於論題集中化，且能更充分地結合陸游生平、思想進行研究，並注意到在陸游漫長的人生旅途中發生的心境轉變對詩風造成的影響，對陸詩的藝術特色也有更精當的總結。其結論或有可商榷的餘地，〔註95〕但探討問題深刻的程度的確較前人大幅增加。

另外引人注意的是查澤瀲的碩士論文:《陸游田園詩綜論》〔註96〕。它是第一本以陸游田園詩為專門研究對象的學位論文。此書共七十四頁，包括創作背景、思想內容與藝術特色三大部份。思想內容部份，從題材、形象、情感等三方面分析陸詩之內容，與之前多僅由題材角度簡論略有不同。但分析陸詩之情感內涵的部份依然比較單薄，僅以近九頁篇幅，從「閒適安逸」、「憂愁哀傷」與「閒適與憂愁交融並存」等方面略論。藝術特色部份，則簡述陸詩之體裁、藝術手法與風格。總的來看，本書有三點值得注意:一，對「田園詩」的認定比較寬泛，似有從「寫作背景」、而非「題材」認定田園詩的傾向。諸如〈春遊〉、〈齋中雜題〉等並無明顯田園景事意象的詩，均視為「田園詩」加以討論。〔註97〕二，無論是對陸詩內容旨趣或語言藝術的剖

〔註92〕 在「中國知識資源總庫」的「中國博士學位論文全文數據庫」中，
這本論文是節略本，只能從篇目得知包括哪些內容，而無法閱讀全
文。又，作者另於2012年年底由北京人民文學出版社出版《宋代田
園詩研究》一書，乃其在博士論文的基礎上增加十餘萬字而成，但
其中似仍未見與「陸游田園詩的文化內涵」直接相關的內容。

〔註93〕 《浙江社會科學》，2009年第11期，頁100～104、89。

〔註94〕 《東岳論叢》，33卷10期，2012年10月，頁57～61。

〔註95〕 本論文將在有關章節展開討論。

〔註96〕 安徽大學2009年碩士論文，湯華泉先生指導。

〔註97〕 〈春遊〉詩云:「杏花天氣喜新晴，白首書生樂太平。小陌秋千雖隔
世，名園祓禊尚關情。山林自古流觴地，弦管誰家送酒聲？蒓菜鱸
魚初滿市，莫將羊酪敵南烹。」〈齋中雜題〉詩云:「西窗日過中，

析依然有欠深入。其必然的結果就是不能指出陸詩的開拓之處，討論其特色也只能點到爲止。三，對陸游詩的影響並未論及。

期刊論文方面，有沈重麗〈陸游與陶淵明田園詩比較〉〔註98〕；肖養蕊：〈從陸游詩作看南宋時期紹興的農業發展〉〔註99〕；李建華、李繼紅：〈論陸游晚年田家詩語言風格的形成〉〔註100〕；李建華：〈從晚年田家詩看陸游詩歌創作的藝術個性〉〔註101〕；楊昇：〈陸游晚年農村詩的藝術風格及特徵〉〔註102〕；李建華：〈淺談陸游田家詩中的農本思想〉〔註103〕；戴干明：〈剖析陸游詩詞中的田園自然思想〉〔註104〕等成果。

專書部份，碩士論文有姜春霞：《陸游農事詩研究》〔註105〕。博士論文：徐丹麗《陸游詩歌研究》〔註106〕、呂輝《陸游七言律詩研究》〔註107〕中也各有一小節的篇幅，分析陸游的「農事詩」或「田園意趣」。另外，李建英《陸游閒適詩研究》〔註108〕第四章「陸游閒適詩中的山水田園之趣」也對陸游田園詩有所介紹。

其他討論對象程度不一地包含陸游田園詩的尚有數本碩士論文：楊昇：《陸游的鄉居生活與「鏡湖詩」創作》〔註109〕；謝進昌《陸游鄉居

　　飢坐生眼花。援筆課小詩，墨燥字傾斜。須臾忽滿紙，翩翩若風鴉。雖無古人法，簡拙自一家。乃知雨漏壁，未媿錐畫沙。俄報豆飯熟，投筆喜莫涯。呼童拾澗薪，試我家山茶。」按：兩詩分別於該書第19、20頁被引述。
〔註98〕　《紹興文理學院學報》，26卷1期，2006年2月，頁11～14、40。
〔註99〕　《紹興文理學院學報》，27卷1期，2007年2月，頁35～39。
〔註100〕　《黑龍江教育學院學報》，27卷11期，2008年11月，頁108～109。
〔註101〕　《佳木斯大學社會科學學報》，27卷5期，2009年10月，頁70～71。
〔註102〕　《揚州教育學院學報》，28卷3期，2010年9月，頁5～8。
〔註103〕　《黑龍江教育學院學報》，31卷9期，2012年9月，頁114～115。
〔註104〕　《哈爾濱師範大學社會科學學報》，2014年第1期，頁97～99。
〔註105〕　曲阜師範大學2010年碩士論文，張玉璞先生指導。
〔註106〕　南京大學2005年博士論文，莫礪鋒先生指導。
〔註107〕　陝西師範大學2008年博士論文，馬歌東先生指導。
〔註108〕　北京：首都師範大學出版社，2012出版。
〔註109〕　浙江師範大學2004年碩士論文，陳國燦先生指導。

詩研究》〔註110〕；農遼林：《陸游晚年閒適詩研究》〔註111〕；張媛：《陸游山陰閒適詩歌研究》〔註112〕；以及歐明俊的專著：《陸游研究》中第三章「陸游詩研究」的第三節「風俗詩」、與第四節「閒適詩」等。

　　研究成果的大量增加，說明學界對探討陸游田園詩的興趣趨於濃厚。在這些論文中，陸游田園詩的思想內容、寫作技巧等面向都有所涉及，但總的說來，還是存在不少可以改進的空間。首先，對內容的分析偏於浮泛，論者大多或仍然在「題材」、「反映詩人生活」的層面打轉，滿足於對其中各種紀錄面向的爬梳；或只是透過摘取詩歌片段提煉自我論點，而缺少對全篇詩旨的審慎歸納與深層把握；對於陸詩特徵的揭示更是闕如。總而言之，陸游田園詩在詩旨上的獨特個性，仍缺乏有力的論證。

　　其次，對其寫作技巧的研究也多半淺嘗輒止，只是泛泛論及巧用比喻、典故、疊字；精於煉字、善於想像、寫景生動等多數一流詩人之作共同的特徵，並未真正彰顯出陸詩的藝術特色。

　　綜合上述對古代田園詩與陸游田園詩研究成果的總結與檢討可知，它們主要存在以下有待補缺糾偏之處。

　　一、在研究對象的時間段方面，明顯偏重唐代與東晉的陶詩，對宋代關注不足。雖然唐代與東晉是奠定田園詩傳統的重要時期，但宋代以後田園詩創作的成果也很可觀，後繼者應勇於創新，在這個尚未充分受到注意的領域努力開拓。

　　二、在具體研究對象方面，明顯偏重陶、王、孟等代表詩人，對其他詩人關注偏少。代表詩人雖有田園詩史上的座標意義，但對之關注過多，難免造成研究重複與千篇一律。研究者應將目光擴及後代創作大量田園詩、且文學成就為世所公認的其他詩人，致力於發掘田園詩史的發展進程與階段特徵。

〔註110〕　汕頭大學2005年碩士論文，高利華、張惠民先生指導。
〔註111〕　福建師範大學2007年碩士論文，歐明俊先生指導。
〔註112〕　內蒙古大學2010年碩士論文，楊新民先生指導。

三、唐代田園詩研究雖已取得數量豐富的成果，但代表詩人之作的主旨內涵與語言藝術特色，仍有待更確切的分析總結。

四、宋代田園詩的研究尚有廣闊前景。直至目前，對此期田園詩重要作者的精細研究，尤其是他們在詩歌旨趣與藝術技巧方面的特徵或新變，均仍有很大的研究空間。個別詩人的微觀研究可作爲使宋代田園詩研究走向深入的切入點。

五、陸游的田園詩至今雖非乏人問津，但相關學術成果採取的路數與所得的結論雷同度頗高，研究的深度、力度與陸詩的實際成就並不相符。這是因爲研究者們致力於題材層面的梳理，卻對題旨層面缺乏深入系統的挖掘；對藝術形式未有細緻的探究；對陸詩內在旨趣與寫作藝術在田園詩史上的開創性與影響，更幾乎未曾追問。這些基本且重要的問題尚無人回答的研究現況，爲我們的努力提供了具體的方向。

第三節　研究方法、章節安排與預期目標

一、主要研究方法

第一，將陸詩置於田園詩的發展脈絡下進行觀照，以掌握其特色所在。

田園詩研究屬於文學類型的研究。〔註113〕由於文學類型是依託於文學傳統才得以確立的，〔註114〕因此類型研究的一種常見作法，就是釐

〔註113〕此處所謂「類型」，採陳平原之説，指「一整套隨時代變化而變化、且被作家和讀者所共同遵守的藝術成規」中的「第二級分類」，亦即在第一級分類「體裁」之下的題材「類型」。（陳氏所舉之例爲：文學「體裁」包括抒情詩、小説、戲劇等；小説「類型」指歷史小説、偵探小説、流浪漢小説等。）詳參〈小説類型研究概論〉，氏著：《小説史：理論與實踐》（北京：北京大學出版社，1999），頁144～145。

〔註114〕姚文放即指出，「文學類型的劃分、文類概念的確立以及分類標準的制定必須以文學傳統爲依託。某種文類劃分、文類概念和分類標準的確立總是一定時期或階段人們共同認可的結果，必須經長期的積澱，而成爲一種慣例、常規和範型，具有某種經典性，成爲一種

清該類型的發展演變趨向，與此類型中重要作品的創新之處。陳平原曾
提示過類型研究的長處與要點，其〈小說類型研究概論〉一文指出：

> 在我看來，小說類型研究最明顯的功績，一是說明什麼是
> 真正的藝術獨創性，一是更有效地呈現小說藝術發展的總
> 體趨向。〔註115〕

> 根據共同的題材、結構、情調等對小說進行分類研究（而不
> 局限於個別作家作品的描述），這一研究策略很大程度是因
> 為文學創作中存在某種慣例性的規則。作家寫作某一類型小
> 說時，自覺不自覺地都受制於這些預先設定（前人作品積澱
> 下來的）「規則」；而有經驗的讀者也傾向於從類型要一角度
> 去解讀。不了解這些小說類型的來龍去脈及主要特徵，對作
> 品的批評或讚賞都可能是不著邊際的。〔註116〕

他所說的「批評或讚賞」，很大程度上是針對作品之獨創性進行評價。
陳氏接著論及，作品真正的藝術創新，唯有在與其他同類作品的參照
下，才能得到敏銳的辨別與準確的說明：

> 單就一部小說立論，可能一切都很新穎；可將其放在整個
> 文學發展長河中考察，很可能只是老生常談。小說類型研
> 究把單部作品和其他同類作品放在一起考察，不是為了說
> 明太陽底下沒有新東西，一切都古已有之，以學者的淵博
> 抹煞作家的才氣，而是力圖用更敏銳的眼光、更準確的術
> 語，辨別真正的藝術創新。……（類型研究）最需要歷史
> 感。這種強調聯繫、強調比較、強調整體的研究方法，似
> 乎更適合於文學史而不是文學批評。而現代類型學者特別
> 注重類型的延續與變遷，藉此窺探一時代文學的發展趨
> 向，更需要歷史眼光。〔註117〕

綜上所述可知，類型研究是發掘文學創新性的有效視角。有鑑於此，

文類傳統，才能通行於世。」氏著：〈文學傳統與文類辯證法〉，《學
術月刊》，2004 年第 7 期，頁 91。

〔註115〕 同前注，頁 149。

〔註116〕 同前注，頁 145～146。

〔註117〕 同前注，頁 150～151。

我們將避免孤立靜止地看待陸游田園詩，而是注重文學的發展軌跡，在對研究對象與同一類型作品系列的比較中，考察它的個性特徵、對傳統的承傳與拓展、及其所代表的某種新寫作趨勢，從而確定它在文學史上的地位。

當然，文學史上眞正「全面革新」的作品實際上是不存在的，每一部傳世的優秀之作都是既繼承傳統，又能突破傳統；「在一定程度上遵守已有的類型，而在一定程度上又擴張它」〔註118〕。因此判斷一首詩是否具有「創新性」的關鍵，並不在於它是否具有百分之百的獨創性，而是在於它是否比其他文學作品更突出地呈現某種特色或某種演變特徵──例如：相對於唐代田園詩而言，陸游田園詩在內涵主題、藝術技巧上的總體變化趨勢；或相對於晉唐以至北宋田園詩中的某種類型而言，陸游同一類型的田園詩的變革性因素等等。

爲了發掘陸游最具個性的諸多特色，同時把握他在田園詩主流傳統的確切位置，我們將從作爲參照背景的過去同類作品中抽繹出大、小兩種脈絡。「大脈絡」即陳氏所說的「某種慣例性的規則」，亦即已產生代表作家、經典作品、樹立特殊語言風格，從而爲學界公認爲田園詩主要傳統的範式，如陶淵明的田園詩；唐代王、孟一派的田園詩；與中晚唐新樂府詩人的田園詩。「小脈絡」則是爲了突出陸詩的某些特色而回溯的類似情況在前代的發展過程。舉例來說，在討論陸詩特色──「與民同樂主題」、「安貧主題」──的獨特之處時，我們會回溯以往同類或相似詩歌的概況。它們雖不是經過長期的積澱、乃至成爲一種穩定慣例或範型的傳統，但仍是確認陸游田園詩新變特徵的重要背景。我們將藉由這兩方面的觀照，力求作到既分析細緻，能觀察到陸詩豐富多面的獨特性；而又避免「見樹不見林」，能兼顧到陸詩整體特徵與田園詩主流的關係。進一步說，這兩方面的觀照應也有助於更充實地闡明陸詩對田園詩主流傳統的承接變創。

〔註118〕　【美】René Wellek and Austin Warren 著，劉象愚等譯：《文學概論》（南京：江蘇教育出版社，2005），頁279。

第二，梳理前代田園詩在「主題」與「藝術技巧」的發展，作為觀照陸詩創新處的基礎。

關於類型研究的具體著眼點所在，程杰所論甚具啟發性：「要對一種具有文學史意義上的創作類型或者時代風格進行全面的分析把握，至少必須涉及三個方面：藝術內容、藝術形式、藝術風格。而所謂藝術風格，是在藝術內容和藝術形式有機統一基礎上顯現出來的整體特徵。這樣看來，具體分析的質點還是落在文學的內容和文學的形式上。」〔註 119〕可見，在梳理東晉以降的田園詩發展線索時，內容主題與藝術形式是必須緊扣的兩個面向。進而言之，「內容」與「形式」既是可以含括某一類型特徵的兩大面向，也可以是概括個別詩人詩歌特徵的兩大重點。因此，「主題內涵」與「藝術技巧」將是我們抉發陸游田園詩之創新的探索重心。

在此必須強調「題材」與「主題」兩個概念的區別。「題材」指作者根據一定創作意圖，經過選擇、提煉、加工而寫入作品中的生活事件、生活現象。〔註 120〕「主題」則是「一部文學作品總體的目的意義，是一部作品意蘊、情調、韻味的凝聚和概括」〔註 121〕，是寓託於題材內部的較集中、專注的情感線索和思想意旨，是作者對具體事物的旨趣和態度。

雖然「對於大多數人而言，題材是最為直觀的方面。一件作品所

〔註119〕 氏著：《宋詩學導論》（天津：天津人民出版社，1999），頁 6。
〔註120〕 許伯卿：《宋詞題材研究》（北京：中華書局，2007），頁 10。
〔註121〕 蔡毅：《創造之祕：文學創作發生論》（北京：人民文學出版社，2002），頁 257。按：主題有廣義與狹義之分。廣義的主題指「作品所反映的生活現象的共同本質和作家對這些現象所作評價的思想實質」。狹義的主題概念則指「作家通過作品描繪的社會生活所顯示出來的總的思想意義和作家對這種生活現象的認識和評價」。廣義的主題概念可以包括題材，狹義的主題概念則與題材概念有明顯區別，因為相同的題材可以寫成主題迥異甚至相反的作閱。主題為作品的靈魂，題材只是主題的依託、作品的血肉。關於「主題」與「題材」之分，詳參許伯卿前揭書，頁 10～11。本文所取者為狹義上的主題概念。

再現的對象是非常具有支配力的一面，以致於我們自然而然地用它來說明和解釋作品」〔註122〕，但毋庸置疑的是，在作品的內容中題材只處於表層，主題則位於深層。相同的題材在不同詩人筆下很可能傳達出迥異的主題。從題材層面概括作品，只能得到關於作者「取材範圍」方面的認識；挖掘主題所在，才能真正把握作者的用心與創作意圖，以及作品個性特色的核心。

從上文對前人研究成果的檢討可知，陸游田園詩乃至宋代田園詩在「題材」方面的主要特點，已被反覆論述。有鑑於此，我們將聚焦於「主題」，進一步發掘隱藏在題材下的情思體驗、心靈活動，以求較深入地論述陸游之詩在內涵上的開拓。

詩歌作為一種含蓄精煉的文體，其主題往往是多方面或多層次的。但由於本文的目的不在於全方位地詮釋陸詩，而是把握陸詩對文學傳統的發展或開拓，因此我們將聚焦於挖掘詩中表現得相對集中鮮明的情感線索與思想意旨，由此歸納出幾個數量與質量均較突出的創新方面，對之進行細緻的研究。

在探討陸詩表達手法時，我們將借鑒修辭學、詩歌藝術技巧研究等方面的學術成果，以把握其詩的藝術風貌，及它對田園詩傳統的開拓。我們也將避免套用修辭格歸納導致的繁瑣與千篇一律，而是挖掘陸游語言技巧的真正特色，並說明其藝術價值。

第三，研究詩歌的創作背景，為深入詮釋陸詩提供重要基礎。

陸游田園詩絕大多數作於淳熙十六年（1189）退居山陰至逝世期間，是他在經歷三十年的宦海浮沉與人生旅程而回歸田園之後，由農村景事觸發而創作出來的藝術結晶。其中不可避免地打下時代、社會與詩人的人生態度、藝術修養的烙印。

因此，在直接分析文本之前，對這些外部因素有較全面的理解，有助於將陸詩放在一個宏觀且貼近作者創作活動的脈絡中，進行審

〔註122〕　【美】Michael J. Parsons and H. Gene Blocker 著，李中澤譯：《美學與藝術教育》（成都：四川人民出版社，2005），頁 109～110。

視，從而確切地把握它的內涵與藝術特徵。換言之，「知人論世」是
我們研究方法裡的重要一環。

　　顏崑陽對於「知人論世」在古典詩研究中的價值與具體方式，有
精闢的說明。他指出，作品不是與作者全無關係的封閉性語言形式結
構，而是作者以他的存在經驗與價值觀念爲材料，並運用他結構語言
的技巧而創作的產品，因此不可能切斷與作者精神經驗之間的臍帶。
〔註123〕顏氏認爲：

　　　　「詩意義」的箋釋，在直接解讀語言文本的象徵符碼之前，
　　　　實有必要對「箋釋效能性作者」進行歷史的解悟，以提供
　　　　歷史性的參考視境，並對箋釋者之解讀詩歌語言文本構成
　　　　必要的限定，以避免箋釋者的主觀情志取代作者的主觀情
　　　　志，而成爲意義的來源或依據。〔註124〕

根據顏氏的說明，所謂「箋釋效能性作者」是一種「擬人化」的說法。
它其實就是對詩意義之箋釋提供參考性經驗材料、因而具有箋釋效能
的作者資訊。它不是現實中的作者所有生活細節、經驗意念的彙整，
而只是構成作者生命經驗與價值觀念，從而對作品創造產生作用的那
部份生平資訊。例如作者的氣質個性、文化性格的特徵，以及常態性
或特殊性的經驗和觀念等等。而獲知「箋釋效能性作者」的史料，則
包括作爲箋釋對象的作品之外的、所有涉及描述作者行爲表式的歷史
語言文本。〔註125〕

　　總而言之，與作者密切相關的作品生成背景，在研究者理解、評
價作品之性質或意義的過程中扮演關鍵的角色，因此在正式展開分析
與論證之前，應該對之有所梳理，以爲深入詮釋提供必要參照與重要
基礎。

　　中國詩歌的核心——詩人的生命經驗與價值觀念——的構成，總

〔註123〕氏著：《李商隱詩箋釋方法論：中國古典詮釋學例說》（臺北：里仁
　　　　書局，2005），頁170。
〔註124〕前揭書，頁171～172。
〔註125〕詳參前揭書，頁171。

與他的生活時空、心理狀態和思維感受方式密不可分。因此，應該受到關注的陸游田園詩的背景脈絡至少包括四大領域：社會狀況與生活環境；詩人的創作心態；思想結構；審美系統。〔註 126〕這幾個方面雖然往往相互滲透，卻不能相互替代，而且各有側重地作用於文學創作的不同層面。所以，我們在此先分別論述它們的具體含義與在創作活動中的重要性，並將在第三章探究陸詩在它們的影響下所形成的基本特點。

　　一般說來，作家的創作特色大抵受到外部和內部兩種因素的影響。就外部因素而言，人是社會動物，其活動總是受到其社會環境如歷史條件、經濟發展等因素的制約。這種種現象及其交織而成的關係網絡作為作者生活的經驗世界，經常投射於作品中，成為作品的題材，並使作品的情味、意蘊或隱或顯地打上時代特殊的烙印。

　　但社會環境絕不是直接作為審美對象進入藝術的；它必須經過作家的認識系統、審美系統，甚至創作心態等內部因素，才能化為作品的一部分。藝術家的認識系統主要包括學問、思想、觀念等。由於「詩人的學問和思想，能夠影響詩人的藝術眼光，而觀念與意識又會滲透在人的感情和生活感受之中」〔註 127〕，因此作品的主題、情蘊也經常呼應對作家有較深入影響的特定思想。宋代詩人多數集政治家、學問家與藝術家三重身分於一身，書卷涵養、知識結構較前代詩人都要淵通博大，因此欲理解宋代詩人作品特色的成因，其思想背景當是不宜忽略的一環。

　　審美系統則指藝術見解、文學修養、審美意識等。此系統雖也可能受到認識系統的影響，但有著相對的獨立性，且往往對文學的創作

〔註 126〕關於研究作品藝術特色須觀照的面向等論述，曾參考佴榮本：《文學史理論》（北京：社會科學文獻出版社，2012），頁 148～155；姚文放：《現代文藝社會學》（北京：社會科學文獻出版社，2007），頁 33～64。

〔註 127〕錢志熙：《魏晉詩歌藝術原論》（北京：北京大學出版社，1993），頁 75。

發展起到更大的作用，因為藝術見解、審美情趣等對作家審美感知傳達的內涵與方式，均產生更直接的影響。

創作心態，則指作家在創作時間內具有的持續性的心理狀態。它一方面是主體對外在現實的刺激作出反應，並對之消化、整合而成的心靈狀態；另一方面又規定制約了主體的處世態度、精神創造和理性思考等方面。〔註128〕

在認識系統、審美系統與創作心態三者中，前兩項的理性成份較多，也更具一致性，所以探究它們的方式，主要是掌握詩人的具體看法或相關訊息。此方面結論的說服力，主要也取決於蒐集資料的嚴謹與解讀的精確度，不易產生較大分歧。只有「創作心態」一項，由於更貼近作者幽隱且動態的精神世界，所以較不易把握。以下，我們將論述展開此方面研究的相關考量與具體方法。

已然遠逝的詩人，其心態如何能為後人認識？由於它制約了詩人生活的各個方面，因此從詩人生活可見的各個方面逆向考察其創作心態，應是可行的方式。其中，直接紀錄文人在特定時空中的行為樣態與心態變化的文學作品，尤應為我們關注的重點。〔註129〕

在運用此方式研究文人心態時，首先要考慮到研究對象之作品究竟是「文如其人」，還是「心畫心聲總失真」、慣於在文學作品隱藏或修飾其內心世界。陸游無疑是前者的代表。由於陸詩的某些特點，使古今讀者幾乎公認，陸詩中抒情主體與作者本人的重合度極高。首先，陸游有「日課一詩」的創作習慣，這種日常化的作詩方式，很容易導致詩歌題材的日常化、形式的日記化和性質的紀實

〔註128〕關於「創作心態」的界說，曾參考池萬興、劉懷榮：《夢逝難尋——唐代文人心態史·導論》（石家莊：河北教育出版社，2001），頁1。

〔註129〕此處關於文人心態研究方法的論述，曾參考前揭池萬興、劉懷榮：《夢逝難尋——唐代文人心態史·導論》，頁2。又，相關討論可參考左東嶺：〈歷史研究中的文獻闡釋與文人心態研究——羅宗強《明代後期士人心態研究》序〉，《長江學術》，2006年第4期，頁137～142。

化。〔註 130〕其次，陸游詩集中少有應酬、贈答之類社交性較強、不易表露眞實心曲的作品。〔註 131〕再者，陸游不像某些詩人那樣刻意迴避表現某類情感，或節制情感的表露。例如與他同時期的著名詩人楊萬里，其詩就「絕不感慨國事」，而且雖然他爲官時勤政愛民，卻極少在詩中表現與事功有關的感情。〔註 132〕又如范成大，在乾道（1165～ 1173）中期開始擔任較高等級的中央與地方官員以後，詩集中將詩作爲生活原態的實錄，尤其是民俗民風紀錄的情形大行其道。詩的情感色彩越來越淡漠，詩中以說明性文字爲主的小字註釋則越來越多。他整個後期的大部分詩作，也都有輕視情感表現，只求客觀地反映生活的寫作傾向。〔註 133〕

　　相較之下，陸游不吝表達喜怒哀樂，其詩始終活躍著一位純眞善感的詩人形象。陸詩不迴避表現某些情感的特點，在晚年之作反映得尤其鮮明。雖然陸游晚年推崇平淡之詩，其詩也確實因仕進之志淡

〔註 130〕 關於陸游的「日課一詩」創作方法的淵源與得失，詳參胡傳志：〈日課一詩論〉，《文學遺產》，2015 年第 1 期，頁 88～89。又，張哲俊從「詩題的日記化」、「詩句的日記化」、「詩歌的序、跋、注與詩句的眞實性」等三方面論證白居易詩有「日記化」的傾向（詳參氏著：〈詩歌爲史的模式：日記化就是歷史化——以白居易的詩歌爲例〉，《文化與詩學》2010 年第 2 輯，頁 229～243），這些情形陸詩中都有。由此可見陸游也有以詩紀錄每日生活的傾向。

〔註 131〕 呂肖奐即指出，陸游表達人際關係的詩歌，在情緒表達上往往也欠缺分寸感而顯得不太得體，退居鄉下後更基本上斷絕與士人階層的往來，而向無法進行更深層對話的鄉鄰宣示個人的精神世界。詳參氏著：〈「不得體」的社交表達：陸游的人際關係詩歌論析〉，《四川大學學報・哲學社會科學版》，2016 年第 1 期，頁 152～160。

〔註 132〕 清人光聰諧《有不爲齋隨筆》即指出：「誠齋與放翁同在南宋，其詩絕不感慨國事。」又，薛瑞生也曾指出楊萬里之詩對事功的淡漠，到達了令人驚詫的程度。即便在現實生活中政績顯赫，但在他的詩中幾乎都只爲山水摹形寫神，極罕見有關事功的思想感情。詳參〈誠齋及其詩淺說〉，收入楊萬里撰，薛瑞生校箋：《誠齋詩集箋證》（西安：三秦出版社，2011），卷首，頁 24～25。

〔註 133〕 章培恒、駱玉明主編：《中國文學史新著》（上海：復旦大學出版社、上海文藝出版社，2007），中卷，頁 279～281。

化、閱歷增長造成老成心態等因素而趨於恬淡，但仍不時可見無奈、抑鬱、悲涼甚至憤激的心聲。他屢次感慨：「朋舊凋零盡，何人識此心？」〔註134〕「此心不道無人識，雪鬢蕭蕭奈老何。」〔註135〕「浮沉不是忘經世，後有仁人識此心。」〔註136〕「小詩戲述幽居事，後有高人識此心。」〔註137〕或許出於這份寂寞感，以及欲向後人表白的願望，因此他將心中的波動均紀錄於詩。

陸詩也經常被讀者視為內心世界的真誠表述。例如明代鄭之玄即指出：「陸放翁於自己詩文，動云娛憂紓悲，放翁一生自家受用已極。……觀放翁詩文，不但豪氣縱橫，使人拍案而起，有真情、有至性，一種快心之談，在筆外墨外，當拂鬱煩悶時，讀之真有消釋解散之功。」〔註138〕近人顧隨表示：「放翁一派好詩情真、意足，壞在毛躁、叫囂。」〔註139〕今人呂肖奐也認為：「陸游基本上屬於主觀型或情緒化的詩人，創作時的心境或情緒決定他作品的情調，因此他的喜怒哀樂等各種情緒，都直白且外露地表現在他所有的作品裡。」〔註140〕陸游詩既然在很大程度上是各類心聲的全面反映，現代讀者也就得以從中追索其真實心境的變遷。

但必須注意的是，雖然陸詩很大程度上是紀實的，〔註141〕卻不

〔註134〕〈獨夜〉，卷56，頁3266。

〔註135〕〈對酒作〉，卷76，頁4176。

〔註136〕〈書歎〉，卷7，頁560。

〔註137〕〈幽居述事〉之一，卷55，頁3245。

〔註138〕〈自序〉，清・黃宗羲編：《明文海》，卷308，序99，頁461，收入《文淵閣四庫全書》（臺北：臺灣商務印書館，1983）。

〔註139〕顧隨講，葉嘉瑩筆記：《中國古典詩詞感發》（北京：北京大學出版社，2012），頁34。

〔註140〕氏著：〈地域文化的文學書寫——陸游關於梁益地區的創作〉，《紹興文理學院學報》，2013年第2期，頁13。

〔註141〕在所有陸詩中，只有部份表達「英雄氣概」的愛國詩作，在對自身才智、成就和社會地位的認識，為學者指出有虛構的成份。但這也是出於抒情的需要。其中雖缺少「現實的真實」，但仍無損於其表達「情感的真實」的性質，同樣從另一側面揭示陸游的喜怒哀樂。相關辨析，詳參許文軍：〈論陸游英雄主義詩歌的幻想性質〉，《陝西師大學報・

表示其中蘊含的心態總能讓人一眼看透，因爲「相對長期穩定的心態」與「流動性的情感」兩者並不總是完全吻合的。換言之，一位詩人即便在某時期有相對穩定的心態，他作於該時段的詩所抒發的情感，仍有可能前後參差，甚至與總體心態相忤。這是因爲詩人往往心有所感即發爲詩篇，但人類情感卻具有流動性、變化性，所以詩人作品往往給人前後不一致之感。錢鍾書就注意到陸詩有「自語相違，渾然不覺，慨然不惜」〔註142〕的情形，並點出其原因爲「一時興到」。〔註143〕惟其作詩全憑「一時興到」，所以其詩呈現的情感或詩人形象才會有看似「不統一」的情形。〔註144〕

　　陸詩中抒情的蕪雜，一方面說明了其詩貼近心靈脈息的程度，另一方面也爲掌握其心態的主要傾向增添了一定的難度。因此，我們對於他在較長一段時間內的主導心態，仍應盡量結合他其他相關詩作、整體的境況乃至具體的行事，才能得到較爲準確的理解。

　　本論文所引之陸游詩歌皆以陸游撰、錢仲聯校注：《劍南詩稿校注》（上海：上海古籍出版社，1985）爲據；散文以《渭南文集》（臺北：臺灣商務印書館，1965，四部叢刊初編景印明華氏活字印本）爲主要依據；詞則以陸游撰、夏承燾、吳熊和箋注、陶然訂補：《放翁詞編年箋注（增訂本）》（上海：上海古籍出版社，2012）爲據。〔註145〕其中詩與散文有較頻繁的引錄，爲節省篇幅，原則上將只標注卷數、頁碼。

二、章節安排

　　本論文含「導論」在內共分九章。第二章正式進入討論。首先參照古、今人相關論述，制定田園詩的合理義界。其次梳理田園詩從東

哲學社會科學版》，23卷1期，1994年3月，頁46～52。

〔註142〕氏著：《談藝錄》（北京：中華書局，1999），頁451。

〔註143〕同前注。

〔註144〕相對地，一位詩人在詩集裡抒發的情感若是質地過於純粹、單一，往往表示他並未以詩爲表達日常情感的憑藉。其詩事實上所呈現的，是在很大程度上刪削、提純過的情懷。

〔註145〕如遇異體字，一律改爲通用字。

晉至北宋的發展大致脈絡，爲總論陸游詩的繼承創變提供參照基礎。

東晉南朝時期的田園詩壇只有陶淵明一枝獨秀，並樹立獨特典範，因此在此時段我們將只對陶詩作重點討論。唐代田園詩則可釐析爲「有會而作」和「有爲而作」兩大發展線索，〔註146〕我們將就代表詩人之作的「主題內涵」與「藝術技巧」兩大面向，析論各自的主要特徵。

北宋時期田園詩並未出現具代表性的經典作家。〔註147〕爲了理

〔註146〕「有會而作」和「有爲而作」的分別，採周錫䪖之說。前者以表詩人的一時感興爲主，以王、孟、韋、范等詩人爲代表。後者則有諷諫的意圖，以新樂府詩人爲代表。詳參氏著：〈中國田園詩之研究〉，《中山大學學報》，1991 年第 3 期，頁 135～136。實際上，唐代田園詩包含這兩大類型（有的論者以「田園樂」和「田家苦」概括兩種主題），幾乎已成學界共識。論文第二章對兩大類詩作各自的特色有具體分析。

〔註147〕北宋創作田園詩較多的作者，有梅堯臣、張耒與蘇轍等人，各有田園詩四十首左右。但他們應該不能算是北宋田園詩的經典作家。梅詩在題材方面對宋詩最大的影響其實是以瑣碎平常之事物入詩的創作路線。不過這種特色在他的田園詩（以寫景爲主）中表現的並不鮮明。而且，梅詩在蘇、黃領導詩壇時就逐漸淡出時人視野；江西詩派興起後長期受到淡忘和摒置（詳參陳文苑：《宋代梅堯臣接受研究》，廣西師範大學 2008 年碩士論文，頁 27～37），南宋陳振孫甚至指出梅詩「近世少有喜者，或加毀訾，惟陸務觀重之。」（《直齋書錄解題》，上海：上海古籍出版社，1987，卷 17，頁 494）在此情況下，要說北宋田園詩受其影響似乎比較牽強。劉蔚〈論梅堯臣田園詩的集成與開山意義〉（《寧夏社會科學》2012 年第 6 期）指其詩有繼承各種傳統的「集成」性質，可從。但該文在指出梅氏「取景瑣細、風格平淡」的小詩與「詠農具組詩」、「絕句組詩」等對宋代田園詩之影響時，取例過於寬泛，令人疑惑是否全屬「田園詩」。這自然削弱了其論證梅詩之「開山」地位的說服力。總之，梅氏在宋代田園詩中的知名度與典範性，都難以與唐代王維、孟浩然、白居易等相提並論。此外，蘇轍並非以詩享譽文壇；與蘇、黃同時的張耒則因其詩「意思淺近、語言平易、藝術粗率，其詩在當時得不到人們的推重，也是理所當然。」（尹占華：〈論張耒的詩〉，《西北師大學報・社會科學版》，41 卷 4 期，2004 年 7 月，頁 16）均難視爲北宋田園詩經典作者。基於以上因素，我們以爲三人之詩不足以代表北宋田園詩的創作概況，所以改由直接觀察前代傳統在此期的繼承發展情形，以梳理此期田園詩的藝術面貌。

清此期田園詩的概況，我們將不再採取針對重要詩人論述的策略，轉而觀察東晉至唐代的數條大型田園詩線索在此期的繼承與發展。

第三章研究陸游田園詩的創作背景，包括陸游身處的時代環境與生活狀況、個人心態、學術思想、藝術見解等等，以期揭示陸詩的生成脈絡，以及它對陸詩之基調與特點的促成作用。

第四、五章展開對陸游田園詩主題的微觀剖析。挖掘陸詩的創新面向，是我們的首要任務。為了盡可能彰明陸詩尚未被充分認識的諸般新境，這兩章將先擱置先前梳理的田園詩發展梗概，直接分析陸詩主題內涵的各種新變特徵。在充分闡述陸詩的各種特色之後，再以第二章總結出的田園詩發展線索作參照，綜論陸詩對田園詩主流傳統選擇性的繼承與變創。

必須說明的是，陸游生於古典詩歌兩大高峰——唐代、北宋——之後，又作為普遍重視學習詩歌遺產的宋代詩人的一員，其詩不太可能每一首都展現新貌。部份詩歌從題旨到寫作技巧的承襲性還比較強，個性面目也較不鮮明。我們的目的不在於對陸游之詩作鉅細靡遺但難免失焦的分析。為了彰顯陸游詩歌藝術的個人成就與特色，我們將主要的研究對象鎖定在他具開創性的大批詩歌。

第六、七章探討陸游田園詩的寫作藝術，與最具特色的語言風格。陸詩的開拓不僅體現在詩歌的內涵，更在於眾多富於個性的藝術技巧。這部份的研究首先將詳細論證陸詩特殊的寫作手法；繼而指出陸詩最具特色的語言風格，並說明它對田園詩傳統的突破。

第八章先追索陸游詩與同時期田園詩大家范成大、楊萬里詩的差別所在，藉此釐清陸詩的特色與價值；繼而在把握陸詩特點的基礎上，初步探討它對後代田園詩的影響。

第九章為結論，綜述論文的主要發現，並提出未來的研究展望。

必須補充說明的是，在第四到七章，我們原則上不會刻意按照陸詩創作年代的先後展開討論。理由說明如下。陸游一生中在故鄉居住時間最久的住所，莫過於山陰的三山別業。三山也是他九成以上田園

詩的創作地。〔註 148〕他從乾道二年（1166）遷居至此，至嘉定二年
（1209）去世，共有三段比較長的時間居住於此。一是乾道二年春至
六年（1170）閏五月赴夔州通判任，共住約四年。二是淳熙八年（1181）
正月至淳熙十三年（1186）七月赴嚴州任，共住約五年半。三是淳熙
十六年（1189）十一月罷歸，至嘉定二年底去世，其中除了嘉泰二年
至三年入都修史之外，都並未離開。共住約二十年。〔註 149〕

　　其中第三段最長，陸游約有 87%的田園詩作於此期。然而，陸
詩多數具有新變性的主題並非首見於此時，其端緒在此之前已偶然出
現。只是直到淳熙十六年以後，才在數量上有顯著的成長，從而發展
爲具有代表性的特色。就這個角度來看，可以說最後二十年是陸詩特
色得以樹立的時期。但若跳出這個長期的時間段，而將視角轉向每類
新變性主題本身，我們就不難發現，在大多數情況下，雖然該類詩歌
的「量」隨著陸游住在三山農村的時間加長而有所增長，但它的關鍵

〔註148〕陸游作於外地爲官時的田園詩，有〈出縣〉（卷 1，頁 32）、〈還縣〉
　　　　（卷 1，頁 32）、〈岳池農家〉（卷 3，頁 218）、〈癸巳夏旁郡多苦旱
　　　　惟漢嘉數得雨然未足也立秋夜三鼓雨至明日晡後未止高下霑足喜
　　　　而有賦〉（卷 4，頁 319）、〈瑞草橋道中作〉（卷 4，頁 391）、〈登城
　　　　望西崦〉（卷 6，頁 503）、〈晚登橫溪閣〉二首之二（卷 6，頁 506）、
　　　　〈歸耕〉（卷 7，頁 569）、〈過野人家有感〉（卷 7，頁 574）、〈浣溪
　　　　女〉（卷 8，頁 657）、〈雜詠〉四首之三（卷 8，頁 664）、〈病中懷
　　　　故廬〉（卷 11，頁 889）、〈春雨〉（卷 12，頁 946）、〈觀蔬圃〉（卷
　　　　12，頁 965）、〈小憩前平院戲書觸目〉（卷 12，頁 967）、〈贈西山老
　　　　人〉（卷 13，頁 1016）、〈社日小飲〉二首之二（卷 18，頁 1441）、
　　　　〈新晴〉（卷 18，頁 1442）、〈九月初郊行〉（卷 19，頁 1457）、〈蕎
　　　　麥初熟刈者滿野喜而有作〉（卷 19，頁 1474）、〈屢雪二麥可望喜而
　　　　作歌〉（卷 19，頁 1516），共二十一首。此外，〈初夏道中〉（卷 1，
　　　　頁 98）、〈示兒子〉（卷 1，頁 98）兩首作於罷官歸鄉途中；〈村居〉
　　　　（卷 1，頁 64）、〈幽居〉（卷 1，頁 70）作於山陰，但時爲乾道二
　　　　年遷入三山別業以前。再者，嘉泰三年還有作於臨安的〈春社日效
　　　　宛陵先生體〉四首（卷 53，頁 3134）。這四類作於三山以外的田園
　　　　詩共二十九首，約佔其田園詩總數的 4%。其餘田園詩均作於三山
　　　　別業。
〔註149〕關於陸游一生在三山別業生活的時間段，可參考鄔志方：《陸游研
　　　　究》（北京：人民出版社，2008），頁 98。

性特徵，亦即使它得以有別於前代田園詩的特點，卻並未隨歲月遷移而產生太顯著的轉變。為了避免行文層次的繁複，也為了能集中筆墨挖掘並彰顯陸詩的開創性與特點，我們將不會在分析每類主題時總是依照創作次序展開討論。但若個別主題呈現某種程度的階段性變化，我們也將視其情況而略作說明。

三、預期目標

　　本論文的預期目標有以下五點。一、掌握東晉至北宋田園詩的主要發展脈絡與階段特徵。二、梳理陸游田園詩的創作背景，以期為確切詮解陸詩提供參照基礎。三、認識陸游田園詩主要的旨趣特點，及其對東晉至北宋田園詩傳統的繼承與創變。四、挖掘陸游田園詩的藝術手法及語言風格的特色，以及它們對傳統的創新。五、理解陸游田園詩與范成大、楊萬里之作的異同，及陸詩的特殊價值所在；並初步探討陸詩對後代田園詩的影響。

第二章　東晉至北宋田園詩發展概況

　　自東晉陶淵明以後，田園詩逐漸成爲中國古代詩歌的重要題材類型。在陸游之前，田園詩已經歷了七百餘年的發展歷程，出現眾多著名作者，並開展出不同的主題範疇及語言風格。爲了更準確地把握陸詩的新創之處，有必要釐清並總結這段田園詩史的階段特徵。本章將先探討田園詩的適切義界，以爲全文展開研究的基礎，再析論東晉到北宋田園詩的發展概況。

第一節　田園詩義界

　　對田園詩進行研究，首要的任務是對「田園詩」的概念進行界定。在提出個人看法之前，首先應該思考的是：如何爲某種古代詩歌題材釐定合理的義界？

　　已有學者提出看法，如葛曉音指出：「研究某一類詩歌題材或形式的縱向流變，較難掌握的是研究對象的界定，以及貫穿其中的主線。中國詩歌的任何一種題材或形式都不可能具有嚴格的界定範圍，一定會有部份作品界限不清，與其他種類相混淆。」〔註1〕因此她認爲，「問題的關鍵不在於把某類文學現象界定得多麼清楚，而在於是否抓住了

〔註 1〕詳參其爲張宏：《秦漢魏晉遊仙詩的淵源流變論略》（北京：宗教文化出版社，2009）寫的序，收入張著〈序三〉，頁 5。

這一詩類的內容和表現的基本特徵，能否有條理地論證其如何踵事增華的過程。」〔註2〕掌握研究對象的方法則應是「選擇這一詩類的典型作品，從歷代同樣的詩類中找到典型的特徵」〔註3〕，以之爲劃定研究範圍的基準。說法類似的還有楊柳。她認爲制定玄言詩義界的方式應該是：「根據研究史上公認爲玄言詩的那部分作品，抽繹出玄言詩的本質特徵，再根據這些特徵去判斷其它的作品是否屬於玄言詩。」〔註4〕

兩位學者之說自有道理，但古人的相關評論也不應忽略。因爲「典型作品」其實即公認的經典之作，所以典型作品及其重要特徵可以從古代評論中抽繹出來。今人研究古代田園詩時，若能以古人的相關評論爲依據，不但能在甄別田園詩文本時得到比較妥適、爭議較小的結果，也有助於掌握田園詩的美學特質。

基於以上考量，接下來的討論將從四個方面展開。第一，梳理古代文獻中以「田園」指涉詩歌概念的梗概。第二，總結古人對「田園詩」的基本理解，並在此基礎上提出我們對田園詩的義界。第三，討論學界的相關看法。第四，釐清「田園詩」和「山水詩」、「閒適詩」的區別。

一、從「田園」到「田園詩」

《說文解字・田部》云：「田，陳也。樹穀曰田。」〔註5〕將「田」作動詞解釋。但「田」在古代也早有名詞性的意涵。《國語》：「田疇均則民不憾」，韋昭《注》云：「穀地曰田。」〔註6〕《說文解字・口

〔註2〕 詳參其爲張宏：《秦漢魏晉遊仙詩的淵源流變論略》（北京：宗教文化出版社，2009）寫的序，收入張著〈序三〉，頁6。

〔註3〕 同前注，頁6。

〔註4〕 氏著：〈玄言詩定義新探〉，《南京師範大學文學院學報》，第1期，2008年3月，頁17。

〔註5〕 清・段玉裁：《說文解字注》（臺北：藝文印書館，1999），十三篇下，頁701。

〔註6〕 春秋・左丘明撰，三國・韋昭注：《國語》，齊語第六，頁56，收入《四部叢刊正編》（臺北：臺灣商務印書館，1979）。

部》云：「園，所已樹果也。」〔註7〕綜合以上文獻記載可知，「田園」本來指種植穀物或果樹的地方。

在兩漢魏晉南北朝，「田園」一詞往往見於史書，且牽涉到傳主擁有的產業，與財富、基業有關，偶見於文章賦篇，也幾乎皆指具有極高經濟效益、奢華鋪張的皇族莊園，〔註8〕或許因為如此，一開始評論家並未直接將陶詩與「田園」一詞聯繫在一起。南朝江淹有〈雜體詩〉三十首，其寫作的目的主要在於通過模擬，表達對所擬作家作品的推重，並力求所擬的每一種詩體都盡可能地代表該詩人藝術成就的重要方面。〔註9〕其中有〈擬陶徵君田居〉詩，雖然並未直接以「田園」指稱陶詩，但已透露他對陶詩的認識：躬耕生活與田園環境為其主要題材，抒發隱居志意為其旨歸所在。江淹凸顯了陶詩題材與田園隱逸的關係，也引導了後人對陶詩的評價。鍾嶸對陶詩的評論很可能就受到江淹的影響：〔註10〕

> 文體省淨，迨無長語。篤意真古，辭興婉愜。每觀其文，想其人德，世歎其質直。至如『歡言醉春酒』，『日暮天無雲』，風華清靡，豈直為田家語邪！古今隱逸詩人之宗也。
> 〔註11〕

鍾嶸「豈直為田家語」的辯護，點出當時有人以陶詩為「田家之語」。「田家」既關涉到其「質直」的風格，也關聯到對陶淵明其人的身分認定，這種認定很可能與陶詩的躬耕題材有關，從而意謂此題材受到時人一定的注意。而且此處「田家」應指親身從事耕作的小農，而非

〔註7〕　清·段玉裁：《說文解字注》（臺北：藝文印書館，1999），六篇下，頁280。

〔註8〕　蔡瑜師：〈陶淵明的吾廬意識與園田世界〉，《中國文哲研究集刊》，第38期，2011年3月，頁4～6。

〔註9〕　關於江淹在此組詩中蘊含的評價、品第意圖，詳參趙紅玲：《六朝擬詩研究》（上海：上海辭書出版社，2008），頁135～136的分析。

〔註10〕　關於江淹擬詩對鍾嶸品詩的影響，以及江淹擬詩彰顯陶詩隱逸主題啟發了鍾嶸評陶的推斷，詳參趙紅玲前揭書，頁177～179、185～186。

〔註11〕　梁·鍾嶸撰：《詩品》，卷中，頁12，收入清·何文煥：《歷代詩話》（臺北：藝文印書館，1991）。

擁有「莊園」的主人。〔註12〕到了唐代,「田園」一詞在詩歌評論中
正式出現,而且都指涉陶詩,如:

> 晉、宋已還,得者蓋寡。以康樂之奧博,多溺於山水,以
> 淵明之高古,偏放於田園。〔註13〕

> 陶公愧田園之能,謝客慚山水之美。〔註14〕

由以上論述可知,這些論者都已注意到:就如山水題材是謝靈運最突
出的創作類型一樣,以田園爲題材的詩是陶淵明具代表性的作品。到
了宋代,開始有論者以「田家詩」或「田園雜詩」稱聶夷中、梅堯臣、
范成大等人的詩作,如:

> 余觀梅聖俞寶元間爲葉縣宰,詔書令民三丁籍一,立校與
> 長,號弓箭手,以備不虞,田里騷然。聖俞作田家詩云:「誰
> 道田家樂?春稅秋未足,里胥叩我門,日夕苦煎促。盛夏
> 流潦多,白水高於屋。水既害我菽,蝗又食我粟。前月詔
> 書來,生齒復版錄。三丁籍一壯,惡使操弓韣。州符令又
> 嚴,老吏持鞭撲。搜索稚與艾,唯存跛無目。田閭敢怨嗟,
> 父子各悲哭。南畝焉可事,買箭賣牛犢。愁氣變久雨,鐺
> 缶空無粥。盲跛不能耕,死亡在遲速。我聞誠所慚,徒爾
> 叨君祿。卻詠歸去來,刈薪向深谷。」〔註15〕

> 明宗問曰:「天下雖豐,百姓濟否?」道曰:「穀貴餓農,
> 穀賤傷農。」因誦文士聶夷中田家詩,其言近而易曉。明
> 宗顧左右錄其詩,常以自誦。〔註16〕

〔註12〕 同前揭蔡瑜師文,頁6。

〔註13〕 〈與元九書〉,唐・白居易撰,朱金城箋校:《白居易集箋校》(上海:
上海古籍出版社,2008),卷45,頁2791。

〔註14〕 〈早夏于將軍叔宅與諸昆季送傅八之江南序〉,唐・李白撰,瞿蛻園、
朱金城校注:《李白集校注》(上海:上海古籍出版社,1980),卷27,
頁1576。

〔註15〕 宋・羅大經撰,王瑞來點校:《鶴林玉露》(北京:中華書局,1983),
乙編卷4,頁180。

〔註16〕 宋・歐陽修撰,宋・徐無黨注:《新五代史》(北京:中華書局,1974),
卷54,雜傳第42,〈馮道傳〉,頁613。

范石湖田園雜詩，驗物切近，但句律太憑力氣，於唐人之
樊，尚窘步焉。〔註17〕

這些被用「田家詩」或「田園詩」指稱的個別詩作，都有一共同點：
寫田園景物、生活。依現存文獻可知，到南宋末年已有人明確地以「田
園雜興」爲詩類名稱。「月泉吟社」曾舉辦過一場以「春日田園雜興」
爲題的作詩大賽，《月泉吟社詩》編者吳渭解釋「田園雜興」詩題的
名義云：

> 所謂田園雜興者，凡是田園間景物皆可用，但不要拋卻田
> 園，全然泛言他物耳。……春日田園雜興，此蓋借題於石
> 湖，作者固不可舍田園而泛言，亦不可泥田園而他及。舍
> 之則非此詩之題，泥之則失此題之趣。有因春日田園間景
> 物感動性情，意與景融，辭與意會，一吟風頃，悠然自見。
> 其爲雜興者，此眞雜興也。……諸公長者，惠顧是盟而屑
> 之教，形容模寫，盡情極態，使人誦之，如遊輞川，如遇
> 桃源，如共柴桑墟里，撫榮木，觀流泉，種東皋之苗，摘
> 中園之蔬，與義熙人相爾汝也；如入豳風國，耡者桑者，
> 競載陽之光景，而倉庚之載好其音也。〔註18〕

雖然是「借題於石湖」，但細繹其語意，他並非以「田園雜興」爲專
屬范成大個別作品的詩題，而是視之爲擁有清晰意涵或明確題材範圍
的「詩類名稱」。也就是說，「田園雜興」可以指有「不要拋卻田園，
全然泛言他物」、「不可舍田園而泛言」特徵的詩。所以除了范成大〈四
時田園雜興〉之外，陶淵明、王維的類似作品也成爲吳渭標舉的模範。
而且從參賽者和作品爲數眾多可以推知，〔註19〕「田園雜興」作爲具
有特定內涵的詩類概念，已是文士間普遍的認知。

〔註17〕 宋・方岳《深雪偶談》，頁 517，收入《續修四庫全書》（上海：上海
　　　　 古籍出版社，2002）。

〔註18〕 元・吳渭編：《月泉吟社詩》，收入《叢書集成初編》（北京：中華書
　　　　 局，1985），卷首，頁 2、5～7。

〔註19〕 這次競賽共收到詩歌作品 2735 卷，且參賽者遍布浙、蘇、閩、桂、
　　　　 贛等省。詳參王次澄：〈元初遺民詩人的桃花源──月泉吟社及其
　　　　 詩〉，《河北學刊》，1995 年第 6 期，頁 67。

　　「田園詩」所以能被辨認、被標示，是因為具有顯著的共同特徵。
下文將探討除了《月泉吟社詩》的作者之外，古人論詩的隻言片語或
創作時的夫子自道，所透露的他們理解的「田園詩」具備的特徵。這
能為今人制定田園詩義界與甄別古代田園詩提供重要的依據。

二、田園詩的主要特徵

　　古人雖然很少直接對田園詩作明確界定，但片段的賞析性文字畢
竟透露他們對田園詩的認識。宋人與清人論及「田園詩」、「田家詩」
等類似概念時，經常提點出：它們「寫田園風景或田園生活」。除了
上文引過的三位宋人看法外，清人的類似意見有：

> 作田園詩，宜于樸直，其曲折頓挫在轉落處，用意不窮便
> 佳，不在雕飾字句；常有用雅字則俗，用俗字反雅者……
> 少游〈田居〉詩，描寫情景，亦有佳處，但篇中多雜雅言，
> 不甚肖農夫口角，頗有驢非驢、馬非馬之恨……。然如「寥
> 寥場圃空，跕跕鳥鳶下。飲酣爭獻酬，語闋或悲咤。悠悠
> 燈火暗，刺刺風颷射」，亦深肖田家風景，有儲詩之遺。
> 〔註20〕
>
> 愚謂儲公田家詩皆佳，「碓喧春澗滿，梯倚綠桑斜」，趣遠
> 情深，尤耐人尋味。〔註21〕
>
> 范石湖〈四時田園雜興〉詩，於陶、柳、王、儲之外，別
> 設樊籬。王載南評曰：「纖悉畢登，俚俗盡錄，曲盡田家況
> 味。」知言哉！〔註22〕

首例所謂「描寫情景」，自然指寫田家情況、田園風景。賀裳還認為

〔註20〕　清·賀裳：《載酒園詩話》，頁431，收入郭紹虞編選，富壽蓀校點：
　　　　　《清詩話續編》（上海：上海古籍出版社，1999）。
〔註21〕　清·余成教：《石園詩話》，卷1，頁1743，收入郭紹虞編選，富壽
　　　　　蓀校點：《清詩話續編》（上海：上海古籍出版社，1999）。按：富壽
　　　　　蓀校記云：「以上二句《全唐詩》作鄭谷〈張谷田家〉詩，《文苑英
　　　　　華》同。按本書卷二鄭谷條亦載此二句。」（頁1759）
〔註22〕　清·宋長白《柳亭詩話》，卷22，頁330，收入《續修四庫全書》（上
　　　　　海：上海古籍出版社，2002）。

儲光羲詩以深肖「樸直」的農民生活爲特點。二例則指出儲光羲田園詩的佳處在寫田園風景與生活的部分。三例意謂范成大〈四時田園雜興〉對田家情事，尤其是對眞實農民生活「纖悉」、「俚俗」的面向「畢登」、「盡錄」的程度，已遠過陶、柳、儲、王，達到「別設藩籬」的程度，從而爲「田園詩」開闢新境。細味其意，宋長白與王載南認爲陶、柳等人的田園詩主要寫的是文士的田園生活。而由陶淵明等歷來被視爲田園詩的典範詩人可以推知，寫文士田居生活者，在多數論者心目中被視爲田園詩的主流。

　　從以上論詩文字可以發現，古人所理解的田園詩，以陶淵明、王維、儲光羲、柳宗元、范成大之作等爲典範，且含有「寫田園風景或田園生活（包括文士的田園起居與農民的田園勞作）」的面向。更重要的是，這些詩最主要的藝術價值就體現在其中，或者說這些面向是讀者品賞其美感時主要的著眼點。因此這類內容可謂田園詩的特徵所在。

　　值得注意的是，在陶、王等人公認的田園詩中，「寫田園風景或田園生活」不僅形諸題材的表象，而且顯然還有一種非虛構性質。換言之，田園詩經典中的田園直接取材自詩人經驗世界中的田園，並以詩人對田園景象或田園生活的體驗爲表現篇旨。這點或爲作者在詩題、詩序或詩文中直接表白，或爲其他詩評家所點出。陶詩即以在詩題或詩序中註明創作時間地點，從而爲生命點滴留下紀錄爲特徵。又如王維〈淇上田園即事〉、儲光羲〈田家即事〉、〈田家即事答崔二東皋作〉等詩題，所謂「即事」也指以眼前所見景物爲題材。此外如韋應物〈園林晏起寄昭應韓明府盧主簿〉、〈授衣還田里〉等，詩題中均註明描寫地點、寫作背景，可見詩中所寫爲自我的眞實生活體驗。詩序中有類似意涵的，如范成大〈四時田園雜興〉小序：「淳熙丙午，沉痾少紓，復至石湖舊隱。野外即事，輒書一絕，終歲得六十篇，號〈四時田園雜興〉。」〔註23〕當然，文學創作難以絕對排除想像的成分，但上述詩序、詩題顯示，詩人並非

〔註23〕宋・范成大撰，富壽蓀標校：《范石湖集》（上海：上海古籍出版社，2006），卷27，頁372。按：「淳熙丙午」爲宋孝宗淳熙十三年（1186）。

以創造一個純虛構的世界爲目的，而是以表達眞實生活體驗爲主旨的。
生活經驗是其田園詩的直接基礎。

　　除了創作者有這樣的自覺之外，這點其實也已爲古今論者所指
出。如清人喬億就屢次提及田園詩中所寫者爲「實有其境」：

　　觀古人自詠所居，言山水、卉木、禽魚，皆實有其境，抑
　　或小加潤色，而規模廣狹、境地喧寂，以及景物之豐悴，
　　未或全非也。陶淵明若居鄰城市，必不爲田園諸詩。〔註24〕

　　景有神遇，有目接。神遇者，虛擬以成辭，屈、宋已下皆
　　然，所謂五城十二樓，縹緲俱在空際也。目接則語貴徵實，
　　如靖節田園，謝公山水，皆可以識曲聽眞也。〔註25〕

張晶則總結道：從空間描寫與建構的方面看，中國古代詩詞大多數是
由物質性、地理性的空間作爲觸發點或感知基礎，加之以想像、虛構、
情感的審美空間。絕對的虛構或想像之作並非主流。〔註26〕劉蔚則針
對田園詩的創作情形明確表示，在奠定田園詩藝術傳統的晉唐時期，
「田園詩基本上都是以眞實的自然、眞實的鄉村生活爲審美對象。」
〔註27〕因此，這些田園詩經典的創作時間、內容特點，都與作者的生
命歷程或實際的居住空間有明顯的一致。

　　所謂經驗、體驗，也不僅指對田園景物或生活的目接神遇，還包
括從中生成的種種感懷。葛曉音指出，陶詩「繼承了魏晉詩歌詠懷興
寄的傳統」〔註28〕，其後繼者王、孟、韋等田園詩代表作家也形成「融
興寄於觀賞」的表現模式，〔註29〕「以會景生興，『即景造意』（王世

〔註24〕氏著：《劍谿說詩又編》，頁 1130，收入郭紹虞編選，富壽蓀校點：《清
　　　　詩話續編》（上海：上海古籍出版社，1999）。

〔註25〕氏著：《劍谿說詩》，卷下，頁 1097～1098，收入郭紹虞編選，富壽
　　　　蓀校點：《清詩話續編》（上海：上海古籍出版社，1999）。

〔註26〕〈中國古典詩詞中的審美空間〉，《文學評論》，2008 年第 4 期，頁
　　　　44。

〔註27〕氏著：《宋代田園詩研究》（北京：人民文學出版社，2012），頁 152。

〔註28〕〈論山水田園詩派的藝術特徵〉，《詩國高潮與盛唐文化》（北京：北
　　　　京大學出版社，1998），頁 120。

〔註29〕同前注，頁 123。

懋語）爲其基本特點，詩興由景物觸發，景物大體上保持其本來面目。」
〔註30〕羅宗強亦認爲，王、孟等盛唐山水田園詩人之作，「因景生情，
以情觀景，在景物的眞實描寫中融入情思，創造出情景交融的完美詩
境。」〔註31〕田園詩的內容本質，應以個人的經驗感受爲主，因此高
友工說：「中國詩的傳統中由自然物境的描寫發展的所謂『山水、田
園』的詩體始終不能與自我心境的表現所生的所謂『詠懷』、『言志』
的詩體分離。」〔註32〕

　　「田園詩」中的體驗，除了文士對自我田居生活的體驗，還包括
對眞實農民生活（包括其中苦難一面）的敏銳感受。聶夷中的〈詠田
家〉（或「傷田家」）自北宋以來被公認爲「田家詩」，〔註33〕在陳述
田家苦況後，詩人陳情云：「我願君王心，化作光明燭。不照綺羅筵，
只照逃亡屋」，即爲顯例。上文引述過的梅堯臣〈田家語〉篇末也說：
「我聞誠所慚，徒爾叨君祿。卻詠歸去來，刈薪向深谷。」羅大經《鶴
林玉露》中記載此詩的本事，更可見其中所寫爲農民的眞實生活，是
詩人有感於現實情況而發的吟詠。

　　綜上所述可知，宋末以降「田園詩」作爲一種詩類概念，已爲文人
所普遍認可。從創作實踐與評論文字中，我們可以發現公認的田園詩經

〔註30〕氏著：《山水田園詩派研究》（瀋陽：遼寧大學出版社，1997），頁 317。

〔註31〕氏著：《隋唐五代文學思想史》（北京：中華書局，2003），頁 317。

〔註32〕氏著：〈文學研究中的美學問題（下）：經驗材料的意義與解釋〉，《中
　　　　國美典與文學研究論集》（臺北：臺大出版中心，2004），頁 97。

〔註33〕遂以「田家詩」稱聶夷中的〈詠田家〉（據《全唐詩》，此詩又名「傷
　　　　田家」），首見於歐陽修《新五代史》〈馮道傳〉。此後在馮道、後唐
　　　　明宗事蹟的記載中，稱此詩爲「田家詩」的現象屢次出現。如明・
　　　　楊士奇等編：《歷代名臣奏議》，卷 105、明・樊深：《（嘉靖）河間府
　　　　志》，卷 20，〈人物志〉、清・陶元藻輯：《全浙詩話》，卷 27。此外，
　　　　沈德潛《明詩別裁集》卷 1 評〈明皇秉燭夜遊圖〉時也曾云：「『光
　　　　明燭』二語，活用聶夷中田家詩意。」在明清以降，「田園詩」或「田
　　　　家詩」已成爲類型概念的語境中，論者謂聶夷中〈詠田家〉爲「田
　　　　家詩」，應不僅是襲用《新五代史》，或只是對原詩題的省稱，而是
　　　　也出於對此詩類型的判斷與歸屬。因此，說此詩也屬公認的「田家
　　　　詩」，應離事實不遠。

典，與古人對田園詩的認識，含有以下的共同面向：寫田園風景或生活（包括文士的與農民的）、以經驗中的田園爲題材基礎、以表達個人的田園生活體驗爲主旨。它們是詩人創作經營與讀者欣賞美感的焦點，也是可區別於其他題材的詩類的特徵，足以成爲田園詩定義中的要素。

　　據此，我們訂出如下義界：以田園風景或生活（可簡稱爲「田園景事」）爲主要題材；或以詩人對田園的觀察體驗、或由此而直接生發的思想感情爲篇旨的詩，就是田園詩。

　　下文將依據古代評論或公認的田園詩經典提供的線索，就其中「田園」、「田園風景」、「田園生活」、「主要題材」等要素，作補充式的說明，以使這個義界能更有效地甄別田園詩。

　　第一，關於「田園」、「田園風景」的所指。「田園」在古代是一個多義的詞彙。除了指種植穀物果樹之地，西漢中期，「田園」開始指貴族地主的耕地園圃，並泛指莊園或別業。直到魏晉南北朝，史書中所謂「田園」仍經常是莊園的代稱，是皇族或高官財富的代表或象徵。〔註34〕

　　然而，若因此認定田園詩的空間場景就是莊園，或所有在莊園內取材的詩都能視爲田園詩，恐怕脫離了「田園詩」的創作實際，或者說這種意義的「田園」並非田園詩經典的表現對象。〔註35〕雖然「莊園」在很長一段時間內被人以「田園」指稱，但「莊園」畢竟是一片廣闊的範圍，其中既包括生產財富與日常所需的田園；也包含散落在耕地或山川之間的園林建築與游息處所，後者恐怕才是莊園主經常棲息的空間，也是莊園經營的重點所在。因此，「莊園」或實際內涵爲

〔註34〕詳參蔡瑜師前揭文，頁 5～6；劉蔚：《宋代田園詩研究》（北京：人民文學出版社，2012），頁 15。

〔註35〕劉蔚因爲西漢起田園用來指稱地主擁有的莊園，而認爲：「田園詩就是以作爲私有田產的田莊、別墅、別業，林野間的住宅爲空間場景的。」甚至指出，「根據所處地理位置的不同，別業還有山莊、湖莊以及郊莊等不同的類型，所以田園詩還可以是以詩人的山居、湖居、郊居等爲空間場景的。」詳參〈田園詩義界釐定〉，收入前揭氏著，頁 16。

「莊園」的「田園」，並不是包括陶淵明在內的一般文士都能擁有的。

上文已提及，陶淵明在南朝讀者認識中是一位「田家」。陶淵明公認為田園詩的作品，表現的不是規模龐大、精心營構的「莊園」，而是展開實際農務的空間。〔註36〕唐代的田園詩代表詩人王維、儲光羲、韋應物等雖然也擁有莊園，但他們為世所公認的田園詩，就算的確以莊園為現實背景，描寫的重點仍是其中的農家的耕作或生活範圍，或以農民、農田為中心輻散出去的景色，而不會是如〈辛夷塢〉、〈木蘭柴〉、〈竹里館〉等山水勝景。這也是為什麼許多詩評家以「真樸」或「樸質」為田園詩本色的原因。所以作為「田園詩」題材特徵的「田園」，主要指展開務農行為、呈現務農成果的空間。取材自「莊園」的詩，必須與此類空間直接相關，才能視為「田園詩」。

第二，關於「田園生活」的所指。所謂「田園生活」，應廣義地理解為田園空間中發生的生活情事，亦即「田園」是該生活情事發生或進行的場所，是明確地存在於詩中的「生活空間」。〔註37〕這些生活情事，除了農事勞動等「田園中特有的活動」，〔註38〕也包括其他的生活細節。不少田園詩經典即出現此類現象。如陶淵明〈歸園田居〉五首之二：「白日掩荊扉，虛室絕塵想」〔註39〕、之五：「漉我新熟酒，

〔註36〕蔡瑜師進而指出，陶淵明於詩中使用「園田」一詞而非「田園」，很可能就有與當時流行的「田園」意義區隔的意識。相關辨析請參蔡瑜師前揭文頁6～8。

〔註37〕所謂「生活空間」可以定義為：容納各種日常活動發生或進行場所的總和，其實質是構成人們日常生活的各種活動類型或社會關係在空間上的投影。詳參章光日：〈人類生活空間圖式變遷研究〉，《城市規劃匯刊》，2004年第3期，頁60。本文此處所謂田園詩中田園應是一種「生活空間」，就是說「田園」為容納各種生活活動發生或進行的場所。

〔註38〕魏耕原認為，田園詩的外緣界限「舉凡田園風光、春種秋收、田家議論、飢寒所迫、災害所至、農閒消暇，都應當包括在內」（氏著：《陶淵明論》，北京：北京大學出版社，2011，頁47），主要即就田園的生產型態與相關情形著眼。

〔註39〕南朝宋‧陶淵明撰，袁行霈箋注：《陶淵明集箋注》（北京：中華書局，2003），卷2，頁83。

隻雞招近局」〔註40〕；孟浩然〈過故人莊〉：「開筵面場圃，把酒話桑麻」
〔註41〕；儲光羲〈田家雜興〉八首之八：「衣食既有餘，時時會親友」〔註
42〕；范成大〈四時田園雜興〉的「坐睡覺來無一事，滿窗晴日看蠶生」
〔註43〕、「穀雨如絲復似塵，煮瓶浮蠟正嘗新」〔註44〕、「中秋全景屬潛
夫，棹入空明看太湖」〔註45〕、「煮酒春前臘後蒸，一年長饗甕頭清」〔註
46〕、「槐葉初勻日氣涼，蔥蔥鼠耳翠成雙。三公只得三株看，閒客清陰
滿北窗」〔註47〕等等。這些詩雖可見農事以外的生活細節，但詩中提供
的線索也顯示，這些情事發生於「田園」這個特定場合。

其他以「田園詩」為題的詩作也有類似情形。如明代李夢陽〈田園
雜詩〉五首之五在「田居亦安娛，患者寡朋仇。農談或時歇，仰視蒼雲
流」之後，敘述了「青衿者誰子，道言即我謀。開尊面圃場，剝棗充盤
羞。物小意固勤，觸既情仍留」〔註48〕的宴飲經過。又如何景明〈田園
雜詩〉二首之一在「習宦非我長，官久計轉拙。遭斥還田廬，獲與初念
協。樹藝良有期，農事固堪悅」的背景交待後，吟詠了「飄飄綠原風，
晶晶明川月。披襟恣吾適，既夏不知熱」〔註49〕的生活片段。再如明末
薛敬孟〈田園詩〉六首，在前四首描繪了「十年謝塵事，田園性所適。

〔註40〕 同前注所引書，卷 2，頁 89。

〔註41〕 《全唐詩》，卷 160，頁 1651。按：本文所引之唐詩，均以清‧馮定
求等編：《全唐詩》（北京：中華書局，2003）為據。為節省篇幅，
原則上只標注卷數、頁碼，不再詳注。

〔註42〕 清‧馮定求等編：《全唐詩》（北京：中華書局，2003），卷 137，頁
1387。

〔註43〕 宋‧范成大撰，富壽蓀標校：《范石湖集》（上海：上海古籍出版社，
2006），卷 27，頁 372。

〔註44〕 同前注，頁 373。

〔註45〕 同前注，頁 375。

〔註46〕 同前注，頁 376。

〔註47〕 同前注，頁 374。

〔註48〕 明‧李夢陽：《空同集》，卷 10 五言古，頁 270，收入《文津閣四庫
全書》（北京：商務印書館，2006）。

〔註49〕 明‧何景明：《大復集》，卷 8，頁 63，收入《文津閣四庫全書》（北
京：商務印書館，2006）。

春風欣及時，驅我行廣陌」〔註50〕、「年來安農畝，耦耕學沮溺。新畬
入深鋤，溪流從下激」〔註51〕、「野逸無所營，未老學種田。稼圃雖小
人，可以供餘年」〔註52〕、「鄰父久狎居，桑麻話相暄。牸牛閒課犢，
釀花自成蜜」〔註53〕等情景之後，第五首開始寫與農事關係較遠的生活
情事：「野人共負暄，童子解搔癢。膝捫喜拜跧，書讀老徵養。奕棋低
着子，不爭知道廣。」〔註54〕這些詩的共同點在於，它們都描述農務以
外的生活細節，但也於詩中提供了與「田園」有關的各種訊息。

　　再如清初屈復〈田園雜興〉十九首之十七云：「茅茨隱荊榛，天
寒爨烟直。乃知隔嶺村，先有幽人宅。我就與之言，悅怡好顏色。黍
雞竈當門，濁醪飲多力。綿綿締新交，靄靄宛舊識。牛羊日暮歸，兒
女亦留客。天縱邱壑情，庭前視松柏。」〔註55〕馬墣、陳長鎮評此組
詩云：「田園詩不擬陶，則於題不稱，專擬不能變化，又失之套。故
儲、王以下，皆能自出意思。此十九首又與諸家中別具機軸，無一相
似者，神妙不測如此。」〔註56〕明確指出整組詩為「田園詩」。而其
中部份詩篇（如第十七首）所寫雖非務農情事，但其他多數詩篇的田
園描寫仍是很突出的。〔註57〕

〔註50〕　清・薛敬孟：《擊鐵集》，卷2五言古詩，頁131，收入《四庫未收書
　　　　輯刊》（北京：北京出版社，2000），第柒輯第20冊。
〔註51〕　同前註。
〔註52〕　同前註。
〔註53〕　同前註。
〔註54〕　同前註。
〔註55〕　清・屈復：《弱水集》，卷1，頁552，收入《續修四庫全書》（上海：
　　　　上海古籍出版社，2002）。
〔註56〕　同前注。
〔註57〕　如「山水幽以潔，沙田瘠可耕。所獲諒儉嗇，苗與沃壤青。」（之一）
　　　　「禾黍日已長，新穀行當有。還視廩中儲，尚餘二三斗。」（之二）
　　　　「秋潦水沒穀，春乾野無草。耕種當乘時，我犢腹不飽。」（之五）
　　　　「種豆豆不生，種麥麥不熟。幸餘分寸田，黽勉種晚穀。」（之九）
　　　　「野塘雨後水，東西南北流。田夫紛浣浴，鵝鴨或沉浮。」（之十）
　　　　「租稅行將畢，社錢尚多虞。年稔豐一飽，日在東南隅。」（之十一）
　　　　「殘年從所務，東邨事稼穡。適當收穫期，場圃各有積。祝雞禾穗

　　在上述詩例中，「田園」總或隱或顯地是生活情事發生或進行的環境──或是在描寫生活情事的同時提供關於田園的具體訊息；或是生活情事出現在充斥田園特有景物事項的組詩中。一首詩或一組詩（即便是作於詩人田居期間），並未出現任何與「田園」明確相關的景象或事態，卻能被後人公認為「田園詩」，或是被作者以「田園詩」命名的情形，是極為罕見的。

　　綜上所述可知，所謂一首詩以「田園生活」為題材，指的是在「生活情事」之外，「田園是生活情事展開的場所」或「田園是生活場所的主要性質」等訊息，必須明確或具體地被詩人所提示。「與田園明確相關」是一首以生活情事為題材的詩得以被辨認為「田園詩」不可或缺的重要標誌。

　　第三，關於「以田園景物與田園生活情事為主要題材」的所指。田園詩以田園景事為主要題材，意指在此類詩中田園的景象、生活事件必須是全詩居重要地位的元素。葉維廉曾對「山水詩」做出如下界定：「不是所有具有山水的描寫的便是山水詩。詩中的山水（或山水自然景物的應用）和山水詩是有別的。……我們稱某一首詩為山水詩，是因為山水解脫其襯托的次要的作用而成為詩中美學的主位對象，本樣自存。」〔註58〕在判斷同樣以景物題材定名的「田園詩」時，也應作如是觀。換言之，並非含有田園意象的詩都能稱為田園詩。在「田園詩」中田園特有的景物或生活情事，不能只是其他人事的襯托，也不能只是詩歌創作中若隱若現的場合或契機，而必須是在描寫部份或經驗呈現上有主要、關鍵地位的對象。

　　田園景事在描寫部份居主要地位的情形，又可分為兩類。一類是有大量細緻的描寫。還有一類是雖然篇幅上未佔絕大比例，但能從整體構架或局部的具體描繪等面向，在腦海中喚起清晰的「田園」印象，

傍，飯牛柴戶側。」（之十五）等。
〔註58〕〈中國古典和英美詩中山水美感意識的演變〉，氏著：《飲之太和》（臺北：時報文化出版事業有限公司，1980），頁 126～127。

或渲染較明顯的「田園」氛圍。由於後者仍能使讀者辨認詩中空間的主要性質，因此即便穿插山水或自然景物，仍可說居於全詩主要地位的是「田園描寫」。

但田園景事居全詩重要地位，並不表示它必然以一種「純粹的」題材描寫的形態出現在詩中。仔細閱讀田園詩人之宗陶淵明的不少代表作，如〈和劉柴桑〉、〈癸卯歲始春懷古田舍〉二首、〈庚戌歲九月中于西田穫早稻〉等可以發現「躬耕生活、田園景物」與「相關感觸、個人整體境況描述」是雜糅並存的，或由前者引出後者，或由後者見出前者。誠如王國瓔師指出的，陶詩的三大類內涵：「描述田園風光事項」、「揭露田園生活情趣」、「抒發躬耕隱士懷抱」，「經常是三為一體，相互交融激盪，很難清楚分割開來」〔註59〕。可見即便在公認的陶淵明田園詩中，絕對純粹的田園景事也未必佔有主要篇幅。因此比較合適的說法或許是，在「田園詩」中，可能也包含了詩人的所思所感，但田園景事仍在詩人的觀照描寫或經驗呈現上具有關鍵地位，亦即與作者情思同為詩境的主要元素。雖然前者未必占絕大比例的篇幅，但詩人仍必須對之有明確交待或具體勾勒，並圍繞它生發抒情議論。專注於描寫田園景事的詩篇，理當視為「田園詩」，但田園景事與作者情思共構詩境、密不可分的作品，也不應被排除在此類詩歌之外。

三、現代學界對「田園詩」的定義

現代研究者通常採取以下兩種方式，對所謂「田園詩」做出基本的界定。第一，以田園風光或農村生活為描寫主體的詩歌為田園詩。有時會再指出「生活」的主體是文士或農民。這是現在多數學者界定此類詩歌所採用的概念。例如湯華泉、劉學忠認為「田園詩就是歌詠田園風光、歌詠勞動、歌詠農村生活，即或寫進了別的情事、意思，

〔註59〕氏著：《中國文學史新講》（臺北：聯經出版事業股份有限公司，2012），上冊，頁351。

也自應以這些歌詠爲主。」〔註60〕康金聲、李健也說田園詩是通過對
田園景物、農事勞作、田家生活的具體描繪表現主題思想的詩。〔註61〕
而強調生活主體爲文士者,則如王國瓔師:「文學史上所稱『田園詩』,
即是指像陶淵明所寫的那些,描述田園風光事項、揭露田園生活情趣、
以及抒發隱士生活懷抱的詩篇。」〔註62〕爲農民者,如丁成泉認爲只
要一首詩寫農村、農事或農民,且內容充實,就是田園詩。〔註63〕

　　第二,明確地分出廣義、狹義田園詩,通常以描繪文士逍遙自適
之田園生活的詩爲「狹義的」田園詩;越出此範圍之外的,或描寫農
民生活疾苦的詩爲「廣義的」田園詩。例如葛曉音云:「『田園詩』狹
義的概念實際上是指謳吟農村寧靜悠閒生活的牧歌。這種田園詩由陶
淵明開創之後,爲初唐王績所接續。主要流行於盛唐,中唐以後,以
田園生活爲題材的詩歌雖然數量更多,但主題又轉爲反映農民生活的
疾苦,因而從主旨、情調到表現方式都與盛唐以前的田園詩迥異其
趣,不應再納入狹義的田園詩範疇。」〔註64〕最近的論者則認爲田園

〔註60〕湯華泉、劉學忠選注:《古代田園詩選・前言》(合肥:黃山書社,
　　　　1989),頁 4。
〔註61〕康金聲、李健:《田園詩注析・寫在前面》(太原:山西教育出版社,
　　　　2004),頁 2。
〔註62〕氏著:《古今隱逸詩人之宗——陶淵明論析・前言》(臺北:允晨文
　　　　化,1999),頁 14。
〔註63〕丁成泉輯注:《中國山水田園詩集成・前言》(武漢:湖北教育出版社,
　　　　2003)。持類似意見者,還有陳敏直〈走向「山水」與步入「田園」—
　　　　—山水詩祖謝靈運與田園詩宗陶淵明之比較〉《商洛師範專科學校學
　　　　報》第 3 期,1999 年 9 月,頁 55:「『田園詩』,是以農民世代耕作的
　　　　田園風光、農事活動及村居生活的情趣,作爲詩歌描寫、表現的題材
　　　　和主體。」李曉紅〈試論田園詩與山水詩的區別〉《雲南師範大學學報》
　　　　30 卷 4 期,1998 年 8 月,頁 92:田園詩是「以農村的自然環境、風
　　　　土人情、農民的日常生活、生產勞動爲表現對象」的詩。
〔註64〕氏著:《山水田園詩派研究》(瀋陽:遼寧大學出版社,1997),頁 71。
　　　　又,持類似意見者還有唐滿先、崔熊赫:〈陶淵明以前田園詩之審美
　　　　方式——兼論田園詩之定義〉《江西社會科學》1995 年第 2 期,頁
　　　　55、56;侯敏:〈隱者・耕耘者・歌唱者——田園詩人的文化心理透
　　　　視〉《北方論叢》1999 年第 6 期,頁 83 等。

詩包括這兩類，但不一定提及「廣義」、「狹義」的區分。如劉蔚指出，田園詩是以田園爲空間場景，以田園風光、農事勞動和日常生活爲主要題材，以士人和農民爲主要人物形象，以樂和苦爲基本主題的詩歌。〔註65〕周秀榮云：「田園詩應指以農村爲題材，反映農村田園生活的詩歌；它既有寫農村自然風光和隱士閒適生活的一面，也包括鄉村的民情風俗、農民的勞動生活、農村的階級剝削和壓迫等內容。」〔註66〕兩位的說法其實與第一類說法基本相同，只是說得更細緻。

　　參照之前總結出的古人對田園詩的認識，可以發現，現代研究者對田園詩的義界無論是只就其狹義而言，或兼顧廣狹二義，都前有所承、言之成理，而且各家之說並無太大分歧。然而，部份論者對「村居生活」的理解過寬，相應地，他們對田園詩外延的認定也有待商榷。例如認爲「士人日常的村居生活」都可視爲「田園詩」的內容，包括「賦詩、讀書、臨帖、飲酒、彈琴、賞花、出遊等種種活動」〔註67〕。這不能說完全沒有道理，但應加入一個重要前提：詩人明確在詩題或正文中提示過，「田園」是這些行爲發生的情境，甚至是這些活動實現的基礎。如若不然，則不宜直接將這些生活內容歸入「田園詩」。

　　因爲從上文的討論已可知，田園詩中所寫的日常生活情事，應以「田園」爲發生或進行的背景，是古人大致的共識。而且，詩中所寫是否爲「村居生活」，如果可以是（甚至主要是）從「創作背景」而不是從「文本線索」得到的判斷，將容易導致「隱逸詩」、「閒居詩」與「田園詩」的界線更爲模糊難辨，〔註68〕認定過於寬泛的缺憾，也

〔註65〕氏著：《宋代田園詩研究》（北京：人民文學出版社，2012），頁21。
〔註66〕氏著：《唐代田園詩研究》（北京：中國社會科學出版社，2013），頁4。
〔註67〕劉蔚：《宋代田園詩研究》（北京：人民文學出版社，2012），頁19。
　　　　按：其實這是許多學者選取「田園詩」所用的標準。
〔註68〕在古代，這三種詩的「外延」經常是相互重疊的（即一首詩同時具備三種內容特質的情況很常見），但這不表示三個概念完全等同。周秀榮即明確指出：隱逸詩不等於田園詩。因爲隱士既可以隱居田園，也可以隱居山林，甚或隱於都市，因而隱逸詩「既可表達歸隱田園之樂，也可表達歸隱山林之趣，還能表現達到一種超越隱居環境的

就難以避免。

　　總之，我們以爲「田園詩」最主要的判斷依據應爲詩歌的文字表現。
若可考證此詩作於村居期間的生活情事，但「田園」背景卻在詩題或詩
中無痕跡可尋，那麼硬要將之視爲田園詩似乎也有主觀牽強之虞。

　　爲了更清楚地釐析田園詩的外延，還有必要說明田園詩和一些關
聯密切詩類的重疊處所在，並確立彼此之間的界線。

四、「田園詩」和「山水詩」、「閒適詩」的區別

　　關於「山水詩」的定義，陶文鵬、韋鳳娟主編的《靈境詩心——
中國古代山水詩史》的說法具有代表性：「山水詩，就是以自然山水
爲主要審美對象與表現對象的詩歌。山水詩並不僅限於描山畫水，他
還描繪與山水密切相關的其他自然景物和人文景觀。……山水詩是
詩，詩的天職是抒情。許多山水詩就抒發了詩人對山水自然美驚奇、
喜愛、沈醉、讚賞之情。這種審美型的山水詩，是典型的山水詩。但
中國古代的山水詩，還往往與憂國傷時、懷古詠史、羈旅行役、送行
遊宴、田園隱逸、求仙訪道等題材內容相結合，書寫並非單純審美的
複雜感情。」〔註69〕其中「山水」與「田園」更在古代論詩語境中常
被並提，最典型的例子應是王士禛的以下言論：「五言感興宜阮、陳，
山水閒適宜王、韋。爲詩各有體格，不可混一。」「田園丘壑當學陶、
韋。」李豐楙曾引用這些評論，並認爲「在王漁洋的評論中，山水閒
適、田園丘壑、與田園、山水實指同一類題材。」〔註70〕葛曉音也指

『心隱』境界之後所獲得的一份寧靜與平和。」田園詩的內容也不
局限於隱居之樂，還有大量客觀現實的描寫與揭露。總之，田園詩
中確有一部分屬於表現隱逸情趣的田園隱逸詩，但田園詩並不完全
等同於隱逸詩，兩者雖有相交叉的部份，但更有各自不同的表現內
容。詳參氏著：《唐代田園詩研究》（北京：中國社會科學出版社，
2013），頁5。

〔註69〕陶文鵬、韋鳳娟主編：《靈境詩心——中國古代山水詩史·導言》（南
京：鳳凰出版社，2004），頁1。

〔註70〕氏著：〈山水詩傳統與中國詩學〉，收入羅宗濤等著：《中國詩歌研究》
（臺北：中央文物供應社，1985）。

出,陶、謝、王、孟、韋、柳等詩人,因爲專長於山水田園詩,其詩之藝術風格亦有相近之處,晚唐就有人注意到他們的關聯;到清詩話中更成爲經常被並提的詩人系列,並被公認爲山水田園詩最高成就的代表。〔註71〕必須承認,上述將「山水」、「田園」相提並論的說法有合理的一面。

中國古代農村田園不盡然位於一望無際的平疇,尤其是南方農村,往往必須在自然山水之間開墾田地,精耕細作,方能維持溫飽。因此,即便詩人描繪的主體是「田園風光」,也常將作爲其環境背景的山水一併攝入詩裡,這使得古代田園詩中閃現山光水色的情形比較常見。

「山水與田園合流」之成爲一種趨勢,則是盛唐詩壇突出的現象。依據王國瓔師的研究,所謂「山水與田園合流」指的是「山水詩中含蘊著田園情趣」(包括田園風光、農家事項與「牧歌式」的田園意趣等)。這種現象在盛唐時隨著隱逸風氣盛行與對陶淵明其人其詩的追慕效仿而大量出現。〔註72〕葛曉音也爲古代詩評家將陶、謝、王、孟等創作山水、田園詩的作者視爲一個序列找出許多原因,認爲他們的作品受到東晉玄學自然觀的影響,在許多方面都有一致之處,包括體合自然、適己爲樂的旨歸;澄懷觀道、靜照忘求的審美觀照方式;寄情興於自然美的基本表現方式、朗鑒澄照的理趣;清新閒雅、空靈淡泊、富有韻外之致的風格等。這種「藝術特徵」的相同就是山水田園詩派的概念可以得到確認的主要依據。〔註73〕現代的文學史著作也經常以「山水田園詩派」爲與「邊塞詩派」齊名的盛唐兩大詩歌派別,並以之爲最重要的唐代詩歌遺產之一。與此相關的是,在期刊論文中

〔註71〕請參閻氏著:《山水田園詩派研究》(瀋陽:遼寧大學出版社,1997),頁349。

〔註72〕氏著:《中國山水詩研究》(臺北:聯經出版事業股份有限公司,1986),頁255。

〔註73〕詳參〈論山水田園詩派的藝術特徵〉,《詩國高潮與盛唐文化》(北京:北京大學出版社,1998)。

以某詩人「山水田園詩」為研究對象的情形亦屢見不鮮。

我們以為，山水詩與田園詩在詩論中並稱，或在實際創作中內容、情趣上彼此互滲的情況的確存在，也是合理的。將「山水」與「田園」統而觀之，也有助於深入挖掘道家思想對古代文人審美觀與藝術創作的影響。〔註74〕儘管如此，卻並不表示「山水詩」與「田園詩」不存在足以標明自身的內容特徵，更不宜在任何情況下都以「山水田園詩」將它們統攝起來。對「田園詩」與「山水詩」各自作出界說，並且在承認它們可能合流的同時也注意到彼此本質上的差異面，這種作法不僅仍有合理性，而且在討論唐代之外的田園詩時尤為必要。

這首先是因為「山水與田園合流」的現象並不是絕對的，甚至不是主要的。許多時候兩者的差異仍相當明顯。我們知道，「大謝體」山水詩在古代詩史上不絕如縷，將這類純粹模山範水，點染煙霞，卻完全未涉及農村與田園的詩視為「山水田園詩」是說不通的。就田園詩而言，宋代田園詩的重要特點正在於以農事為題材者大增，〔註75〕農民真實生活的方方面面，包括衣食起居、婚喪嫁娶、遊藝活動、商貿活動和人際交往等，更成為詩人樂於描寫的現象。〔註76〕顯然，這一大批詩作中「農村的人文世界」成為筆墨重點，山水只是其中隱約的背景，甚至並不存在。這樣的詩，當然屬於「田園詩」，但視為「山水田園詩」，卻極不妥當。如果要以「山水田園詩」為一種詩類，許多公認的「山水」或「田園」傑作很可能被排除在外。

〔註74〕 王凱：《自然的神韻——道家精神與山水田園詩》（北京：人民出版社，2006）就是這種性質的專著。

〔註75〕 朱剛即將農事題材之詩與「有關變法和黨爭的詩」、「有關邊關外交的詩」一併成為宋代最引人注目的幾類詩作。詳參氏著：〈從類編詩集看宋詩題材〉，《文學遺產》，1999年第5期，頁88。

〔註76〕 詳參劉蔚：《宋代田園詩研究》（北京：人民文學出版社，2012），頁66～72。又，劉氏也指出宋代田園詩出現了由「注重個人主觀情志的抒發，表現隱士們的日常生活，擴展到展現農村的風土人情，紀錄農民的日常生活」這種創作旨趣的變化，並對其原因有所探討。詳參前揭氏著，頁72～77。

其次，「山水」與「田園」主要是從「題材」（即其中反映的景物或事象類型）角度著眼而確立的詩類，其「名」之異已意味古人認爲兩類詩歌屬於不同的題材範疇。「山水」與「田園」之名義既然各有所指，顯然在古人心目中它們仍有區別。雖然古今也都有學者將兩者視爲「一種創作類型」，但這種歸納也非主要著眼於其「題材的一致性」，而是在於旨趣、情味或風格的相近。換句話說，儘管一首「田園詩」在旨趣、情味或風格等方面與山水詩可能類似，但這種相通仍無法顛覆各自名義中的核心概念，也無礙於從題材的角度將之視爲「田園詩」。

進而言之，雖然「山水詩」與「田園詩」在某段時期可能在旨趣風格上趨同，但若因此總是將它們視爲一個「整體」，將難免導致認識盲點的發生。我們知道，相同題材的詩歌在不同時期出現主旨上的轉移，既爲詩人創造力豐沛、有志自成一家的體現，也是各時代詩人們思想情感、審美情趣流變的表徵，更是詩歌史的常見現象。誠如王立所云：「所謂文學的繼承性，主要即表現在這種『主題』構成的內在情感線索中，主題的創新又主要體現在這些主題內部變異、重組所形成的重心更移上。」〔註77〕作爲詩歌因承變創的重要面向的主題重心轉移，理應是詩歌史研究關注的焦點。若因「山水詩」與「田園詩」在唐代，尤其是盛唐時內涵趨同，就把兩者視爲一類詩歌，似乎預設了「山水田園詩」旨趣、情味或風格的就此凝定。這很可能阻礙我們深入探索詩歌史的演變實況。

「田園」與「山水」兩類空間，實有性質上的區別。謝思煒即指出，「田園仍在人的直接生活範圍之內，雖有自然的涵義，但卻是與社會生活直接融合的自然，因而最容易體現社會與自然的和諧。換句話說，也就是人與自然或人與社會本身的和諧」。山水則是在人的直接生活之外的，是人的原來的生活沒有包含的，因而本身已有一種超

〔註77〕氏著：《中國古代文學十大主題：原形與流變》（台北：文史哲出版社，1994），頁90。

越的或形而上學的涵義，是一種在直接社會生活之上或之外追求的產
物。人只有在捨棄或否定原有生活或社會現實裡的某種東西，才能進
入這個境界。〔註78〕他的提示讓我們體認到：田園雖然與山水在「少
受文明污染」或「擺脫文明桎梏」、「與官場對立」等方面有相通處，
卻畢竟是兩種性質有別的空間。田園仍屬於「人的直接生活範圍」，
具有緊密聯繫人生日用的特質，因此能兼容對「人與自然」或「人與
社會」的和諧的嚮往與思索，能寄託對於庶民現實生活、甚至是個人
安身立命的諸多經驗感受。山水則以其和生活現實更遼遠的距離，觸
引的多半是遺世獨立、與萬化冥合的心靈狀態。由此可見，兩種題材
性質若「在某些方面接近，本質卻仍不同」對作品內涵實可能產生重
大影響，不宜總是視為一個整體來看待。

　　綜上所述，我們以為仍宜將「山水」與「田園」視為兩種詩歌類型。
而不應因為兩者曾出現「合流」的現象，或是因為兩類作品中的名作有
這種現象，就逕以「山水田園詩」為一種類型。從消極面來說，這種統
而論之的方式在界定內涵時難免窒礙，將使許多山水、田園佳作也難以
列入討論範圍。從積極面來說，意識到這種區別，有助於更精確地把握
各自的內涵特徵，從而描繪出詩史實際的發展變創過程。〔註79〕

　　我們雖然認為「山水」與「田園」各自的特性應得到研究者的重
視，但並不否定兩大範疇在具體詩篇中交滲的可能。「山水詩」與「田
園詩」雖然不同，但由於兩種詩類的核心要素並不相矛盾，所以一首
詩可能兼具兩種類型的特徵。我們將「田園詩」定義為：「以田園風
景或生活（可簡稱為「田園景事」）為主要題材；且以詩人對田園的
觀察體驗、或他由田園體驗直接生發的思想感情為篇旨的詩。」在這
段定義中，所謂「田園」並不絕對排斥「山水」概念的要素。它可以
是山上的梯田、河畔的園圃，或山水環繞的田園。只要一首詩中「田

〔註78〕氏著：《禪宗與中國文學》（北京：中國社會科學出版社，1993），頁39。
〔註79〕例如，唯有在承認兩者為不同概念的基礎上，所謂「山水與田園合
　　　　流」的現象才能被關注到。

園景事」還具有主要題材的地位，亦即能在讀者腦中喚起具體的田園農村景物情事的形象，就仍可視為田園詩。

　　更具體地說，「田園詩」與「山水詩」在題材範疇上的交疊不外乎兩種情況：彼此有主從之別（此為多數情況）；或彼此密切交融難有輕重之分。前者較易定奪，一首詩中如果「田園」方面的特徵更為凸顯，自然易使研究者將之歸入田園詩。袁行霈云：「田園詩和山水詩往往並稱，但這是兩類不同的題材。田園詩當然會描繪農村的風景，但其主體是寫農村的生活、農村和農耕。山水詩則主要是寫自然風景，而且主要不是寫田園的風景。」〔註80〕尋繹其語意，所謂「農村的風景」應包括「山水景色」在內。他認為田園詩很可能滲入山水描寫，但只要詩的筆墨重心仍是農村情事，就仍應視為「田園詩」。第二種情形雖為少數，但也不是不可能出現。王維的名作〈新晴野望〉即為一例，〔註81〕此詩中山水與田園的形象都非常鮮明優美，顯然兩者交融統合在詩人「野望」的視野中，共構為他的審美對象。面對這樣的作品，我們不妨承認：它既是山水詩，也是田園詩。

　　此外，「田園詩」與「閒適」的情調也有甚多關聯。從南宋起，就有讀者認為「田園詩」的重點在於傳達悠閒自適之情。例如張戒云：

　　　詩者志之所之也，情動于中而形于言，豈專意于詠物
　　　者。……淵明「狗吠深巷中，雞鳴桑樹顛」，本以言郊居閒
　　　適之趣，非以詠田園，而後人詠田園之句，雖極其工巧，
　　　終莫能及。〔註82〕

古代詩人的閒適體驗經常出現於在野之時、田居之際，從而產生大量歌詠此類感受的田園詩。但這份閒適情懷也可能藉由田園之外的諸多

〔註80〕〈陶詩主題的創新〉，氏著：《陶淵明研究》（北京：北京大學出版社，2009），頁100。

〔註81〕其詩云：「新晴原野曠，極目無氛垢。郭門臨渡頭，村樹連谿口。白水明田外，碧峰出山後。農月無閒人，傾家事南畝。」清‧馮定求等編：《全唐詩》（北京：中華書局，2003），卷125，頁1250。

〔註82〕氏著：《歲寒堂詩話》，卷上，頁544，丁福保編：《歷代詩話續編》（臺北：藝文印書館，1983）。

題材表現，如王士禛云：

> 務觀閒適，寫村林茅舍、農田耕漁、花石琴酒事，每逐月
> 日，記寒暑，讀其詩如讀其年譜也。〔註83〕

此處所謂「閒適」，既可能指陸游平時的心態，也可能指化入「村林茅舍、農田耕漁、花石琴酒」等題材之詩中的情味。可見「田園詩」與「閒適詩」既有重疊的可能，又不能等同視之。

毛妍君曾對普遍意義上的「閒適詩」做出明確定義：「閒適詩應指在閒暇安適的狀態下所創作的帶有閒適情調的詩歌，是吟詠享有閒適狀況時情趣和心境之歌。」〔註84〕「閒適詩通常具有以下幾個要素：（1）抒寫揚棄政治功名、擺脫苦悶與束縛後達到的情感自由與平衡的精神狀態。（2）這種悠然自適的生存狀態反映在詩中，常以自然閒散的筆調寫出人與自然的和諧默契，以及在自然中無牽無掛的悠然心情。（3）以表現自我、主張真實的抒發自我的性情，以張揚自我個性基本訴求。」〔註85〕並指出，「不論身在廟堂之上，或是棲身草野，只要具有知足保和的心理就可以寫出閒適詩。」〔註86〕顯然，「田園詩」是從詩歌題材角度建立的詩歌類型，「閒適詩」則從詩中抒發的主要情感線索，亦即主題著眼。閒適之情透過不同題材表達，只要它是一首詩的主旨，則無論選擇何種題材，仍無礙其為「閒適詩」。但它是否同時也是「田園詩」，則須視題材而論。「田園詩」這一詩類裡，可以表現多種主題類型。當一首田園詩抒發的主要是閒適情懷時，也可被視為閒適詩。如果不然，自不能劃入「閒適詩」的範疇。

總而言之，「閒適詩」與「田園詩」的性質可能兼容於一首詩中，但在概念上兩者仍為不同的詩歌類型，不能混淆。對「田園詩」的研

〔註83〕氏著：《帶經堂詩話》（北京：人民文學出版社，1963），頁43。

〔註84〕氏著：《白居易閒適詩研究》（北京：中國社會科學出版社，2010），頁34。

〔註85〕前揭氏著，頁41。

〔註86〕同前注。又，關於「閒」之境界的內涵與特徵，還可參考蘇狀：《「閒」與中國古代文人的審美人生》（上海：復旦大學出版社，2013），頁14～25。

究者而言，選擇研究對象的首要依據應是題材有關方面的觀察、判斷。若能符合，則無論其中的主旨情懷爲何，均能劃入研究範圍。

我們將依據以上認識甄別陸游以及其他詩人的田園詩，試圖讓研究對象盡可能趨於精確，從而提高論文研究結論的說服力。

第二節　陶淵明田園詩的旨趣與藝術技巧

在中國文學史上，陶淵明是公認的「田園詩」創始者。雖然在《詩經》國風的〈七月〉、〈小雅〉的〈莆田〉、〈大田〉、〈信南山〉，與〈周頌〉的〈載芟〉、〈良耜〉等篇章中已依稀可見與田園相關的意象，但這些詩一般不被視爲田園抒情詩，因爲所有這些篇章中的說話人，皆非田園中自在且自爲的自我。〔註87〕陶淵明是第一位對田園生活有深切體驗，並將自我的思想感懷與田園情事融爲一體、形諸詩篇的詩人。在其之後，雖然江淹〈擬雜體詩〉三十首的擬陶詩題爲「田居」，已點出其詩主要特徵所在，但由於陶詩與當時詩風相悖，因此並未受到重視。南北朝雖然也出現了少數田園詩，但其主題與陶詩並不相合，影響更無法與陶詩相比。南朝宋時鮑照有〈學陶彭澤體〉詩，但並非以田園爲題材；其爲數甚少的田園詩也並未繼承陶詩的主題特徵。它們或是敍寫躬耕生涯之辛苦屈辱，抒發不得志之悲憤；〔註88〕或是描寫田園生活之蕭條冷落，抒發壯志難酬之深慨；〔註89〕或傳達自我對善賈巧宦不勞而獲的鄙視，以及透過

〔註87〕此處關於《詩經》中篇章不屬於田園詩的意見，取自蕭馳之說。蕭氏認爲，《詩經》中涉及田園意象的詩，見於〈國風〉者多數是農奴勞作進行中的號子；見於〈小雅〉、〈周頌〉者則是領主省耕之詠，或收穫後領主的祭祀之歌。總之，其中的說話人均非出現於田園中的抒情自我。請參閱〈陶淵明藉田園開創的詩歌美典〉，氏著：《中國思想與抒情傳統　第一卷　玄智與詩興》（臺北：聯經出版事業公司，2011），頁311～312。

〔註88〕南朝宋・鮑照著，錢仲聯增補集說校：《鮑參軍集注》（上海：上海古籍出版社，2009），卷6，〈擬古八首〉之六，頁343。

〔註89〕前揭書，卷6，〈秋夜二首〉之二，頁402。

務農潔身自好的決心，〔註90〕均貫穿鬱勃難平之氣。庾信晚年書寫
退隱之思時，時有受陶詩文影響的痕跡，〔註91〕但其田園詩亦極少，
而且「缺乏陶詩那種回歸自然的自在意趣，只能通過大量擷取小園生
活的細節，並化用歷代隱士的典故，將自己塑造成一個隱士的形象」，
又「將齊梁注重景觀刻化，長於用典的技巧與抒寫性情結合起來，便
形成了與陶詩迥然不同的表現藝術」，〔註92〕顯然亦未直承陶詩傳
統。其他如沈約的〈行園詩〉、〔註93〕周捨的〈還田舍詩〉、〔註94〕
朱异〈還東田宅贈朋離詩〉〔註95〕等，亦為田園詩，但均屬偶然之作，
其中陶詩的痕跡極淡，〔註96〕後人的注意亦甚微。陶淵明雖在當時幾
無嗣響，更未形成一詩歌流派，卻實為東晉南朝田園詩一枝獨秀之代
表。因此，本章只鎖定陶詩為討論對象。

〔註90〕前揭書，卷6，〈觀園人藝植詩〉，頁377。

〔註91〕此方面的研究請參閱李劍鋒：《元前陶淵明接受史》（濟南：齊魯書
社，2002），頁31～32。

〔註92〕葛曉音：《山水田園詩派研究》（瀋陽：遼寧大學出版社，1999），頁
87～89。按：庾信晚年詩作雖有田園痕跡，但與陶淵明精神境界大
不相同。已有學者注意到這點，例如孫康宜指出，庾信雖常在詩中
對陶淵明等隱士頻繁引喻，但實際上過的是「朝隱」生活。「庾信走
向『小園』的退隱……如果從文學的意義上來看，它至多不過充當
了詩人自足個性的一種象徵。我們必須注意，從性格上說，庾信毋
寧是個天生傾向於中庸的現實主義者，這與生俱來的品性，給了他
一種必不可少的安全意識來進行自我保護。」（氏著：《抒情與描寫：
六朝詩歌概論》，臺北：允晨文化，2001，頁207～208）換言之，庾
信的「歸田」只是透過虛擬的隱逸，企圖消弭身為「貳臣」的不安。
廖美玉：〈「歸田」意識的形成與虛擬書寫的至樂取向〉，《成大中文
學報》，第11期，頁74～75對此亦有相關探討。

〔註93〕逯欽立輯校：《先秦漢魏晉南北朝詩》（北京：中華書局，1998），中
冊，梁詩卷8，頁1641。

〔註94〕逯欽立輯校：《先秦漢魏晉南北朝詩》（北京：中華書局，1998），中
冊，梁詩卷13，頁1774。

〔註95〕逯欽立輯校：《先秦漢魏晉南北朝詩》（北京：中華書局，1998），下
冊，梁詩卷17，頁1860。

〔註96〕周捨詩云：「薄宦久已倦，歸來多暇日。未鑿武陵巖，先開仲長室。」
以「武陵」稱其歸隱後嚮往之處，似乎受陶淵明〈桃花源記〉的影響。

陶氏爲《宋書》、《晉書》、《南史》等歸類於隱逸傳，又爲鍾嶸《詩品》稱許爲「古今隱逸詩人之宗」，其詩記錄的是他歸隱躬耕歲月的經驗感受，也使「田園詩」在誕生之初就與隱士的情懷結下了不解之緣。其實早在陶氏之前，「隱逸行爲」就與「田園」產生了聯繫。〔註97〕《論語・微子》中的「荷蓧丈人」與「偶而耕」的長沮、桀溺均爲隱士，其後文士歌詠隱逸的作品片段，也觸及了與躬耕田園相關的內容。例如劉向的「曷來歸耕永自疎」、潘岳的「長嘯歸東山，擁耒耡時苗」；左思亦高唱「功成不受賞，長揖歸田廬」。東漢張衡的〈歸田賦〉更是第一篇藉歌頌田園生活之美好，表達對污濁政治之否棄的文學作品。但到了陶淵明，才首度將隱居於田園中生活感觸的各方面，形諸詩篇。霍建波指出，「陶淵明是中國文學史上第一個用文學語言的形式，把隱居田園的意義作了深刻、全面闡述的人，並將其提升到了完全自覺、富有理性的高度，從中展現了自己全部的思想與人格追求。」〔註98〕其文學成就既高，影響亦極爲深遠。

在正式進入討論之前必須先說明的是，陶集中雖有許多詩歌作於隱居田園之後，但其中明確顯示所描寫屬「田園情事」者，實不多見。〔註99〕若以較嚴格的「田園詩」定義觀之，陶詩中直接表現「田園景事」的作品，其實只有十六、七首。〔註100〕可以說，即便陶淵明的田園

〔註97〕田園是古代隱者棲身處所之一。蔡瑜師云：「綜觀自先秦以迄魏晉，逸民隱者生存場所的選擇原有多種型態，『古巢居穴處曰巖棲，棟宇居山曰山居，在林野曰丘園，在郊郭曰城傍。』可約其大概；此外，還有浮於江海，隱於漁釣者。」請參閱氏著：〈陶淵明的「自然」〉，《中國語文論譯叢刊》，第21輯，2007年8月，頁61。

〔註98〕氏著：《宋前隱逸詩研究》（北京：人民出版社，2006），頁144。

〔註99〕龔斌即將陶詩從題材上分爲「田園詩」與「詠懷詩」（《陶淵明傳論》，上海：華東師範大學出版社，2000，第七章），顯然他也認爲不宜籠統地將所有「作於隱居田園時的詩」視爲「田園詩」。

〔註100〕包括：〈歸園田居〉五首、〈移居〉二首、〈和劉柴桑〉、〈和郭主簿〉二首之一、〈癸卯歲始春懷古田舍〉二首、〈庚戌歲九月中于西田穫早稻〉、〈丙辰歲八月中於下潠田舍穫〉、〈有會而作〉、〈雜詩〉十二首之八、〈讀山海經〉十三首之一、〈怨詩楚調示龐主簿鄧治中〉、〈酬劉柴桑〉等。

詩對後代影響深遠，但其創作的主流實爲「隱逸詩」而非「田園詩」，因此鍾嶸稱他爲「隱逸詩人之宗」。陶詩中田園詩其實是可以歸於隱逸詩之中的。

　　陶淵明的田園詩是基於「歸隱躬耕」的道路而產生的，其內容不出此一人生抉擇中的各種生活況味與體悟，而其主題則可歸納爲體合自然的生活態度，以及躬耕守拙的執著懷抱。以下將分別論之。

一、主題類型

（一）體合自然的生活態度

　　陶淵明在作於歸隱不久的〈歸園田居〉五首之一指出，〔註101〕其歸田的意義在於「久在樊籠裡，復得返自然。」〔註102〕黃文煥評云：「『返自然』三字，是歸園田大本領，諸首之總綱。」〔註103〕事實上，「返自然」三字亦爲陶氏全部田園詩的重要主旨。「返自然」亦即能舒展本眞天性，將自身生命融入宇宙生生、大化流轉的節律之中。〔註104〕淵明當年爲了養家餬口而出仕，以致「誤落塵網中，一

〔註101〕 詳參南朝宋・陶淵明撰，袁行霈箋注：《陶淵明集箋注》（北京：中華書局，2003），卷2，頁79，袁行霈所撰之「編年」。

〔註102〕 卷2，頁76。

〔註103〕 明・黃文煥：《陶詩析義》，卷2，頁176，收入《四庫全書存目叢書》（台南：莊嚴文化，1997）。

〔註104〕 龔斌以「任眞自得」爲陶淵明的人格特質之一，並解釋道：「『任眞』，即委運自然之意。」「任眞的結果，大而言之，順應天地自然之道；小而言之，任情肆志，一任人性的發露和宣泄。」氏著：《陶淵明傳論》（上海：華東師範大學出版社，2000），頁90。袁行霈〈陶淵明崇尚自然的思想與陶詩的自然美〉一文云：「歸返自然是總的思想傾向。在道德修養方面，陶淵明提出『抱樸含眞』作爲奉行的原則，……又表現爲對於自然化遷的委順。」氏著：《陶淵明研究》（北京：北京大學出版社，2009），頁51～52。張萬民亦明確指出：「陶淵明的『自然』有二意：一爲追求人性自由、閒適自然的生活方式，即『稱心自然』；二爲企慕委運任化、樂天委命的人生態度，即『任運自然』。」氏著：〈陶淵明的人生觀和玄學人生觀〉，《九江師專學報・哲學社會科學版》，1998年第4期，頁11。

去三十年」，深感「質性自然，非矯厲所得，飢凍雖切，違己交病」，
「悵然慷慨，深愧平生之志」，〔註105〕遂於義熙元年（405年）毅然
退出官場，回歸寧靜純樸的田園。此後，他終能展開其理想的生活，
亦即在〈歸去來兮辭〉所說的「聊乘化以歸盡，樂夫天命復奚疑」〔註
106〕，將人生融入自然的規律，樂天知命，至於百年。陶淵明的詩文
經常可見與此種人生境界相關的篇什；而體合自然、委運乘化，亦為
其田園詩之重要主題。

　　身為東晉士人的陶淵明經常由自然萬物體認宇宙的運轉法則與
生生化機。〈讀山海經〉十三首之一云：

　　孟夏草木長，遶屋樹扶疏。眾鳥欣有託，吾亦愛吾廬。既耕
　　亦已種，時還讀我書。窮巷隔深轍，頗迴故人車。歡然酌春
　　酒，摘我園中蔬。微雨從東來，好風與之俱。泛覽周王傳，
　　流觀山海圖。俯仰終宇宙，不樂復何如？（卷5，頁393）

此詩開篇便點染出一片初夏田居圖。一個「亦」字，既展現詩人對田
園生活的無比喜愛，也透露出他自視為大自然的一份子，與鳥兒欣然
於自然的懷抱之中，各遂其性，並隨著大化的規律作息：在萬物欣欣
向榮的季節辛勤耕耘；耕種已畢，還家讀書，在微雨好風中歡然品嚐
春酒園蔬，於泛覽流觀古代傳說之際，神遊無涯的宇宙。此「樂」之
內涵，不僅是讀書之樂，亦是將生活的節奏融入宇宙的韻律之際，由
衷的歡悅、怡然。〔註107〕

　　淵明以「歸園田」與「返自然」相對應，「田園」對他來說，不

〔註105〕　〈歸去來兮辭・序〉，南朝宋・陶淵明撰，袁行霈箋注：《陶淵明集
　　　　　箋注》（北京：中華書局，2003），卷5，頁460。按：本文所引陶
　　　　　淵明詩文，均以此為據，原則上不再詳注。
〔註106〕　〈歸去來兮辭〉，卷5，頁461。
〔註107〕　對此詩的解讀，曾參考蕭馳：〈陶淵明藉田園開創的詩歌美典〉，氏
　　　　　著：《中國思想與抒情傳統　第一卷　玄智與詩興》（臺北：聯經出
　　　　　版事業公司，2011），頁296。又，吳淇評此詩云：「『眾鳥欣有託』
　　　　　二句，是萬物各遂其性，卻以『樂』字補出知命之學。」清・吳淇
　　　　　撰，汪俊、黃俊德點校：《六朝選詩定論》（揚州：廣陵書社，2009），
　　　　　卷11，頁293。與蕭氏意見可以互參。

但是能卸下世俗枷鎖的樂土，更是使人親近大地脈搏，舒緩身心疲憊
的地方。陶詩中畫出的田居景象、情事，多為與自然生命相親近者。
除了上文已舉過的〈讀山海經〉十三首之一以外，尚有以下數例：

> 方宅十餘畝，草屋八九間。榆柳蔭後園，桃李羅堂前。曖
> 曖遠人村，依依墟里煙。狗吠深巷中，雞鳴桑樹巔。(〈歸
> 園田居〉五首之一，卷2，頁76)

> 窮居寡人用，時忘四運周。門庭多落葉，慨然知已秋。新
> 葵鬱北牖，嘉穟養南疇。(〈酬劉柴桑〉，卷2，頁142)

> 藹藹堂前林，中夏貯清陰。凱風因時來，回飈開我襟。息
> 交遊閒業，臥起弄書琴。(〈和郭主簿〉二首之一，卷2，頁
> 144～145)

詩人屋宅前後均為繁茂的花木環繞，遠處的村舍與裊裊的炊煙，和深
巷犬吠、桑巔雞鳴融合成恬靜而富於生機的和諧。所謂「戶庭無塵雜，
虛室有餘閒」〔註108〕、「虛室絕塵想」〔註109〕，正道出詩人沉浸於
這份和諧油然而生的淡定、恬然。〈酬劉柴桑〉詩，吳瞻泰分析云：「『寡
人用』，則與天為徒矣。天之四運周舉，相忘於天也。落葉知秋，始
知時序一周，正善寫『忘』字。新葵嘉穟皆秋景，一結，正見及時行
樂也。」〔註110〕落葉隨著金風飄落庭中，稍來秋天的訊息，雖令詩
人不免感慨；但終能「命室攜童弱，良日登遠遊」，盡情欣賞美景，
徜徉於天道的運化之中。秋來春去，仲夏的微風再度拂過人間，喚起
淵明的清爽愉悅之感。與「藹藹」四句類似的意境在陶淵明詩文中不
止一見，〔註111〕但此處寫得特別富於深情。清陰可「貯」，意味著供

〔註108〕〈歸園田居〉五首之一，卷2，頁76。

〔註109〕〈歸園田居〉五首之二，卷2，頁83。

〔註110〕清‧吳瞻泰輯：《陶詩彙注》，卷2，頁306，收入《四庫全書存目
叢書》(台南：莊嚴文化，1997)。

〔註111〕例如〈與子儼等疏〉(卷7，頁529)：「少學琴書，偶愛閒靜，開卷
有得，便欣然忘食。見樹木交陰，時鳥變聲，亦復歡然有喜。常言：
五六月中，北窗下臥，遇涼風暫至，自謂是羲皇上人。」

人領略、取用；〔註112〕回風「開我襟」，傳達出南風對人的體貼與眷
戀。此詩後半所謂「此事眞復樂，聊用忘華簪」，應有部分即就與大
自然親密依存的欣慰而言。其他如〈癸卯歲始春懷古田舍〉二首中的
「鳥哢歡新節，泠風送餘善」〔註113〕、「平疇交遠風，良苗亦懷新」
〔註114〕等古今共賞佳句，亦爲詩人身心浸潤田野，冥合天地，從而
善體物理之微的結果。〔註115〕

　　自古以來士人仕宦往往自己的自由甚至良知爲代價，以《莊子》
〈馬蹄〉等篇啓示人們，「回歸自然的生態，以最少的人力耕種維持
生存的基本需求，是人類跳脫人爲世俗的傷害，重新找回生命自主
權、獲得自在逍遙的惟一進路。」〔註116〕陶氏田園詩中順應自然節
律，與宇宙爲一體的情境，也包括日出而作，日入而息的農耕生活：
〔註117〕

> 晨興理荒穢，帶月荷鋤歸。(〈歸園田居〉五首之三，卷2，
> 頁85)
>
> 日入相與歸，壺漿勞近鄰。(〈癸卯歲始春懷古田舍〉二首
> 之二，卷3，頁203)
>
> 晨出肆微勤，日入負禾還。(〈庚戌歲九月中於西田穫早
> 稻〉，卷3，頁227)

〔註112〕袁行霈注此句云：「清陰可貯，以備取用。『貯』字妙絕。」請參閱
　　　　《陶淵明集箋注》，卷2，頁146。

〔註113〕卷3，頁200。

〔註114〕卷3，頁203。

〔註115〕宋人張表臣云：「東坡稱陶靖節詩云：『平疇交遠風，良苗亦懷新，
　　　　非古之耦耕植杖者，不能識此語之妙也。』僕居中陶，稼穡是力。
　　　　秋夏之交，稍旱得雨，雨餘徐步，清風獵獵，禾黍競秀，濯塵埃而
　　　　泛新綠，乃悟淵明之句善體物也。」吳文治主編：《宋詩話全編》(南
　　　　京：江蘇古籍出版社，1998)，第三冊，卷1，頁2606。

〔註116〕廖美玉：〈「歸田」意識的形成與虛擬書寫的至樂取向〉，《成大中文
　　　　學報》，第11期，2003年11月，頁52。

〔註117〕此論點曾參考蕭馳〈陶淵明藉田園開創的詩歌美典〉，氏著：《中國
　　　　思想與抒情傳統　第一卷　玄智與詩興》(臺北：聯經出版事業公
　　　　司，2011)，頁298～300。

在陶詩中，不時可見詩人晨興夜歸的耕耘身影。隨著自然運行而作息的樸素生活，是古人的一種人生理想。《莊子》〈讓王〉記載舜授天下於善卷時，善卷答云：「余立於宇宙之中，冬日衣皮毛，夏日衣葛絺，春耕種，形足以勞動；秋收斂，身足以休食。日出而作，日入而息，逍遙天地之間而心意自得，吾何以天下為哉？」〈擊壤歌〉所云：「日出而作，日入而息。鑿井而飲，耕田而食，帝力於我何有哉？」類似壤父與善卷的身影，在其他魏晉文獻中一再出現，既表徵著人們對上古時代心、形一體，個人生命與宇宙生命一體的純真狀態的緬懷，〔註118〕也是陶詩描繪原始或鄉間生活的恬淡真淳時，常有的循環模式。〔註119〕在陶氏田園詩中，早出晚歸的農事勞動引起的主要不是對身體疲乏的嗟嘆，而是隨順大化節律生活的欣然。〈癸卯歲始春懷古田舍〉二首描寫鳥鳴、微風、隨風翻飛之秧苗的詩句，歷來為人讚嘆不已，所謂「雖未量歲功，即事多所欣」〔註120〕正指躬耕之際體會的天地化生之美而言。而〈歸園田居〉五首之三中「帶月荷鋤歸」句，透出與大自然的親近，既描繪出務農的辛勤，又那樣富含詩意。此詩的結語「衣沾不足惜，但使願無違」〔註121〕；以及其他詩的結尾：「遙遙沮溺心，千載乃相關。但願長如此，躬耕非所歎。」〔註122〕「姿年逝已老，其事未云乖。遙謝荷蓧翁，聊得從君棲」〔註123〕，一方面表明詩人對持守人生原則的堅定信念，另一方面也蘊含著在日復一日晨興夜歸、自食其力的躬耕生活中寧靜而踏實的心境。〔註124〕

〔註118〕 此論點曾參考蕭馳前揭文，頁299。
〔註119〕 例如：「仰想東戶時，餘糧宿中田。鼓腹無所思，朝起暮歸眠。」（〈戊申歲六月中遇火〉，卷3，頁219）、「日入群動息，歸鳥趣林鳴。嘯傲東軒下，聊復得此生。」（〈飲酒〉二十首之七，卷3，頁252）「朝為灌園，夕偃蓬廬。」（〈答龐參軍〉，卷1，頁27）「相命肆農耕，日入從所憩。」（〈桃花源詩〉，卷6，頁480）等。
〔註120〕 〈癸卯歲始春懷古田舍〉二首之二，卷3，頁203。
〔註121〕 同前注。
〔註122〕 〈庚戌歲九月中于西田穫早稻〉，卷3，頁227。
〔註123〕 〈丙辰歲八月中於下潠田舍穫〉，卷3，頁231。
〔註124〕 譚元春評〈丙辰歲八月中於下潠田舍穫〉云：「無一字不怡然自得。」

　　陶淵明順應天地之道的生活態度，也包括對生死能縱浪大化、不喜不懼。其田園詩較明顯表露此方面內涵者為〈歸園田居〉五首之四、五：

　　久去山澤游，浪莽林野娛。試攜子姪輩，披榛步荒墟。徘徊
　　丘壠間，依依昔人居。井竈有遺處，桑竹殘朽株。借問採薪
　　者，此人皆焉如？薪者向我言，死沒無復餘。一世異朝市，
　　此語真不虛。人生似幻化，終當歸空無。（卷2，頁86）

　　悵恨獨策還，崎嶇歷榛曲。山澗清且淺，遇以濯吾足。漉
　　我新熟酒，隻雞招近局。日入室中闇，荊薪代明燭。歡來
　　苦夕短，已復至天旭。（卷2，頁89）

黃文煥剖析詩中含義云：「至於生死者，天地自然之運，非一毫人力所得與。曰『終當歸空無』，一一以自然聽之。田園中老死牖下，得安正命，與一切仕路刑辱不同，死亦得所，況存乎？知此則清淺遇濯，雞酒輒飲，徹夜至旦，所期以享用，此自然之福者，何可一刻錯過？」〔註125〕人的形體必然隨著時間逐漸消逝，淵明對此雖難免「悵恨」，但並未沈浸在憂生之嗟中。「濯吾足」為一具有隱逸意蘊之文化代碼，〔註126〕於此特意提及此歸途細節，暗示詩人重新回歸隱逸初衷——返自然，任運命之自然。於是還家後邀鄰里共享雞酒，歡宴達旦。林玫儀云：「『天旭』不僅是天之明，也象徵他心境之澄明。」〔註127〕

　　鍾伯敬評云：「陶公山水朋友詩文之樂，即從田園耕鑿中一段憂勤
　　討出，不別作一副曠達之語，所以為真曠達也。」明・鍾惺、譚元
　　春輯：《古詩歸》，卷9，頁454，收入《續修四庫全書》（上海：上
　　海古籍出版社，2002），集部第1589冊。
〔註125〕明・黃文煥：《陶詩析義》，卷2，頁176，收入《四庫全書存目叢
　　　　書》（台南：莊嚴文化，1997）。
〔註126〕楊玉成云：「『濯吾足』也是一個文化代碼，來自《孟子》或〈漁
　　　　父〉『滄浪之水濁兮，可以濯吾足』，也迴盪左思『振衣千仞崗，
　　　　濯足萬里流』的聲音。隱士傳統扮演啟蒙的角色，讓詩人脫胎換
　　　　骨，重獲新生。」（氏著：〈田園組曲：論《歸園田居五首》〉，《國
　　　　文學誌》，第4期，民國89年12月，頁30）本文此處相關論點
　　　　曾參考其說。
〔註127〕南朝宋・陶淵明著，林玫儀選注：《南山佳氣——陶淵明詩文選》（臺
　　　　北：時報文化，1985），頁60。

此詩首句所謂「獨策還」之「還」，與第一首的「歸園田」、「返自然」相互呼應，不僅呈現「章法完整」的特色，〔註128〕也暗示自我決定採取委運任化、珍惜當下的生命態度。

淵明與田園之「自然」相契合的喜悅，還體現在歌詠眞淳人情的篇章中。〈歸園田居〉五首之二云：

> 野外罕人事，窮巷寡輪鞅。白日掩荊扉，虛室絕塵想。時復墟曲中，披草共來往。相見無雜言，但道桑麻長。桑麻日已長，我土日已廣。常恐霜霰至，零落同草莽。（卷2，頁83）

淵明歸隱後，鮮少與高車駟馬之輩接觸，而樂於與農民來往，因為他們心思純樸，與之相處足以保有「絕塵想」之天眞心靈。而「相見」之後「但道桑麻長」，完全超脫了塵世的貪競與計較。方東樹云：「『相見』二句，爲一篇正面實面。『桑麻日以長』以下，乃申續餘意耳。」〔註129〕淵明於此詩所謳歌者，正是農村人情的單純與美好。〈移居〉二首之二云：

> 春秋多佳日，登高賦新詩。過門更相呼，有酒斟酌之。農務各自歸，閒暇輒相思。相思則披衣，言笑無厭時。此理將不勝，無爲忽去茲。衣食當須紀，力耕不吾欺。（卷2，頁133）

詩人農暇時與鄰曲來往，春秋佳日則登高賦詩，過門則相呼共飲，閒暇則披衣出訪，語笑相歡……隨性所至、不拘小節的交往方式，流露彼此的意氣相投，毫無嫌猜，而此種樸厚的友情唯有在農村中才能擁有。詩末四句申說力耕之理，從另一角度抒發對此純眞踏實之田園生活的由衷喜愛。總之，「結廬在人境」，展露人際純樸無偽的交往與溫情，是陶淵明與之前隱士最大的不同點。〔註130〕

〔註128〕方東樹評此詩云：「此首言還，不特章法完整，直是一幅畫圖，一篇記序。」清・方東樹：《昭昧詹言》（臺北：漢京文化事業有限公司，2004），卷4，頁106。

〔註129〕同前注。

〔註130〕關於此點，戴建業〈對人際的超越與關懷──再論陶淵明歸隱〉（氏著：《澄明之境：陶淵明新論》，武漢：華中師範大學出版社，1998）、

　　然而，淵明畢竟並非純粹的農民，而是回歸田園的隱士。這就決定了其田園詩表現的內容不限於隱居之樂；在躬耕隴畝的漫長歲月中，他對生涯的轉換與抉擇，曾多次反省與觀照，而申述躬耕守拙、固窮安貧之志，也就成為其田園詩的又一主旋律。

（二）躬耕守拙的執著懷抱

　　上文已提及，田園是淵明落實「自然」之人生觀的所在。早在宦遊期間，他就不斷發出歸田心聲：「眞想初在襟，誰謂形迹拘？聊且憑化遷，終返班生廬」〔註131〕、「商歌非吾事，依依在耦耕。投冠旋舊墟，不爲好爵縈。養眞衡茅下，庶以善自名」〔註132〕。所謂「眞想」、「養眞」之「眞」，即人之自然本性。既然回歸田園方有餘裕舒展眞性；那麼就生活之現實面而言，「躬耕」也就成爲詩人「養眞」之憑藉。在〈癸卯歲始春懷古田舍〉二首之一裡，淵明雖然承認「屢空既有人，春興豈自免？」〔註133〕但他仍能於躬耕時，油然興起與田野相融無間之歡悅，最後總結道：「是以植杖翁，悠然不復返。即理愧通識，所保詎乃淺？」〔註134〕在此詩中，「所保」者即淳眞素樸之本性。〔註135〕對淵明而言，躬耕是使「任自然」之理想得以持久落實的基礎。縱然難免「晨興理荒穢」〔註136〕卻換得「草盛豆苗稀」〔註137〕的窘境，也不能讓他改變決定。躬耕守拙之執著，因此成爲陶詩中屢次抒發的情懷。

　　歸田不久後，詩人荷鋤歸來時吟唱：「道狹草木長，夕露沾我衣。

　　　王國瓔師〈結廬在人境，而無車馬喧──陶詩中的隱居之樂〉，氏
　　　著：《古今隱逸詩人之宗：陶淵明論析》（臺北：允晨文化，1999）
　　　等文均有詳細的論述。
〔註131〕　〈始作鎮軍參軍經曲阿〉，卷3，頁180。
〔註132〕　〈辛丑歲七月赴假還江陵夜行塗中〉，卷3，頁194。
〔註133〕　卷3，頁200。
〔註134〕　同前注。
〔註135〕　參閱《陶淵明集箋注》，卷3，頁203袁行霈注。
〔註136〕　〈歸園田居〉五首之三，卷2，頁85。
〔註137〕　同前注。

衣沾不足惜，但使願無違。」〔註138〕在作於五年後的〈庚戌歲九月
中於西田穫旱稻〉，〔註139〕亦指出在務農生涯中「山中饒霜露，風氣
亦先寒。田家豈不苦？弗穫辭此難。四體誠乃疲，庶無異患干。」〔註
140〕並謂：「遙遙沮溺心，千載乃相關。但願長如此，躬耕非所歎。」
〔註141〕此處所謂無異患干擾，指本性不受戕害而言。由於如此，他
情願以務農終此一生，縱然艱辛亦毫無遺憾。作於力耕第十二年的〈丙
辰歲八月中於下潠田舍穫〉，依舊重申：「貧居依稼穡，戮力東林隈。
不言春作苦，常恐負所懷。」〔註142〕所懷者，歸隱躬耕之初衷也。
由於懷抱通過躬耕持守住的純眞之心，故能在日復一日的辛勤勞動
中，仍體會到大自然之美：「揚楫越平湖，汎隨清壑迴。鬱鬱荒山裡，
猿聲閑且哀。悲風愛靜夜，林鳥喜晨開。」〔註143〕詩末云：「日余作
此來，三四星火頹。姿年逝已老，其事未云乖。遙謝荷蓧翁，聊得從
君栖。」〔註144〕在平和淡定的語氣中，蘊含的是對歸隱抉擇的無悔，
對自己終能不違初衷的欣慰。

然而，陶詩中對自我生涯的回顧，並非總是坦然、平靜的。因爲
務農過程除了肢體的勤苦之外，更難免遭遇天災的衝擊，使淵明陷入
極度匱乏的困境，而幽憤慷慨之音，亦難免流露於其田園詩中。〈怨
詩楚調示龐主簿鄧治中〉云：

> 天道幽且遠，鬼神茫昧然。結髮念善事，僶俛六九年。弱
> 冠逢世阻，始室喪其偏。炎火屢焚如，螟蜮恣中田。風雨
> 縱橫至，收斂不盈廛。夏日長抱飢，寒夜無被眠。造夕思

〔註138〕〈歸園田居〉五首之三，卷2，頁85。
〔註139〕據陶淵明〈歸去來兮辭〉之序言，他於東晉安帝義熙元年（405）
　　　　年十一月歸隱，而「庚戌歲」已是義熙六年（410），故知〈庚戌歲
　　　　九月中于西田穫旱稻〉作於歸隱五年後。
〔註140〕卷3，頁227。
〔註141〕同前注。
〔註142〕卷3，頁231。
〔註143〕卷3，頁231。
〔註144〕同前注。

雞鳴，及晨願烏遷。在己何怨天，離憂悽目前。吁嗟身後
名，於我若浮煙。慷慨獨悲歌，鍾期信為賢。（卷 2，頁 108）
此詩情懷之激越，即使在整部陶詩中亦屬罕見。處於天災頻仍、飢寒
交迫之詩人，雖深慨天道渺茫不彰，致使自己養善修德竟遭遇坎坷；
卻還是承認「在己何怨天」，這一切源於自己對人生道路的選擇；但
仍不能不「離憂悽目前」，難忍當下的悲慨。最後以自我勉勵作結：
不義而富貴之聲名於我如浮煙，換言之，會繼續堅持躬耕固窮的生
活。〔註 145〕即使只能在困厄中寂寞地悲歌，若鄧、龐能明白其心，
也算獲得知音了。

　　在反省隱居抉擇時思潮起伏的還有〈有會而作〉並序。其中首先
描述「頗為老農，而值年災」〔註 146〕的種種苦況與感慨；最後議論
蒙袂之流，透過一反一正之筆法，宣示欲效法古代貧士的固窮節操。
筆調隨思緒而曲折起伏，可謂淵明此類田園詩之特色。又如〈雜詩〉
十二首之八傾訴力田「躬親未曾替，寒餒常糟糠」〔註 147〕，悲嘆最
基本的衣食「政爾不能得，哀哉亦可傷」〔註 148〕之餘，又自我寬慰：
「人皆盡獲宜，拙生失其方。理也可奈何，且為陶一觴。」〔註 149〕
坦承自己謀生無方，並以有道者困頓為「常理」，聊憑飲酒以忘憂，
卻未有轉換生涯之念。全詩傷感、坦然、無奈、不悔等情懷複雜交織，
〔註 150〕而固窮之意念，也就從言外曲折地傳達出來了。

　　王國瓔師指出：陶詩中渲染飢寒之狀時，一再指出，這是棄官歸

〔註 145〕此處關於「吁嗟身後名，於我若浮煙」二句的解釋，曾參考王國瓔師
　　　　　〈弱年逢家乏，老至更長飢──陶詩中的飢寒之困〉，氏著：《古今隱
　　　　　逸詩人之宗：陶淵明論析》（臺北：允晨文化，1999），頁 120、121。
〔註 146〕卷 3，頁 306。
〔註 147〕卷 4，頁 353。
〔註 148〕同前注。
〔註 149〕同前注。
〔註 150〕袁行霈即評此詩云：「躬耕不替而不得溫飽，此乃理乎？答曰：『理
　　　　　也。』然則此『理』不亦有失其為理者歟？怨中有坦然之情，坦然
　　　　　中復有怨語。」《陶淵明集箋注》，卷 4，頁 356。

田必須付出之代價，強調的是「君子固窮」之節操。此種現象反覆出現，彷彿詩人對自己棄官歸田之選擇、社會角色之改變，尚未完全心安理得，乃至必須不斷自我觀察、反思，力圖肯定其選擇之人生道路，以完成其躬耕隱士之人格。〔註151〕這是很獨到、深刻的解讀。然而同樣引人注意的是，淵明田園詩在宣示固窮之志過程中，對個人轉折往復心路歷程之細膩剖析；對於能堅持初衷的無憾；以及與古代高士精神相通的欣慰之感。予讀者之印象是，淵明對自我心境的矛盾，坦然揭露，從不隱諱以真面目示人；而且雖然時常反思歸田抉擇，最終的結論往往是篤定的，心境往往是踏實的。這種態度源於詩人將躬耕田園與自我的最高價值相聯繫，從而，也令其詩流露詩人屢次自我超越後達到的平和與靜穆，展現其不凡的人格境界。

陶淵明首度在詩歌中，抒發一位自宦途歸來的遊子在田園中脫落塵世羈絆，以本然真我與自然萬化相親相融的自由與欣悅之感；以及生活的恬淡自適，從此為中國田園詩奠定基調。後代文士往往視「田園」為與「官場」對立的真淳淨土。而藉由風物、人情之美傳達冥合自然之趣、隱逸高潔之懷，也就成為古代田園詩的重要特色。然而，淵明隱居田園的生活不僅有自由愜意的一面，更有揮汗耕耘、不斷反思自問的一面。陶詩中對歸隱意義的嚴肅思索、對自我心路歷程的誠實坦白；從力耕不輟展現出來的對自我本真的守護、對生命理想的執著，以及由此換來的踏實坦然之感，都是後代田園詩人較少繼承的。〔註152〕

二、語言風格

所謂語言風格，即語言表達手段的諸特點綜合表現出來的格調。它是綜合運用各種寫作手法的結果，也是文學風格的重要組成部分。一位

〔註151〕 王國瓔師：〈弱年逢家乏，老至更長飢——陶詩中的飢寒之困〉，氏著：《古今隱逸詩人之宗：陶淵明論析》（臺北：允晨文化，1999），頁113～121。
〔註152〕 陸游是少見的例外。但陸詩的內涵與陶詩又有不同。詳參本文第五章的討論。

詩人的語言風格，首先是各種具有同類美感特徵的風格成素融合成的語言格調，而且這種格調必須反覆地持續出現，達到相對穩定的程度，才能形成被讀者所認識、所把握的風格。〔註153〕這些具有相似審美功能的表達手段，在他每一篇作品的實際組合方式雖不盡相同，但經常在全篇作品能有突出的表現，從而形成某類語言風格。〔註154〕

　　歷來公認陶詩最具代表性的語言風格是平淡而渾厚，此種風格在其田園詩中表現得尤其明顯。當然，陶詩所謂平淡，並非平直淺率、寡淡乏味，而是「外枯而中膏，似澹而實美」，〔註155〕在繁華落盡、簡易單純的外表下，蘊蓄雋永豐美的內涵。陶詩所以具備平淡自然之風格，與其詩描寫與鄉間相關的內容，以及詩人「自娛」的寫作態度

〔註153〕關於語言風格的定義與構成要素的說明，曾參考黎運漢：《漢語風格學》（廣州：廣東教育出版社，2000），頁 7～23。又，在文學作品中，「文學風格」與「語言風格」在概念上既有重疊，又有區別。簡言之，文學風格的容量比語言風格大。一般認爲，文學風格是作品在思想內容與藝術形式上的各種特點的綜合表現，也是作家思想修養、審美意識、藝術情趣、文藝素養等構成的藝術個性在作品中的凝聚反映。它貫穿於題材的選擇、主題的提煉、形象的塑造、結構情節的安排、表現手法和語言技巧的運用等各方面。因此，語言風格只是構成文學風格的一部分。關於文學風格和語言風格的關係，詳參黎運漢前揭書，頁 11。

〔註154〕當然，語言風格雖由語言成素及其綜合呈現的某種特點概括而來，卻仍可能因著眼的角度不同而造成看似有差異的結果。例如，特別著眼於話語氣勢的剛柔的，可得到「豪放」；著眼於話語傳遞信息所用語言的曲直的，可得出「明快」；著眼於話語辭彩濃淡的，可得到「樸實」等。這三種風格概括可能在同一位詩人之作中兼容並存，或者更準確地說，在他的作品中這幾種特徵既有區別，又有聯繫，彼此間是相生互補的關係。（相關討論詳參黎運漢前揭書，頁 211）因此，我們判定陸游的田園詩擁有某種語言風格（例如「工緻曉暢」），不是認爲同一批作品不可能兼容從其他角度概括出來的風格（例如偏重於意象的「清麗」、偏重於情感內蘊的「閒雅」、或偏重於表意含量，如是否言淺意深、言近旨遠而概括出的「含蓄」等），而是因爲這種風格在陸游的詩作中表現得普遍且突出，最能代表他的成就。

〔註155〕蘇軾：〈評韓柳詩〉。宋・蘇軾撰，傅成、穆儔標點：《蘇軾全集》（上海：上海古籍出版社，2000），文集卷67，頁2124。

有關，〔註 156〕亦與淵明豐厚的思想內涵與有淵源。然而落實到具體的創作層面而言，此種風格之呈現主要是由於以下的藝術手法。

（一）遣詞狀物樸實簡練

陶詩在當時被視爲「質直」、「田家語」，主要即因取材用語村樸無華，毫不避諱以田家野老之情事入詩。袁行霈云：「陶詩所描寫的往往是最平常的事物，如村舍、雞犬、豆苗、桑麻，這些在別人看來平平淡淡的東西，一經詩人筆觸，就給人以新鮮的感覺。」〔註 157〕這主要是因爲陶詩純樸的外表下，蘊含詩人對造語簡煉之追求。「簡」即文體省淨，沒有贅字或修飾堆砌之語；「煉」指精確自然，能用最少的字句活現所寫對象的特徵與精神。

陶詩的樸實簡練，首先表現在以白描的筆法，用心的取景，呈現田園生活的種種情狀。例如〈歸園田居〉五首之一：「曖曖遠人村，依依墟里煙。狗吠深巷中，雞鳴桑樹巔。」〔註 158〕短短四句詩中，遠近、動靜、昏暗與清晰、縱深與平遠等景物特徵，相互交織、彼此呼應，生動呈現農村特有的和諧寧靜與盎然生意。又例如「時復墟曲中，披草共來往。相見無雜言，但道桑麻長。」〔註 159〕「漉我新熟酒，隻雞招近局。日入室中闇，荊薪代明燭」〔註 160〕等等，亦善於提煉農村特有生活細節，點染出逼眞的田家氣象。又例如「秉耒歡時務，解顏勸農人」〔註 161〕、「盥濯息簷下，斗酒散襟顏」〔註 162〕、「晨興理荒穢，帶月荷鋤歸」〔註 163〕、

〔註 156〕 相關論述，請參閱王國瓔師：《古今隱逸詩人之宗：陶淵明論析‧緒論》（臺北：允晨文化，1999），頁 26～29。

〔註 157〕 〈陶淵明崇尚自然的思想與陶詩的自然美〉，氏著：《陶淵明研究》（北京：北京大學出版社，2009），頁 63。

〔註 158〕 卷 2，頁 76。

〔註 159〕 〈歸園田居〉五首之二，卷 2，頁 83。

〔註 160〕 〈歸園田居〉五首之五，卷 2，頁 89。

〔註 161〕 〈癸卯歲始春懷古田舍〉二首之二，卷 3，頁 203。

〔註 162〕 〈庚戌歲九月中于西田穫旱稻〉，卷 3，頁 227。

〔註 163〕 〈歸園田居〉五首之三，卷 2，頁 85。

「飢者歡初飽，束帶候鳴雞」〔註164〕等，也都聚焦於富特色的細節，或具有概括力的情事，爲清貧而不失情趣的躬耕生涯傳神寫照。

陶淵明亦是首位以素樸簡煉之筆、成功傳達田野景物神韻的詩人。這主要得力於其用字準確與注意詩句間的呼應。例如以「曖曖」狀遠方村落之朦朧，「依依」形人家炊煙之裊裊，以「貯」寫綠樹清陰之可掬，以「被」傳達寒竹紛披之情狀，均具體生動。陶淵明尤其善寫各種風的吹拂以及與萬物的互動。例如「泠風送餘善」〔註165〕寫和風的清冷輕妙，「悲風愛靜夜」〔註166〕描繪寂夜裡寒風淒清不絕的長嘯，〔註167〕「谷風轉淒薄」〔註168〕寫山谷中料峭沁骨的初春之風，無不入木三分。詩句間的相互承接、呼應則傳達出對風更豐富的感覺，例如「凱風因時來，回飆開我襟」〔註169〕，以「來」、「回」、「開」寫南風之舒徐蕩漾與依依有情；「微雨從東來，好風與之俱」〔註170〕，將一時俱來的斜風細雨，分兩句敘述，更能見其節奏之舒緩，從而表現初夏特有的淡淡潤澤與清新。而名句「平疇交遠風，良苗亦懷新」〔註171〕中，以「交」、「亦」傳達和風與新苗交織共舞的情狀，而「懷新」不但使禾苗的清新翠綠躍然紙上，亦暗示出春風的和煦與溫柔。短短十個字，將廣袤天地間的春意寫活了。陶淵明田園詩中的寫景之句，呈現的多爲環境的整體氣韻，而非對單一景物的琢磨刻劃。其遣詞用句於樸淡中見精粹，既流露詩人對自然節律親切的體會，更顯示其高超的表達功力。

〔註164〕〈丙辰歲八月中於下潠田舍穫〉，卷3，頁231。

〔註165〕〈癸卯歲始春懷古田舍〉二首之一，卷3，頁200。

〔註166〕〈丙辰歲八月中於下潠田舍穫〉，卷3，頁231。

〔註167〕王棠曰：「靜夜風聲更清，有似於愛靜夜，鍊字之妙如此。」清·吳瞻泰輯：《陶詩彙注》，卷3，頁311引，收入《四庫全書存目叢書》（台南：莊嚴文化，1997）。

〔註168〕〈和劉柴桑〉，卷2，頁135。

〔註169〕〈和郭主簿〉二首之一，卷2，頁144。

〔註170〕〈讀山海經〉十三首之一，卷4，頁393。

〔註171〕〈癸卯歲始春懷古田舍〉二首之二，卷3，頁203。

淵明也擅長使用虛字，[註172] 細膩傳達自我的情態、心理。例如：「久在樊籠裡，復得返自然」[註173]、「時復墟曲中，披草共來往」[註174]、「餒也已矣夫，在昔余多師」[註175]、「理也可奈何，且為陶一觴」[註176]、「眾鳥欣有託，吾亦愛吾廬」[註177]、「歡來苦夕短，已復至天旭」[註178]、「**遙謝荷蓧翁，聊**得從君棲」[註179]、〈移居〉二首之二用「更」、「輒」、「則」寫與鄰曲頻繁、隨性的互動等等。前人云：「古人行文妙處，虛實相生，其曲折開闔，抑揚反復，頗在虛字得力傳神。」[註180] 上述詩句中的虛字，本身都是平凡不過的字詞，但由於詩人巧妙地將之組織起來，詩境中欣慰、愉悅、閒適、神往、無奈、對大化流轉入微的體察等意蘊豐富的情趣、感受，遂能更傳神地被描繪出來。這些虛字，不僅使詩句的轉折遞進更顯流

[註172] 此處對所謂「虛字」的認定標準，係依葛兆光之說：「即名詞動詞形容詞之外，本身並不具有獨立意義必須依附其他詞才能有其意味的『詞』。」請參閱〈論虛字──中國古典詩歌特殊語詞的分析之二〉，氏著：《漢字的魔方》(瀋陽：遼寧教育出版社，1999)，頁156。又，魏耕原曾對陶詩中虛字的種類、數量做過細密分析，詳參氏著：〈論陶淵明詩的散文美〉，《文學遺產》，2008年第6期。

[註173] 〈歸園田居〉五首之一，卷2，頁76。

[註174] 〈歸園田居〉五首之二，卷2，頁83。

[註175] 〈有會而作〉，卷3，頁306～307。

[註176] 〈雜詩〉十二首之八，卷4，頁353。

[註177] 〈讀山海經〉十三首之一，卷4，頁393。

[註178] 〈歸園田居〉五首之五，卷2，頁89。

[註179] 〈丙辰歲八月中於下潠田舍穫〉，卷3，頁231。

[註180] 清‧馮景：《解舂集文鈔》，補遺卷2，頁465，收入《清代詩文集彙編》(上海：上海古籍出版社，2010)。按：虛詞，古人叫做「詞」、「語助」、「助詞」等，主要指用於語首、語中、語末以表語氣的詞語和類似詞頭詞尾的附加成分。實字虛字之分起於何時，尚未能確定，但自宋代起這兩個詞就廣泛使用了。不過古人對「虛字」始終沒有統一的界說，所指也不確定，有時指詞彙意義較抽象的詞語(與今一般文言虛詞著作中所說的虛詞大體相當)；但很多情況下指今之所謂動詞，尤其是由名詞轉成的動詞。(以上說明，取自清‧袁仁林撰，解惠全注：《虛字說‧前言》，北京：中華書局，1989，頁2～3。) 馮景之語，實能道出現代屬「虛詞」概念之字詞的修辭特色，故引錄於此。

暢，更能強調或深化上下文的實詞語意，對突出形象、引發聯想，起了畫龍點睛的作用。

（二）抒情手法舒緩含蓄

陶詩此種特色，主要由以下兩大方面體現出來。首先是語意平淡，情緒色彩強烈、明顯之詞較罕見，而且直接言情之句較少，大多透過敘事、寫景來抒懷。例如〈歸園田居〉五首之一，即透過大段恬靜優美之景物描寫，烘托詩人初掙脫「塵網」與「樊籠」的欣喜；〈移居〉二首之二中，對農村純樸生活的由衷認同，也早在大比例的敘事中透露出來；末四語方才明確點出主題。其他如〈歸園田居〉五首之二、之五；〈和郭主簿〉二首之一；〈癸卯歲始春懷古田舍〉二首之一、〈丙辰歲八月中於下潠田舍穫〉等，詩人的懷抱，主要亦從敘事寫景的過程中透顯出來。再加上其所寫之景、事多屬寧靜樸實之田園生活，這樣的表現方式，尤有助於形成含蓄平淡之風格。

其次是語氣舒緩流暢。在陶詩中，一聯上下兩句之間經常並非對偶、並列的關係，而是下句為上句之補充、說明或延伸。〔註181〕例如：「孟夏草木長，繞屋樹扶疏」、「既耕亦已種，時還讀我書」、「窮巷隔深轍，頗迴故人車」〔註182〕、「誤落塵網中，一去三十年」〔註183〕、「時復墟曲中，披草共來往」〔註184〕等等。甚至必須兩句連讀才能掌握詩意，例如「日余作此來，三四星火頹」〔註185〕，「遙遙沮溺心，千載乃相關」〔註186〕、「山澗清且淺，遇以濯吾足」〔註187〕、

〔註181〕關於陶詩的此類句法是造成其詩「平淡自然」之風格的意見，曾參考戴建業之說。詳參氏著：《澄明之境：陶淵明新論》（武漢：華中師範大學出版社，1998），頁278～286。

〔註182〕以上三句，均出自〈讀山海經〉十三首之一，卷5，頁393。

〔註183〕〈歸園田居〉五首之一，卷2，頁76。

〔註184〕〈歸園田居〉五首之二，卷2，頁83。

〔註185〕〈丙辰歲八月中於下潠田舍穫〉，卷3，頁231。

〔註186〕〈庚戌歲九月中於西田穫早稻〉，卷3，頁227。

〔註187〕〈歸園田居〉五首之五，卷2，頁89。

「是以植杖翁，悠然不復返」〔註188〕等等；又如某些問答之句：「借問採薪者，此人皆焉如？」、「薪者向我言，死沒無復餘。」〔註189〕此外，大量連詞、代詞等虛詞的使用，也使句意之間關聯更爲密切，例如：「孰是都不營，而以求自安」〔註190〕、「耕織稱其用，過此奚所須」〔註191〕、「雖未量歲功，即事多所欣」〔註192〕等。使用虛詞，與上下句詩意連貫的寫作方式，既使詩歌語意沖淡、語氣從容，也令詩句間意脈流暢，從而使詩境如行雲流水般渾成，恰到好處地表現了詩人一任自然、蕭散恬淡的情懷。〔註193〕

　　陶詩的句式在舒緩流暢中，仍有轉折變化。較明顯的表現形式是：成對出現的兩組句子之間，彼此既語意相關，又有重點或情趣的轉換。如〈歸園田居〉五首之一的前四句：「少無適俗願，性本愛丘山。誤落塵網中，一去三十年」，前後兩組詩句既相互承接（「誤落」與「性本愛丘山」呼應），又有對比性的轉折，既表達詩人情感的起伏，也爲接下來思鄉、歸田的描寫做好鋪墊。〔註194〕又例如「先師有遺訓，憂道不憂貧。瞻望邈難逮，轉欲志長勤。」〔註195〕「嗟來何足吝，徒沒空自遺。斯濫豈彼志，固窮夙所歸。」〔註196〕前例「瞻望」的對象爲「先師遺訓」；後例「斯濫」所指即「嗟來」；兩例中的兩組詩句既有語意轉換，但彼此一脈相承，也增添了轉折中的連貫和緩之感。再如「田

〔註188〕　〈癸卯歲始春懷古田舍〉二首之一，卷3，頁200。
〔註189〕　以上兩句均出自〈歸園田居〉五首之四，卷2，頁86。
〔註190〕　〈庚戌歲九月中於西田穫旱稻〉，卷3，頁227。
〔註191〕　〈和劉柴桑〉，卷2，頁135。
〔註192〕　〈癸卯歲始春懷古田舍〉二首之二，卷3，頁203。
〔註193〕　關於陶詩虛詞與上下句意緊密流暢之詩句造成的修辭效果，曾參考戴建業〈回歸自然——論陶淵明的詩歌語言〉（氏著：《澄明之境：陶淵明新論》，武漢：華中師範大學出版社，1998），頁280、278。
〔註194〕　關於陶詩兩組詩句中有承接關係、彼此間又有轉折起伏的現象，及其修辭效果，曾參考魏耕原：〈論陶淵明詩的散文美〉，《文學遺產》，2008年第6期。
〔註195〕　〈癸卯歲始春懷古田舍〉二首之二，卷3，頁203。
〔註196〕　〈有會而作〉，卷3，頁306。

家豈不苦？弗穫辭此難。四體誠乃疲，庶無異患干。」〔註197〕「人皆盡獲宜，拙生失其方。理也可奈何，且爲陶一觴。」〔註198〕兩例中，後組詩句爲前組詩句的補充、申說，使固窮的表述愈顯明確；但兩組詩意本身，又打散在兩句詩中表達，使彼此均被沖淡，遞進之勢也更顯平緩，這就生動地傳達出詩人堅毅中不失委婉的語氣神態。上述的表現模式，使詩句既轉折有致又一氣貫串，流暢中不失飛動之感，以更豐富的層次傳達出詩人恬靜中有起伏，從矛盾回歸平和的心路歷程。

（三）景、情、事、理渾融为一

葛曉音云：「陶淵明的田園詩是魏晉詩歌詠懷興寄的傳統與東晉士人的審美觀照方式，以及詩人田園生活相結合的產物。」〔註199〕在陶詩中，「人與景渾成一片，景色由詩人的活動和情態見出。」〔註200〕其實，在陶詩中除了抒情與寫景關係密切之外，敘事、說理亦融化於其間，爲一首詩之有機組成部分。田園景物、情事與詩人日常的感受體悟，渾成和諧地融化於詩中，亦爲陶詩平淡自然風格的重要成因。例如〈丙辰歲八月中於下潠田舍穫〉，首二句敘躬耕之辛苦，接著抒發甘之如飴情懷，五至八句敘人我均喜有秋穫，一早即準備下田，接下來六句寫途中所見之景，最末六句再度揭露固窮懷抱。〈庚戌歲九月中于西田穫早稻〉先言自食其力之理，再勾勒耕耘之辛勤，抒發力田雖苦，卻令人心安之感想，又寫勞動後盥濯斗酒帶來的快適，最後申明情願以躬耕終老。〈和郭主簿〉二首之一前四句寫堂前之景，五至十句依次寫家居活動，描述蔬穀有餘、小結知足之理；十一至十六句再度敘寫家居樂事，最後四句總結上文，抒發對隱居生活之由衷喜愛。其他如〈歸園田居〉五首、〈癸卯歲始春懷古田舍〉二

〔註197〕〈庚戌歲九月中於西田穫早稻〉，卷3，頁227。
〔註198〕〈雜詩〉十二首之八，卷4，頁353。
〔註199〕葛曉音：《山水田園詩派研究》（瀋陽：遼寧大學出版社，1997），頁79。
〔註200〕葛曉音：《山水田園詩派研究》（瀋陽：遼寧大學出版社，1997），頁79。

首、〈移居〉二首之二、〈和劉柴桑〉、〈酬劉柴桑〉等，亦呈現情景事理散見交織之結構。這樣的寫作方式，淡化了詩特有的凝煉感，沒有精心結撰的痕跡，樸實而鬆散；但由於以詩人的意趣、懷抱為內在線索貫穿全篇，故貌似「散緩」〔註201〕而全詩一氣流轉，渾然天成。

尤其值得注意的是含有說理色彩的詩句。淵明生逢「詩必柱下之旨歸，賦乃漆園之義疏」風氣盛行的時代，難免受其影響，部分詩句、詩篇有較明顯的老莊甚至佛學色彩。然而，其詩卻不流於「理過其辭，淡乎寡味」。就其田園詩而言，主要是因為其中說理之語，許多不是「辭義夷泰」、超脫現實的佛老玄思，而是平易踏實的生活之理。更重要的是，其中的理語，乃由日常作息、人際來往引起的感悟中帶出；〔註202〕亦即在詩篇脈絡中，許多飽含哲思的詩句與生活的體驗、情思融合為一，「理語」一般有的「抽象」色彩更為淡化。在陶氏田園詩中，並未敷陳說理之語；也未如玄言詩一般，有意稀釋情感意味，〔註203〕而是令說理與生活中的情思感慨交融無間，將詩人從實踐中獲得的、樸實而深刻的認識與體悟，直接彰顯出來，既充滿親切真誠的生活氣息，又富於個性，從而更具備發人深省的力量。

除此之外，陶詩中給讀者景、情、事、理渾融為一之感的另一重要原因，在於整體語言的樸實自然。無論抒情寫景、敘事說理，陶淵明使用的都是最樸素的語言，與符合日常語言習慣的句式。詩中幾乎挑不出警句或句眼，也幾乎看不出刻意安排的痕跡。頻繁出現的虛詞

〔註201〕惠洪云：「東坡嘗曰淵明詩初看若散緩，熟看有奇句。」宋・惠洪：《冷齋夜話》，卷1，頁2428，收入吳文治主編：《宋詩話全編》（南京：江蘇古籍出版社，1998）。此處借其語描述陶詩結構鬆散的特色。

〔註202〕例如「人生似幻化，終當歸空無」、「衣食當須紀，力耕不吾欺」、「耕織稱其用，過此奚所須」、「去去百年外，身名同翳如」、「營己良有極，過足非所欽」、「人生歸有道，衣食固其端」、「豈期過滿腹，但願飽粳糧」、「久在樊籠裡，復得返自然」、「衣沾不足惜，但使願無違」、「此事真復樂，聊用忘華簪」、「即理愧通識，所保詎乃淺」、「雖未量歲功，即事多所欣」、「斯濫豈彼志，固窮夙所歸」等等。

〔註203〕關於魏晉玄言詩中情感淡釋的討論與評價，請參閱張廷銀：《魏晉玄言詩研究》（臺北：文史哲出版社，2003），頁273～278。

更使詩句聯繫緊密，一氣貫串，難以句摘。陶詩有如一位坐在對面娓娓談心的老友，語句自肺腑直接流淌而出，而不見造作扭捏之痕。詩中所言說的景、情、事、理，於是都成爲一席話裡難以彼此拆分的內容，以其自然誠摯的本然面貌打動人心，令人回味無窮。

　　陶淵明是首度將隱居經驗記錄於詩的詩人，也是第一位將隱居實踐於田園中的詩人。其詩雖然在東晉南朝受到忽視，卻在唐代以後煥發無比的吸引力。陶詩中的田園，是一片隔絕塵世喧囂、撫慰心靈疲憊的天地，這對後代浮沉宦海文士的啓發是巨大的。葛曉音指出，陶淵明田園詩中，田園「作爲返樸歸眞的樂土，逃避污濁現實的樂園，以清新優美的風光、純樸眞摯的田家，悠閒寧靜的生活爲基本內容，構成理想模式，與世俗對立。」這一基本精神一直延續下去，「至盛唐而形成田園詩派，其追求眞淳、回歸自然的宗旨還是從陶淵明開始確立的。」〔註 204〕歷代文士對田園生活的肯定與嚮往，實導源於陶詩，田園詩從此成爲古典詩創作的大宗，田園情趣亦從此成爲宦途遊子、官場倦客尋求心靈淨化的最佳媒介；陶淵明的反樸歸眞、寧靜自適，也成爲備受傾慕的人格型態。

　　此外，淵明還將蘊崇高於平凡的胸襟境界，透過樸實卻精鍊的文字、含蓄的手法、景情事理渾融的模式表現出來；其自然而雋永的詩風，爲後人奉爲平淡理想的典範。「淵明意趣眞古，清淡之宗，詩家視淵明猶孔門視伯夷也。」〔註 205〕對此後中國的詩學甚至其他藝術門類均產生了深遠的影響。〔註 206〕

〔註 204〕詳參氏著：《山水田園詩派研究》（瀋陽：遼寧大學出版社，1997），頁 85。

〔註 205〕宋・魏慶之：《詩人玉屑》，卷 13，頁 9126 引《西清詩話》，收入吳文治主編：《宋詩話全編》（南京：江蘇古籍出版社，1998）。

〔註 206〕葛曉音指出，唐代山水田園詩的表現藝術，對宋元以後發展起來的文人山水畫與園林等藝術門類產生了直接的影響（詳參氏著：《山水田園詩派研究》，瀋陽：遼寧大學出版社，1999，頁 351）。而唐代山水田園詩的旨趣與風格又受陶詩極大的啓發。因此，陶詩在中國古典藝術領域中的地位亦是極重要的。

第三節　唐代田園詩的旨趣與藝術技巧

　　目前學界大致公認唐代田園詩最有代表性、影響也最深廣的兩大類是「田園樂」與「田家苦」。前者的代表作家是王維、孟浩然、儲光羲、韋應物等詩人；後者則爲中唐元稹、白居易等新樂府詩人所開創。

　　例如周秀榮指出：「唐代作爲中國古代田園詩繁榮興盛的第一個時期，田園詩數量大，內容廣泛，並形成了內涵十分豐富的兩大主題：田家樂與田家苦。」〔註 207〕周錫馥也認爲，盛唐王、孟式的田園牧歌與中唐元、白式的憫農哀歌，構成陶淵明以後田園詩發展的第二高峰。〔註 208〕直到宋代，田園詩依然是「『田家苦』和『田家樂』」兩種主題並重」〔註 209〕。唐代田園詩開闢的這兩種主題類型，對中國田園詩史有甚爲深遠的影響。其中，「田園樂」主題流行的時間面較「田家苦」爲廣，即便在中、晚唐時期，以田園題材寄寓詩人閒適心理的情形依然屢見不鮮。〔註 210〕

　　但由導論對相關研究成果的回顧可知，直至目前專屬「田園詩」的討論仍較罕見。以研究成果佔最多數的唐代田園詩而論，嚴格意義上的「田園詩」代表詩人之作的特點，與唐代田園詩在內涵意境與藝術風格上的總體特徵，雖然或隱或顯地被研究者提示過，卻很少得到比較確實的總結。

　　既然唐代田園詩對後代有深遠的影響，欲深入探討陸游田園詩的承傳與創新，就不能略過對此階段詩作的探討。以下即分別論述此期

〔註 207〕氏著：《唐代田園詩研究》（北京：中國社會科學出版社，2013），頁 53。

〔註 208〕氏著：〈中國田園詩之研究〉，《中山大學學報‧社會科學版》，1991年第 3 期，頁 133。

〔註 209〕氏著：《宋代田園詩研究》（北京：人民文學出版社，2012），頁 25。

〔註 210〕如周秀榮以「閒逸情趣與淑世精神的交織」概括中唐田園詩的主題、以「空幻的閒逸、亂世的投影」概括晚唐田園詩的主題。詳參前揭氏著，頁 201～304。李曉娜的論文也肯定：雖然中唐至晚唐，「田園苦」主題的田園詩逐漸增加，但詩歌中的「田園樂」主題仍然存在。詳參氏著：《唐代田園詩主題由「田園樂」到「田園苦」的轉變》，西南大學碩士論文，2007 年 4 月。

詩歌的兩大主流在「旨趣」與「語言藝術」方面的主導特點。

一、「田園樂」類田園詩

　　唐代田園詩的創作達到了中國詩歌史上第一個高峰。在唐代，隱逸之風盛行，別業的發展隨之進入成熟期，〔註 211〕而別業是以田地耕植爲主的城外園，〔註 212〕故文士接觸田園的機會大幅增加。此外，當時文人普遍認同陶淵明擺脫名利枷鎖的高情逸韻。〔註 213〕這些因素不但促成田園詩蓬勃的發展，也形塑了其藝術特徵。

　　在唐代田園詩作者中，王維、孟浩然、儲光羲、韋應物等人最著名。他們的作品在質、量上均有可觀，且繼承了陶詩超然物外的旨趣，呈現清雅恬淡的風格，在同期田園詩中成就最高，影響也最大。因此，本文將著重分析他們的詩風，以期凸顯唐代「田園樂」類田園詩的藝術風貌。

（一）閒適淡泊的情懷

　　總的來看，王、孟、儲、韋等詩人都繼承了陶詩契合自然、遠離塵累的旨趣，但又不乏個人特色。其中，身爲開、天詩壇前輩與典型盛世隱士的孟浩然，其詩的特點爲藉沖淡之景物與生活情事，表達曠逸之高情。例如名作〈過故人莊〉以簡潔的取景，傳達樸素的鄉間景

〔註 211〕別業發展至唐代已臻成熟，詳參周維權：《中國古典園林史》（北京：清華大學出版社，1993），第四章。又，唐代私家園林極爲普遍，甚至寒素之士也卜築構園（李浩：《唐代園林別業考論》，西安：西北大學出版社，1996，頁 14～15）。據考證，留有名稱之私園即有一千多處（李浩：《唐代園林別業考錄》，上海：上海古籍出版社，2005，頁 2）。

〔註 212〕侯迺慧云：「別業，是另一個唐人稱呼園林的名詞。若嚴格地區界，則日人加藤繁説：『就別業的字面的原意來說，與其說以花木亭榭爲它的主體，不如說每年有收益的土地反而是它的主體。』「業」字最能顯出其田地收益的經濟意義，但其中還是有花木亭榭以供休憩娛樂。……由於別業是田地耕植爲主的城外園，因此又常以『莊』稱之。』氏著：《詩情與幽境：唐代文人的園林生活》（臺北：東大圖書股份有限公司，1991），頁 9～10。

〔註 213〕關於此點的詳細研究，詳參李劍鋒：《元前陶淵明接受史》（濟南：齊魯書社，2002），頁 115～217。

致與賓主間眞淳脫俗的情誼。〈憶張野人〉擷取耕釣揮觴的生活細節，以「方自逸」、「趣不空」寫其神態，再以「上皇風」略加形容，令自己與友人卓爾不群的志趣躍然紙上。〈東陂遇雨率爾貽謝甫池〉則以省去雕飾的筆墨，傳達對自然的敏銳覺知與閒曠的心靈。

王維詩的特點，則在於安閒怡然的情調，與清貴閒逸的雅趣。他經常寫黃昏時分的農村，如「斜陽照墟落，窮巷牛羊歸」〔註214〕、「采菱渡頭風急，策杖林西日斜」〔註215〕、「寂寞掩柴扉，蒼茫對落暉」〔註216〕等。胡曉明云：「黃昏時分，爲一天時間中最具安寧、平和之家庭意味的時刻；人的生物節律，情感節律，心理節律，同大自然的生命節律一道，同趨於平和與安寧。」〔註217〕王詩中群動漸息、籠罩在夕陽斜暉中的農村，總是洋溢著安謐的美感。王維也寫田家的勞動生活，但詩境依然不失怡樂悠閒。例如在〈田家〉中，凸顯的是雀乳苔井、雞鳴板扉、鮮潤的紅榴與肥碩的綠芋等小景穿插其間的生活情景，使農人的生活多了幾分歡快的情趣。又如〈山居即事〉以清新的綠竹、紅蓮與明亮的燈火映襯採菱歸來的船隻，渲染出溫馨怡悅的氛圍，這都是陶詩中較少強調的。

王維田園詩也帶有不少士人閒情雅趣。其中尤其是〈田園樂〉七首，集中地描寫士大夫的種種隱居之樂與淡雅高華的生活情態。葛曉音指出，王維這組詩「對田園詩的貢獻，主要是在於他創造了士大夫理想中最優雅高尚的田園意境。」〔註218〕誠然。在王維之前，這種兼具脫俗與貴氣、較全面反映文士生活理想的情境，在田園詩中是不多見的。

〔註214〕〈渭川田家〉，卷125，頁1248。按：本小節所引之王、孟、儲、韋田園詩，均依據清‧馮定求等編：《全唐詩》（北京：中華書局，2003），爲節省篇幅，將只標明卷數、頁碼。

〔註215〕〈田園樂〉七首之三，卷128，頁1305。

〔註216〕〈山居即事〉，卷126，頁1277。

〔註217〕氏著：《中國詩學之精神》（南昌：江西人民出版社，2001），頁168。

〔註218〕氏著：《山水田園詩派研究》（瀋陽：遼寧大學出版社，1999），頁241～242。

　　儲光羲則既寄寓個人高潔之志，又以寫實之筆表達對農村純樸生活的熟悉與喜愛，在唐代田園詩中以真樸古雅之風獨樹一格。儲詩中的農民有較明顯的象徵色彩，其中不少是率真灑落的「披著野人外衣的隱士」。〔註219〕〈田家雜興〉八首之二、之四、之七，標舉個人高潔品格或出世之思，這類詩於平凡的生活中流露閒適自得，以及對人生道路的省思，並有較質直的明志之語，與陶詩比較相似。儲詩的另一特徵是更能真切地體察到「田園」特有的樸實氣氛。如〈行次田家澳梁作〉寫行旅途中所見，夏季時各種作物與牲畜散發的氣息，彷彿撲鼻而來。又如〈田家雜興〉八首之八寫農家的親友之會，勾勒夏、秋之飲食，婦孺之情態，與涼爽的氛圍、盎然的意興，甚能傳達出田家宴客形式簡單、隨興而情意真淳的特色。

　　韋應物詩的特點，則在於恬淡沖和之情比較突出。其中，或表現居官如隱、亦官亦隱的生活型態，〔註220〕或抒發閒居時隨順自然的心態，〔註221〕或在寫景之作中流露澄朗平靜之懷，〔註222〕總之經常呈現的是各種情境中恬和自在、無入而不自得的情懷。在唐代田園詩人中，韋應物以溫潤和婉的面目別立一宗，其詩風也成為無數詩人的審美理想。〔註223〕

〔註219〕 萬曉音已提類似觀點，詳參氏著《山水田園詩派研究》（瀋陽：遼寧大學出版社，1999），頁257。又，例如〈採菱詞〉中的主人翁不願水肥之處菱角亦較肥美，而「義不遊濁水」（卷136，頁1374），在區藪、浦口間過著逍遙自適、無憂無患的生活；又如〈同王十三維偶然作〉十首之三中的鋤瓜野老與荷篠長者，「一畦未及終，樹下高枕眠。……不復問鄉墟，相見但依然。腹中無一物，高話羲皇年。」（卷137，頁1384）這些詩裡出現的的顯然並非真實的農人，而是已經過理想化的形象，其中寄託著其個人的生活理想。

〔註220〕 例如〈晚歸澧川〉、〈授衣還田里〉、〈縣齋〉、〈喜園中茶生〉等。

〔註221〕 例如〈答暢校書當〉、〈園林晏起寄昭應韓明府盧主簿〉、〈郊居言志〉、〈春日郊居寄萬年吉少府中孚三原少府偉夏侯校書審〉等。

〔註222〕 例如〈秋郊作〉、〈晚出澧上贈崔都水〉。

〔註223〕 關於韋應物詩對後世的影響，可參閱鄒西禮：〈韋應物詩歌淵源及影響〉，《陝西師範大學學報‧哲學社會科學版》，第28卷第1期，1999年3月。

　　王、孟、儲、韋的田園詩雖然各具特色，但基本上都繼承了陶詩對追求真淳、回歸自然的認同或傾慕，也使此類主題自此成為古代田園詩的主要傳統。〔註224〕唐代田園詩對陶詩較明顯的發展，在於將此類旨趣藉由對田園風景的遊賞，以及雅士生活閒趣的描述來表達，從而平添了悠閒容與的情味。

　　與陶詩相較，唐代田園詩大量增加了寫景內容，而且將田園周圍的山光水色、郊原岸渚也都納入詩篇。陶詩中雖也有寫景的部分，但往往是淵明下田途中、耕種之際或家居之時所見的片段景物，〔註225〕且目的在烘托詩人對大自然的偶然會心，以及融入萬物節律時悠然自得的意趣。但到了唐代田園詩中，景物是相對自足的存在，具有更獨立的審美價值，對景物的審美經驗構成詩境的核心。〔註226〕景物出現於詩人的田野漫步、眺望之際，詩人對山水田園景物的感知與表現也相對更全面，從而使詩境的「觀賞」意味更濃。在大多數時候，他

〔註224〕許結即總結道：「考陶詩及歷代田園詩，其中雖不乏哀惜民生的淒涼凋蔽景象，然恬美靜穆的田居生活與清幽淡雅的閒適情趣，則是田園詩人共同的生存嚮往和精神寄託。」氏著：〈從京都賦到田園詩──對詩賦文學創作傳統的思考〉，《南京大學學報‧哲學社會科學版》，2005年第4期，頁109～111。

〔註225〕小尾郊一即指出：「正如米萊的繪畫畫出了農夫的祈禱和勞動姿勢的美一樣，陶淵明的田園詩也在描寫田園的自然時描寫了人事。毋寧可以說，他是在人事描寫的背景上描寫田園的。」請參閱【日】小尾郊一著，邵毅平譯：《中國文學所表現的自然與自然觀──以魏晉南北朝文學為中心》（上海：上海古籍出版社，1989），頁127。

〔註226〕關於陶淵明田園詩中寫景的性質與王維等唐代詩人的不同，李劍鋒《元前陶淵明接受史》（濟南：齊魯書社，2002，頁152～156）有較確實的分析。但其說中「陶淵明的大多數田園詩統攝式的觀照與化入式的觀照相互交融，即田園景皆皆傾向於顯示主體的心靈意趣，雖也有主體化入客體的部分，但主客體並非在對等的印證、交融，而以主體為主，客體為從。」「陶淵明田園詩傾向於寄託主體意趣，……主要偏於寫意，即對景物的選擇體現了很強的主觀性，而較少客觀的觀賞和描繪」的觀點，我以為可以再商榷。此處所論曾參考其說，但在語氣上有所調整。

們不是以躬耕者的角度體會田園，而是以遊賞其間的文士之眼光欣賞景物。

　　由於隱居田莊的文士不需以躬耕維生，經濟條件也較爲寬裕，因而文人的各種賞心樂事亦屢見吟詠。其中王維的〈田園樂〉七首當爲此類詩歌的代表作，它「集中描繪了古今隱士的種種賞心樂事，並將山林田園中最有詩意的生活片斷加以剪輯，活畫出士大夫兀立世外桃源的風神……臨泉酌酒，倚松抱琴，閒臥落花，懶聽鶯啼，可謂享盡田園之樂，佔盡士林風流」。〔註 227〕其實，讀書賦詩、酌酒烹蔬、尋寺訪僧、鼓琴閒臥……，這類文士的生活樂趣在陶詩中亦曾出現，但那是「既耕亦已種」〔註 228〕之後、「園蔬有餘資」〔註 229〕之時，偶一爲之的休閒活動，而這種高雅生活情趣卻成爲唐代田園詩的重要內容。〔註 230〕

　　由於欠缺眞實的躬耕體驗，詩人很少取材眞實的農家生活。農人即便出現於詩中，也或是並不顯著，或帶有很明顯的理想化色彩。農人有時是其對田園作審美觀照時，在「畫面」中的點綴，例如王維〈新

〔註 227〕 葛曉音：《山水田園詩派研究》（瀋陽：遼寧大學出版社，1999），頁 241。

〔註 228〕 〈讀山海經〉十三首之一，南朝宋・陶淵明撰，袁行霈箋注：《陶淵明集箋注》（北京：中華書局，2003），卷 5，頁 393。

〔註 229〕 〈和郭主簿〉二首之一，南朝宋・陶淵明撰，袁行霈箋注：《陶淵明集箋注》（北京：中華書局，2003），卷 2，頁 144。

〔註 230〕 其他例子還包括李白〈贈閭丘處士〉（卷 171，頁 1763）：「閒讀山海經，散帙臥遙帷。且耽田家樂，遂曠林中期。野酌勸芳酒，園蔬烹露葵。」白居易〈重題〉四首之二（卷 439，頁 4890～4891）：「長松樹下小溪頭，班鹿胎巾白布裘。藥圃茶園爲產業，野麋林鶴是交遊。雲生澗户衣裳潤，嵐隱山廚火燭幽。最愛一泉新引得，清泠屈曲繞階流。」權德輿〈郊居歲暮因書所懷〉（卷 320，頁 3609）：「養拙方去諠，深居絕人事。返耕忘帝力，樂道疏代累。……煙霜當暮節，水石多幽致。三逕日閒安，千峰對深邃。策藜出村渡，岸幘尋古寺。月魄清夜琴，猿聲警朝寐。……窗前風葉下，枕上溪雲至。散髮對農書，齋心看道記。清言覈名理，開卷窮精義。」等等。按：以上詩句出處均爲清・馮定求等編：《全唐詩》（北京：中華書局，2003）。

晴野望〉：「農月無閒人，傾家事南畝」〔註231〕、〈山居即事〉：「渡頭煙火起，處處采菱歸」〔註232〕。而在具體描寫田家時，詩人或只注意其寧靜單純的生活片段，如王維〈渭川田家〉；〔註233〕或是聚焦其樸厚的人情，如韋應物〈觀田家〉。〔註234〕其中很難見到陶詩曾出現的、對農村日用家常的樸拙描寫。農家多半與田園風光融成一片，既流露詩人悠閒自得的觀賞意趣，也蘊含著他們對真淳之境的陶醉。

　　然而，對陶淵明而言，回歸田園「不僅是一種生活情趣、一種心理狀態的抉擇，而且是一種人生境界，是他對生存價值和生命意義的終極追求。」〔註235〕唐代多數田園詩人則不然。唐人隱逸多是準備入仕或等待選調、薦舉時的生活方式，甚或是通往官場的捷徑。中唐以後，「吏隱」、「中隱」之風盛行，使仕、隱之間的界限更顯模糊，〔註236〕徹底告別官場的純粹「隱逸」幾成絕響。可以說，對多數文士而言，田園是一處休憩的港灣，而非安身立命的家園。因此唐代田園詩中，優雅閒適的情調更加濃厚，而陶詩中詩人辛勤躬耕的身影，以及自食其力、持守理想的精神，則幾乎不可復見。

（二）雅淡含蓄的詩風

　　唐代王、孟、儲、韋等人的山水詩或田園詩，其語言風格與陶詩接近，早已成為古今論者的共識。但仔細比較仍可察覺兩者的不同。首先，兩者同樣遠離華詞麗藻，而偏於沖淡；但唐詩在取象、遣詞方

〔註231〕卷125，頁1250。

〔註232〕卷126，頁1277。

〔註233〕其他例子還有李頎〈野老曝背〉、岑參〈太白東溪張老舍〉、元結〈說洄溪招退者〉、耿湋〈贈田家翁〉、許渾〈村舍〉（「燕雁下秋堂」）、方干〈張谷田舍〉等。

〔註234〕其他例子還有司空曙〈田家〉、白居易〈秋遊原上〉、〈觀稼〉、杜牧〈村行〉、張直〈宿顥城〉二首之一等。

〔註235〕鄔化志：〈「歸去來兮」辨〉，《文藝研究》，2001年第3期，頁158。

〔註236〕關於唐人隱逸的目的，可參葛曉音：〈盛唐田園詩和文人的隱居方式〉，氏著：《詩國高潮與盛唐文化》（北京：北京大學出版社，1998）。

面追求文雅的傾向較爲明顯，陶詩則更顯質樸無華。其次，兩者同樣有餘味曲包的美感，但唐詩的韻味主要來自寫景的形神兼備，和情與景的妙契相融。陶詩則以詩人充實的情志，和不乏矛盾起伏的內心世界爲基礎，並採用與之相應的表現手法將之傳達出來，完美地臻至「外枯而中膏，似澹而實美」，〔註237〕的境地，因此在含蓄中更有難以企及的渾厚之美。

　　但無論如何，王、孟、儲、韋等人田園詩的語言風格也爲後人推崇備至，並被公認爲最能嗣響陶詩者，在田園詩史上也與陶詩同樣具有典範的地位。本節的目標即在於探討王、孟、儲、韋詩歌含蓄雅淡的共同風貌主要由哪些語言特徵所促成，以及這些特徵是如何由語言的選擇與錘鍊所造就。

1. 興象玲瓏的詩境

　　在盛唐以前，詩歌中雖然已有景物與抒情敍志相輔而成的現象，但並未實現情景交融無間的完美詩境。就算少數作品出現部分情景高度契合的句子，但在境界的深廣度方面，尚有所不足。〔註238〕雖然陶淵明的田園詩中，景境已與情志相冥合，但陶詩以描寫自我的生活或心境爲主，寫景句偏少；而就整個東晉南朝詩壇而言，情景融合遠達不到大規模實踐的程度。到了盛唐，「興象玲瓏」終於成爲詩人普遍而自覺追求的詩境型態，也是王、孟等人詩作中最具代表性的特徵。

　　就其根本而言，「興」與詩人的創作過程相關。含「興」之作

〔註237〕蘇軾：〈評韓柳詩〉。宋・蘇軾撰，傅成、穆儔標點：《蘇軾全集》（上海：上海古籍出版社，2000），文集卷67，頁2124。

〔註238〕陳伯海即曾以謝朓與李白的〈玉階怨〉爲例相對比，盛唐以前的詩，就算出現少數景情氣氛諧調、脈絡通貫的作品，但仍缺乏一種層深的構思，難以引發讀者透過畫面作一種更廣遠的追索玩味（雖然不是毫無想像餘地），基本上停留在「象內」之境。詳參〈唐詩的興象與韻味〉，氏著：《唐詩學引論》（上海：知識出版社，1988），頁26～27。

表現的主要是主體當下的直覺感性經驗。詩人當下受到物象的感動
而生情，將這種「感物生情」的經驗直接表現於語言，此即「興」。
〔註239〕「興象」概念與之密切相關。其中的「興」，即作品中的詩人
由事物觸發而產生的情興，「象」指詩中描寫的事物形象；「興象」既
是景物，又表徵著詩人由此引起的感受，是「情景相兼之象」。詩人
因景生情，情與景諧，於是在景物的真實描寫中注入情思，創造出情
景交融之詩境。〔註240〕興象在美感特徵上為「情興有餘之象」，在其
中，不但情與景融為一體，而且「象」為「意」的生發與彌散提供廣
闊的空間。所謂興象玲瓏，描述的就是這種情景無間，富於言外之意
的，渾厚圓融、無迹可求的意境。〔註241〕盛唐詩壇上，情景的交融
與詩境的玲瓏湊泊、不可句摘已成為普遍現象，且其中佳構以山水田
園詩居多，尤以為王、孟、儲、韋為代表。此詩境的誕生，主要是因
為詩人們注意捕捉主客相諧的意境氛圍，並以這個氛圍為基礎，選擇
景物、提煉情思，使一切色彩、構圖、感情基調與感情節奏和諧地統
一；一切與之無關的景物與情思，全都刪汰捨棄，只留下最主要的傳
神部分，達到詩境的淨化與提純。〔註242〕

　　王維的許多田園詩，完美地體現了興象玲瓏的特徵。其詩通常包
含「景語」與「情語」兩部分，〔註243〕且多半以景語為主，部分更

〔註239〕請參閱顏崑陽對於「比興」之區別的解釋，氏著：《李商隱詩箋釋
　　　　方法論》（臺北：里仁書局，2005），頁133～134。
〔註240〕關於「興象」之性質的詮解，依據王運熙、楊明：《隋唐五代文學
　　　　批評史》（上海：上海古籍出版社，1994），頁176、243；羅宗強：
　　　　《隋唐五代文學思想史》（北京：中華書局，2003），頁60。
〔註241〕關於「興象」、「興象玲瓏」的詮解，曾參考陳伯海：〈釋「意象」〉，
　　　　氏著：《中國詩學之現代觀》（上海：上海古籍出版社，2006），頁
　　　　156～160；〈唐詩的興象與韻味〉，氏著：《唐詩學引論》（上海：知
　　　　識出版社，1988），頁23～33。
〔註242〕關於「興象玲瓏」詩境的創造重點，取自羅宗強：《隋唐五代文學
　　　　思想史》（北京：中華書局，2003），頁60之說。
〔註243〕「景語」為富具象性的、或展現詩人對景物印象感受的寫景句，「情
　　　　語」為較明顯表達詩人主觀情思、意向之句。

純由「景語」組成。〔註 244〕王維「總是善於找到客觀景物與主觀感情的契合之處，並在描寫客觀景物的同時，也把主觀感情表現出來，達到情與景的交融。」在其山水田園詩中，「景物既是觀賞、表現的對象，也是達情的媒介」，〔註 245〕遂使其詩的形象在「如畫」之外，更蘊含抒情的意味。而且，其景語往往交織成整全的氛圍。「注意把握並描寫客觀景物作用於審美主體所產生的渾然一體的整個印象」，可謂王詩最主要的藝術特徵。〔註 246〕

　　王維經常以篇幅較多的景語暗示主體感受的內涵，而以少數情語點出具體的情懷，兩者之間或疊合交融，或相互映發。如〈渭川田家〉整個籠罩在暮色安詳、悠緩的氣氛中。雖然直到末二句「即此羨閒逸，悵然歌式微」〔註 247〕才明白道出詩人感受，其實在佔篇幅大半的寫景句中，詩人對田家之「閒逸」的嚮往，已然流溢出來了。這種效果，實來自用心地依據情感基調擇取景物，安排畫面。又例如〈山居即事〉以「寂寞掩柴扉」〔註 248〕開篇，蒼茫的落暉、寂靜的蓬門，與扶疏繁茂的老松，高低錯落的鶴巢，新竹與紅蓮，渲染出一片幽靜而不失生意的氛圍，〔註 249〕也隱隱透露詩人對「寂寞」之妙境的體會。最後再以明亮的燈火和一一歸來的小船，點染山居生活的溫暖與美好。

〔註 244〕例如〈新晴野望〉、〈春園即事〉、〈田園樂〉七首其三至其七。

〔註 245〕陳鐵民：〈情景交融與王維對詩歌藝術的貢獻〉，氏著：《王維論稿》（北京：人民文學出版社，2006），頁 331～332，334。

〔註 246〕陳貽焮：〈王維的山水詩〉，氏著：《唐詩論叢》（長沙：湖南人民出版社，1980），頁 152。

〔註 247〕卷 125，頁 1248。

〔註 248〕卷 126，頁 1277。

〔註 249〕張謙宜：「『鶴巢松樹徧，人訪蓽門稀。』寂寞中景色鮮活。」清・張謙宜：《絸齋詩談》郭紹虞編選，富壽蓀校點：《清詩話續編》（上海：上海古籍出版社，1999），卷 5，頁 844。鍾惺：「松老從『徧』字看得出。」明・鍾惺、譚元春編：《唐詩歸》，卷 9，頁 631，收入《續修四庫全書》（上海：上海古籍出版社，2002），集部第 1589 冊。而「徧」字也可見此松必然是樹幹修長，枝繁葉茂。鍾惺、張謙宜均點出「鶴巢」一聯蘊含的活潑生意。

這首詩不但色澤淡雅，形象如畫，更重要的是景物不僅與情思基調和諧地融會在一起，也發展、充實了這份情思的內涵，與篇首的「情語」共同構成一片蕭瑟中不失溫馨的意境。

孟浩然等人的作品也體現出有意識地純化情思、擇取景物的特點。例如〈過故人莊〉中，農村的景色雖多，但用心描寫的只有環抱村莊的綠樹與橫斜郭外的青山，既表現田園的自成天地、簡樸溫馨，又暗示詩人對土地濃烈的依戀，與「待到重陽日，還來就菊花」〔註250〕的依依不捨正相呼應。又如〈東陂遇雨率爾貽謝甫池〉、〈澗南即事貽皎上人〉二詩，在清新開闊的景境中，隱隱躍現詩人壯逸灑脫的情懷。

儲光羲田園詩雖以古樸質拙之風為特色，部分詩篇亦出現和諧圓融的意境。例如〈田家雜興〉八首之八對田家宴會的描寫：「夏來菰米飯，秋至菊花酒。孺人喜逢迎，稚子解趨走。日暮閒園裏，團團蔭榆柳。酩酊乘夜歸，涼風吹戶牖。清淺望河漢，低昂看北斗。」〔註251〕所寫景物看似瑣細，其實其質性特徵，都與詩人「時時會親友」〔註252〕、「數甕猶未開，明朝能飲否」〔註253〕的真摯樸茂意興相融合。又如〈田家即事答崔二東皋作〉四首之三：「念別求須臾，忽至嚶鳴時。菜田燒故草，初樹養新枝。所寓非幽深，夢寐相追隨。」〔註254〕之四：「依依親隴畝，寂寂無鄰里。不聞雞犬音，日見和風起。賴君遺淡藻，憂來散能弭。」〔註255〕初春田野寧靜而生意蓬勃的氣息，正與詩人對知心友情的渴盼隱隱相應，構成一種整體的詩境美。

韋應物〈秋郊作〉云：「清露澄境遠，旭日照林初。一望秋山淨，

〔註250〕卷160，頁1651。
〔註251〕卷137，頁1386。
〔註252〕同前注。
〔註253〕同前注。
〔註254〕卷137，頁1395。
〔註255〕同前注。

蕭條形迹疏。登原忻時稼，采菊行故墟。方願沮溺耦，淡泊守田廬。」
〔註256〕澄淡散朗的意象，暗示「淡泊」詩心的出塵、曠遠；〈授衣還田
里〉寫休沐時「晨起懷愴恨，野田寒露時。氣收天地廣，風淒草木衰。
山明始重疊，川淺更透迤。烟火生閭里，禾黍積東菑。終然可樂業，時
節一來斯。」〔註257〕蒼涼的景境中，帶著一抹人境的溫馨，既滲入對時
節流逝的悵然，又點染著人間的溫暖，篇末的欣慰之情，正是由此而生。
其他如〈晚歸灃川〉、〈晚出灃上贈崔都水〉等詩篇中，蕭散的意趣，瀰
漫於清瑟的田野景境中，也造就了清曠蕭疏的典型意境。〔註258〕

　　總之，盛唐田園詩人擅長提純、篩汰，使情與景擺脫原生態的紛
繁與多面，巧妙地凝聚在一整體性的氛圍中。不僅使情感獲得生動具
體的表現，供讀者觀照涵詠，從而顯得意味深長，更呈現一片渾融圓
整而玲瓏剔透的境界。

2. 清淡的語言

　　王、孟、儲、韋等詩人，在創作上有著共同的審美好尚，繼承並
發展了陶詩的沖淡風格，經常展呈著境象清澄、筆觸簡淡的審美特
點。詩歌的「清」之美，主要來自於意象、境界的明晰澄淨、超脫塵
俗。〔註259〕《說文解字》釋「清」云：「朖也，澂水之皃。」段玉裁
注云：「朖者，明也。澂而後明，故云澂水之皃。引伸之，凡潔曰清。

〔註256〕卷 192，頁 1979。

〔註257〕卷 191，頁 1961。

〔註258〕葛曉音即指出，「澄澹蕭散」是韋應物田園詩的主要風格，「清曠蕭
　　　　疏」則是韋詩的典型意境。這種風格意境是由心境的蕭索閒散，和
　　　　蕭條散朗的景色兩方面融合而成的。請參閱氏著：《山水田園詩派
　　　　研究》（瀋陽：遼寧大學出版社，1997），頁 332。

〔註259〕作為風格範疇的「清」，在中國古典詩學中是一個含義豐富的概念，
　　　　但它畢竟有其主導特徵，或給人印象最突出的方面。蔣寅曾對「清」
　　　　之風格的基本特徵作出「形象鮮明、氣質超脫」的概括，請參閱蔣
　　　　寅：〈清：詩美學的核心範疇〉，氏著：《古典詩學的現代闡釋》（北
　　　　京：中華書局，2003），頁 49。又，蔣氏此文對「清」的概念與審
　　　　美內涵有較深入全面的剖析，可參看。

凡人潔之亦曰清。」〔註260〕故知「清」主要有「澄明」、「潔淨」二義。此外，「清」亦有「靜」之意。〔註261〕可見「清」形容的是「明」而「靜」的特質，而且可以形容人、物之「潔」。這樣，「清」必然是迥離凡塵的。胡應麟即直言：「清者，超凡絕俗之謂。」並具體描述：「絕礀孤峰，長松怪石，竹籬茅舍，老鶴疏梅，一種清氣，固自迴絕塵囂。」〔註262〕由此可知，「清」最重要的特質，是澄明潔淨、超脫塵俗。由於「清」形容的是人、物的性質狀態，因而，「清」的印象主要來自於詩中的意象，與所寫人物的精神境界。

王、孟等人經常描繪澄潔、寧靜之景境。打開其詩集，開曠的田野、明亮的陽光、澄淨的流水、雨後的花木、巧囀的鳥鳴、柔和的微風等，屢屢躍現於讀者腦海。攝取清物入詩，同時傳達出詩人與此片景物相契無間的脫俗胸襟，是其詩「清」的首要原因。

王維等人詩之「清」，還有「疏朗簡淡」的特點。其中的寫景句多半意象疏淡渾成，且語言簡易、明淨。孟、儲詩本以古淡見長，可暫置不論；即使是精工寫景句佔較高比例的王維詩，也很少在一個詩句裡描寫兩個意象。就算有，也大多有主從之別：一為背景或襯托物，一為描寫主體。〔註263〕韋應物詩中也常見類似

〔註260〕清‧段玉裁注：《説文解字注》（臺北：藝文印書館，1999），頁555。

〔註261〕《廣韻‧十四清》：「《山海經》曰：『太時之山，清水出焉。』《釋名》曰：『清，青也，去濁遠穢，色如青也。』又靜也，澄也，潔也。」宋‧陳彭年等撰：《新校宋本廣韻》（臺北：洪葉文化，2001），卷2，頁190。

〔註262〕明‧胡應麟：《詩藪》，外編卷4，頁5592、5591，收入吳文治主編：《明詩話全編》（南京：江蘇古籍出版社，1997）。

〔註263〕如「斜光照墟落，窮巷牛羊歸」、「雉雊麥苗秀，蠶眠桑葉稀」（〈渭川田家〉，卷125，頁1248）、「鶴巢松樹遍，人訪蓽門稀」（〈山居即事〉，卷126，頁1277）、「郭門臨渡頭，村樹連溪口」（〈新晴野望〉，卷125，頁1250）、「青菰臨水拔，白鳥向山翻」（〈輞川閒居〉，卷126，頁1277）、「雀乳青苔井，雞鳴白板扉」（〈田家〉，卷127，頁1293）、「漠漠水田飛白鷺，陰陰夏木囀黃鸝」（〈積雨輞川莊〉，卷128，頁1298）、「山下孤煙遠村，天邊獨樹高原」（〈田園樂〉七首之五，卷128，頁1305）。

現象。〔註 264〕此種處理方式，較易使詩中景境疏朗渾融。此外，王維等人詩中也少用借代或典故寫景，且不窮形盡相地刻劃景物，而以明朗單純的構思、文字更直接地喚起讀者親切的想像。周裕鍇指出：「由於唐詩人追求的是物象後面的意蘊，因此，唐詩中的物象描寫不追求物形，而傾向於物性，即物象意味著或蘊含著的富有情感色彩的屬性，既眞實又虛幻，既具體又抽象。它的眞實、具體在於能喚起新鮮生動的感覺，喚起對形象的聯想；它的虛幻、抽象在於不對客觀事物作細緻精確的描寫，而只將其做爲心靈的對應物。唐詩中的物象是一種意象，給人渾融朦朧的感受而缺乏細節的明晰眞實。」〔註 265〕由於以「興象玲瓏」爲審美理想，使盛唐田園詩擺落南朝寫景詩「情必極貌以寫物，辭必窮力而追新」的作風，展現特別明朗、清爽而和諧的美感。

從上面的分析可以看到，王、孟之詩的「清」之美，來自於明淨簡易的文字表達，因而與「淡」相關。事實上「淡」美亦是王、孟之詩的特點，它牽涉到通體的修辭、構思，以透過平易淡樸的文字傳達深雋意蘊爲最大特徵。古典詩學中，又要求雖「淡」卻同時能包孕、精緻，能直接畫出事物素樸的面貌與神韻；因而，「淡」往往又與「自然」的美感相涉。〔註 266〕王、孟等人詩之「淡」的成因，可以歸納爲以下幾方面。

〔註 264〕 如「園林鳴好鳥，閒居猶獨眠」（〈園林晏起寄昭應韓明府盧主簿〉，卷 188，頁 1916）、「氣收天地廣，風淒草木衰」（〈授衣還田里〉，卷 191，頁 1961）、「鳥鳴泉谷暖，土起萌甲舒」（〈至西峰蘭若受田婦饟〉，卷 192，頁 1981）等等。

〔註 265〕 周裕鍇：〈中國古典詩歌的三種審美範型〉，《學術月刊》，1989 年第 9 期，頁 43。

〔註 266〕 「自然」即「眞」，與「造作」相對。在文學作品中，將情思、景物自由無礙地呈現，即予人「自然」之感。由於「自然」風格的作品以呈現情、景本然的形神爲理想，因此其使用的技巧、語言一方面既能表現人物的眞情和物象的自然神理，另一方面又不被突出，而是隱藏在境象、感情之後，使讀者能直接感受到眞誠的感情與活潑的景物。（此論點曾參考趙志軍：《作爲中國古代審美範疇的自然》，北京：中國社會科學出版社，2006，頁 238）這樣，「自然」之作必然是避免雕琢矯飾的，故經常以語言的「質樸平淡」爲特徵。

（1）遣詞造句

　　唐代田園詩歌基本上以五古為主，而且多數詩句語序規範而結構簡單：主語在前謂語在後，先修飾成分而後中心詞。這是一種較接近於漢語日常語言，尤其是散文語言的平順句式。〔註 267〕詩人在詞句結構上的總傾向是疏朗樸實，一反南朝寫景詩新巧精工的作風。在修辭方面，他們幾乎不用排比、層遞、反復、頂針等雕飾痕跡明顯的手法，也少用冷僻之典。「多非補假，皆由直尋」的作風，使詩歌語言有較高的透明度，因此既平易如話，也具有更直接的興發感動力量。這些都使作品容易予人質樸、自然的印象。

（2）抒情寫景

　　王維等人的詩歌在表達情興、呈現物象方面，也有平易疏淡的特徵。盛唐田園詩人「以會景生興，『及景造意』（王世懋語）為其基本特點，詩興由景物觸發，景物大體上保持其本然面目」。〔註 268〕正因為情興由物象觸發，所以流露得自然真切。此外，詩人經常以平靜的口吻訴說情懷，即使描寫較歡欣熱鬧的情境，也多只是輕描淡寫。〔註 269〕韋應物疏淡的抒情之句尤多，以致形成舒緩沖淡的詩風。而儲光羲有部分詩句語氣較為斬截，但也只是點到為止，慷慨豪宕之音畢竟不曾出現。

　　盛唐詩人也擅長以樸實而生動的文字捕捉田園風光。他們甚少使用譬喻、誇示、移覺等能強調見聞感受的辭格，〔註 270〕而多半以白

〔註 267〕這是從《詩經》直到近體詩初興，古典詩歌中常見的句法模式。關於這種句式的說明，曾參考孫力平：《中國古典詩歌句法流變史略》（杭州：浙江大學出版社，2011），頁 288～289。

〔註 268〕葛曉音：《山水田園詩派研究》（瀋陽：遼寧大學出版社，1997），頁 317。

〔註 269〕例如孟浩然〈山中逢道士雲公〉（卷 159，頁 1626）：「邂逅歡覯止，殷勤敘離隔。」韋應物〈晚歸灃川〉（卷 191，頁 1961）：「昆弟忻來集，童稚滿眼前。」

〔註 270〕所謂移覺，即在描述客觀事物時，用形象的語言將屬於某一感官的感覺轉移到另一感官上，憑藉感官上的相通之處，啟發讀者去聯想和體味詩中的意境。相關論述與例子，請參閱黎運漢、張維耿編著：《現代漢語修辭學》（臺北：書林出版有限公司，1991），頁 124～

描的手法寫景，亦即以盡量簡煉的筆墨，把握其形與神。諸如「白水明田外，碧峰出山後」〔註271〕、「屋上春鳩鳴，村邊杏花白」〔註272〕、「萋萋春草秋綠，落落長松夏寒」〔註273〕、「綠樹村邊合，青山郭外斜」〔註274〕、「左右林野曠，不聞朝市喧」〔註275〕、「山明宿雨霽，風煖百卉舒」〔註276〕、「谷鳥時一囀，田園春雨餘」〔註277〕等等。這種單純的語言，雖然並未強調景物的感性特徵，但因其精鍊、準確，卻也能直接地喚起體驗、聯想，從而使得詩中的意象新鮮生動。其中，不但見出流動盈溢的天趣，傳達詩人與萬物的交感相契；更具足可供讀者欣賞吟味、流連忘返的美感。

（3）整體構思

平淡之美乃由詩人不著痕跡的錘鍊功力所造就。這種渾然天眞、耐人咀嚼之境的實現，不僅在於字句語象方面的樸實精純，終歸於整體構思方面的錘鍊。許總云：盛唐詩的傑作「對構成一首詩的最主要因素如情感思緒、客觀景物、觀察角度都進行一番擇取、定向、提煉與純化，使這些因素原生的紛繁性、雜亂性與多面性得到恰到好處的選取、配合與凝聚，從而造成平易語言的無窮含蘊。」〔註278〕語言的平易，再加上情思和形象的提煉，才能避免淺率粗疏，才能於平凡

126。又，用比喻的詩句只有王維：「紅蓮落故衣」（〈山居即事〉，卷126，頁1277）、「水上桃花紅欲然」（〈輞川別業〉，卷128，頁1298）、孟浩然：「花伴成龍竹」（〈檀溪尋故人〉，卷160，頁1667）、儲光羲：「群合亂啄噪，嗷嗷如道飢」（〈田家即事〉，卷137，頁1384）、「獵馬既如風」（〈田家雜興〉八首之三，卷137，頁1386）等少數例子。誇飾、移覺則不曾出現於王維等人的田園詩中。

〔註271〕〈新晴野望〉，卷125，頁1250。
〔註272〕〈春中田園作〉，卷125，頁1248。
〔註273〕〈田園樂〉七首之四，卷128，頁1305。
〔註274〕〈過故人莊〉，卷160，頁1651。
〔註275〕〈澗南即事貽皎上人〉，卷160，頁1636。
〔註276〕〈休沐東還胄貴里示端〉，卷187，頁1907。
〔註277〕〈春日郊居寄萬年吉少府中孚三原少府偉夏侯校書審〉，卷187，頁1913。
〔註278〕許總：《唐詩史》（南京：江蘇教育出版社，1994），上冊，頁445。

中見出深厚。若從詩人整體構思的角度來觀察,可以發現,他們在取象上,盡量捕捉田園中平易但最能渲染氣氛、傳神寫意的景物;在語言上,經常以白描突出景物的形象與神韻,並含蓄而準確地點出主體的情意。在篇章結構方面,景語之間、景語和情語之間,契合無間、渾然一體,且精心組織意象,經常呈現動靜、聲色、寧靜與活躍的微妙對照。這些,都能引發讀者豐富的想像與回味。為節省篇幅,只以王維詩為例分析之。〈輞川閒居〉云:「一從歸白社,不復到青門。時倚檐前樹,遠看原上村。青菰臨水拔,白鳥向山翻。寂寞於陵子,桔槔方灌園。」〔註279〕周珽評首聯云:「一棲心泉石,便絕足城市,其厭棄塵喧之志可想矣。」〔註280〕次聯承此而來,寫歸田後生活,同時暗示眼界胸懷之超然空闊,與首聯相呼應。在「遠看」的視野中,白鳥於山水間各得其所,展呈生命的動人姿影,〔註281〕正與詩人回歸田園的心志契合冥會。結尾又呼應首句,以寂寞灌園的身影,暗示安於斯土,樂於隱逸的情懷。全詩意象疏淡,自然流暢,詩人對塵俗的厭倦、歸隱之志的堅定,盡在不言中。

又如〈積雨輞川莊〉,顧璘評此詩云:「首述田家實景,次述己志空泊,末借列子故實,嘆俗人之不知己,妙于無迹。」〔註282〕文理流暢,一氣呵成。其中「漠漠」一聯更是千古名句。它們直承篇首的積雨晦冥之景,不但「漠漠」、「陰陰」兩組疊字,成功畫出水田的蒼茫廣闊,與樹叢的濃郁繁茂,而且以鷺飛鶯啼點綴其間,

〔註279〕卷126,頁1277。

〔註280〕《刪補唐詩選脈箋釋會通評林·盛五律上》,轉引自《中華大典·文學典·隋唐五代文學分典·唐文學部二·王維》(南京:鳳凰出版社,2005),頁271。

〔註281〕周珽評此詩云:「『青菰』、『白鳥』二語,又本第四句『遠看』中山水物色言。」《刪補唐詩選脈箋釋會通評林·盛五律上》,轉引自《中華大典·文學典·隋唐五代文學分典·唐文學部二·王維》(南京:鳳凰出版社,2005),頁271。

〔註282〕《刪補唐詩選脈箋釋會通評林·盛唐七律上》,轉引自《中華大典·文學典·隋唐五代文學分典·唐文學部二·王維》(南京:鳳凰出版社,2005),頁283。

在讀者腦中喚起一幅靜中有動，聲色併發的鮮明景象。既寫出天地間流蕩的一片化機，也透出詩人的悠閒恬淡之情。〔註283〕二句樸素清新，不假雕飾，承接有致，而且境界全出，可謂臻至「自然」之化境。

　　總之，在王維、孟浩然、儲光羲、韋應物等人的田園詩中，清朗沖淡之美與興象玲瓏的特質相伴相生。它們不僅是形塑盛唐詩歌含蓄精美、自然天成之時代風格的重要分子，也繼承、發展了陶淵明的平淡詩風，並達到極高的成就，歷代追隨、仿效者不絕。宋代以後，以「清淡」概括王、孟等人的詩歌特徵，以他們爲清淡詩派的代表，更逐漸成爲詩論家的共識。王、孟、儲、韋的田園詩與山水詩，因而獲得超越唐代的典範意義。〔註284〕

二、「田家苦」類田園詩

　　陶淵明與王、孟、儲、韋等人以親近自然、回歸眞淳爲宗旨的田園詩，雖有內涵風格的小異，但均著重於抒發一己於田園生活中的經驗感受，基本上並未觸及廣大農民的生活面相，尤其是他們爲現實政治所壓迫的一面。中唐元和前後，一群詩人弘揚儒家以詩美刺興諷、裨益教化的理想，在文學世俗化的思潮下，創作大量尙實求俗、關心民瘼的詩作，使「田家苦」繼「田家樂」之後，成爲田園詩的又一重要主題。

　　早在天寶末年，隨著政治的腐化與社會的動盪，杜甫、元結、顧況、戴叔倫等詩人已以詩歌諷諭政治。到了貞元年間，張籍、王建繼

〔註283〕吳景旭云：「郭彥深曰：王維『漠漠水田飛白鷺，陰陰夏木囀黃鸝』，此用疊字之法。不獨摹景入神，而音調抑揚，氣格整暇，悉在四字中。」清・吳景旭編：《歷代詩話》，卷47，頁733，收入《叢書集成續編》（臺北：新文豐出版公司，1989）。

〔註284〕關於古代清淡詩派詩人的群體心理基礎、清淡詩風的總體特徵，以及清淡詩風與時代文化特徵、詩人心態的關係等問題，馬自力《清淡的歌吟——中國古代清淡詩風與詩人心態》（蘇州：蘇州大學出版社，1995）一書有較深入的研究，可參看。

續創作揭露現實黑暗面的樂府詩，〔註285〕成爲元、白等人的重要先導。元和時期，政治圖變的氛圍與朝政「中興」的背景，促成文人政治熱情的高漲，於是在白居易、元稹的理論呼籲與創作示範下，以新題樂府爲主的諷諭詩創作蔚爲潮流，其影響直至晚唐皮日休、聶夷中、杜荀鶴等人。〔註286〕在此過程中，元白詩派詩人，包括其餘緒皮日休等晚唐詩人，寫出許多以揭露田家所受疾苦與壓迫爲主旨的詩篇，使「田家苦」從此成爲古代田園詩中另一重要主題。茲以時代先後爲序，以重要作者爲綱，論述此類作品的旨趣與語言風格。

（一）關懷民瘼之意識

1. 張籍、王建

　　張籍、王建均出身寒微且大半生沉淪下僚，爲交情深厚的詩友。兩人在詩歌理論與創作上同聲相應，都期望以詩寓託諷諫，改善時弊；並透過樂府詩廣泛表現當時平民各層面的生活疾苦。〔註287〕其中有描寫田家艱困境遇而屬於田園詩者。例如張籍〈野老歌〉描述老農備受壓榨的慘況，篇末賈客「珠百斛」、「犬食肉」更與農夫拾橡實充飢形成強烈對比，詩人對公義蕩然無存的痛心，流露於字裡行間。又例如〈山頭鹿〉以鹿角起興，揭露重稅帶來的苦難。此外如〈牧童詞〉中放牛娃富於童趣的生活，看似無憂無慮，但最後他對牛脫口而出的喝斥：「牛群食草莫相觸，官家截爾頭上角！」分明顯示官吏的

〔註285〕據考證，張籍、王建的樂府詩主要作於貞元中至元和初，恰好在元、白創作新樂府以前。詳參謝思煒：〈從張王樂府詩體看元白的「新樂府」概念〉，《北京師範大學學報・社會科學版》，1999 年第 5 期，頁 81。

〔註286〕晚唐現實主義詩風的代表詩人，如聶夷中、羅隱、杜荀鶴、皮日休、陸龜蒙等，現代學者多將其視爲元白等人諷諭詩的繼承者或餘波。如劉亮：《晚唐樂府詩研究》（北京：中國社會出版社，2010）、鍾優民：《新樂府詩派研究》（瀋陽：遼寧大學出版社，1997）皆有專門章節論述晚唐新樂府對中唐新樂府運動的繼承與發展。

〔註287〕詳參鍾優民：《新樂府詩派研究》（瀋陽：遼寧大學出版社，1997），頁 139～143。

兇殘令天眞的孩子留下深刻的印象。又如〈江村行〉表現了農夫終年辛勞的生活，而篇末兩句：「一年耕種長辛苦，田熟家家將賽神。」〔註288〕預祝其終能豐收，舉行賽神慶典；也由此見出農民對此辛勤生活毫無怨言的純樸與善良，並反映詩人對他們深切的憐惜。

王建的樂府詩也從各個角度表現了田家的疾苦。例如〈田家行〉表達農民在一年辛苦盡輸官稅的同時，卻持續「欣悅」地生活，並慶幸免遭拘繫的心態，暗示他們因長期貧困而產生習以爲常的淡漠感與極易擁有的滿足感。〔註289〕又如〈當窗織〉揭露「園中有棗行人食。貧家女大富家織」〔註290〕，農家勞動果實全爲富人剝奪的黑暗現實，又以「當窗卻羨青樓倡，十指不動衣盈箱」〔註291〕的心理描寫，表現織婦深切的悲憤。〈簇蠶辭〉寫農民辛勤工作盼望能收成蠶絲，最後卻是在將新繭送官的同時，「已聞鄉里催織作」〔註292〕，又得替別人紡織。透過過程與結果的對照，更深刻地反映了平民的無奈與社會的不公。

張籍、王建以農家疾苦爲題材的諷諭之作，通常不直接議論評說，而是藉由人物刻劃與事件記述令讀者體會其中的深意。其詩因而充滿濃厚的生活氣息，並成爲中唐寫實詩風的傑出代表，對元、白的新樂府詩產生重要的先導作用。〔註293〕

〔註288〕二詩分別引自唐·張籍撰，李建崑校注：《張籍詩集校注》（臺北：華泰文化事業公司，2001），卷2，頁80；卷8，頁432。

〔註289〕對本詩的分析，曾參考許總：《唐詩史》（南京：江蘇教育出版社，1994），下冊，頁258。

〔註290〕唐·王建撰，尹占華校注：《王建詩集校注》（成都：巴蜀書社，2006），卷1，頁38。

〔註291〕同前注。

〔註292〕唐·王建撰，尹占華校注：《王建詩集校注》（成都：巴蜀書社，2006），卷1，頁34。

〔註293〕白居易與張籍自元和二年定交（依潘竟翰：〈張籍繫年考證〉，《安徽師範大學學報·哲學社會科學版》，1981年第2期），他的〈讀張籍古樂府〉詩曾對張氏古樂府作全面總結與評述，並表示極度推崇。學界一般亦認爲，張、王樂府在內容與形式上都對元、白有重要的先導作用，至少是一種可供參考的成功實踐。詳參陳才智：《元白詩派研究》(北京：社會科學文獻出版社，2007)，頁152～160；

2. 元稹、白居易

元和初年，初登仕途的白居易與元稹懷抱著對社會民生的強烈責任感，大力提倡諷諭詩，成爲新樂府運動的領袖人物。他們既自覺地寫作以諷諭詩爲拾遺補缺之媒介，〔註294〕也總結出一系列明確的主張。元、白認爲詩歌應有風雅比興的諷諭義蘊，認爲「文章合爲時而著，歌詩合爲事而作」，〔註295〕詩歌當「諷興當時之事」、「刺美見事」，〔註296〕以發揮「救濟人病，裨補時闕」〔註297〕的效果。詩歌藝術特色方面，則主張文辭應質樸明白，使讀者易於瞭解接受；口吻應剛直激切，使讀者容易獲得鑒戒。〔註298〕

元、白創作不少批判時局的詩作，部分以田家疾苦爲筆墨重心。例如元稹的〈田家詞〉詩中控訴了數十年來戰事頻仍對農村的沉重負擔，以及農民對「官軍」予取予求的極度無奈。白居易更對農民的旱

張煜：〈張王樂府與元白新樂府創作關係再考察〉，《文學評論》，2007年第 4 期；許總：《唐詩史》（南京：江蘇教育出版社，1994），下冊，頁 250～251。

〔註294〕自元和初年起，元白開始自覺創作諷諭詩。元稹的十二首新樂府作於元和四年，（依周相錄校注：《元稹集校注》，上海：上海古籍出版社，2011，卷二十四，頁 718 注）；白居易〈與元九書〉則說他把「自拾遺來，凡所遇所感，關於美刺比興者」與新樂府五十首一起編爲「諷諭詩」。他任左拾遺在元和三年，自覺地寫作諷諭詩也可自此時算起。請參閱羅宗強：《隋唐五代文學思想史》（北京：中華書局，2003），頁 182。

〔註295〕唐·白居易撰，朱金城箋校：《白居易集箋校》（上海：上海古籍出版社，2008），卷45，〈與元九書〉，頁 2792。

〔註296〕唐·元稹撰，周相錄校注：《元稹集校注》（上海：上海古籍出版社，2011），卷 23，〈樂府古題序〉，頁 674。

〔註297〕唐·白居易撰，朱金城箋校：《白居易集箋校》（上海：上海古籍出版社，2008），卷45，〈與元九書〉，頁 2792。

〔註298〕白居易〈新樂府序〉論其藝術特色云：「其辭質而徑，欲見之者易諭也。其言直而切，欲聞之者深誡也。其事覈而實，使採之者傳信也。其體順而肆，可以播於樂章歌曲也。」除了「體順而肆」這一點之外，大體適用於其他的諷諭詩。詳參王運熙、楊明：《隋唐五代文學批評史》（上海：上海古籍出版社，1994），頁 394。

災與飢寒等苦難都有表現，〔註299〕尤其注意重賦造成的災難，例如〈觀刈麥〉，既流露對農民勤苦耕作的欽佩，也抒發對其如此辛勤卻備受壓迫的悲嘆與不平。〈新樂府〉五十首中的〈杜陵叟〉更直接揭露了官吏對承受旱災的農民「急斂暴徵求考課」的剝削。〈秦中吟〉十首中的〈重賦〉則寫雜稅的害民。詩開頭以士大夫口吻指出，德宗當初制定兩稅法的本意在減輕民眾的負擔，嚴禁官吏徵收其他苛捐雜稅，但此良善用意並未得到貫徹，不久貪吏又故態復萌。接著以被勒索的農民口吻提出沉痛控訴。作者透過農民的遭遇見聞，揭露了統治者共犯結構的貪得無厭與帶給農村的深重苦難。

　　元、白詩派的諷諭詩在精神上與張、王樂府相呼應，但內容的鋒銳與抒情性均有增加。例如不再籠統地呈現「官家」的壓迫，而或是強調農家悲慘生活的長久，如元稹〈田家詞〉云：「六十年來兵蔟蔟，月月食糧車轆轆」〔註300〕；或是彰顯問題的根源，如白居易〈重賦〉、〈杜陵叟〉兩詩深入到具體事件的背後，揭露了自皇帝以下統治者的貪婪自私，是田家苦難的根本原因。〔註301〕元、白的部分詩歌雖記

〔註299〕寫農村飢寒者為〈采地黃者〉：「麥死春不雨，禾損秋早霜。歲晏無口食，田中采地黃。采之將何用？持以易餱糧。凌晨荷鋤去，薄暮不盈筐。攜來朱門家，賣與白面郎。與君啖肥馬，可使照地光。願易馬殘粟，救此苦飢腸。」與〈村居苦寒〉：「八年十二月，五日雪紛紛。竹柏皆凍死，況彼無衣民！迴觀村閭間，十室八九貧。北風利如劍，布絮不蔽身。唯燒蒿棘火，愁坐夜待晨。乃知大寒歲，農者尤苦辛。顧我當此日，草堂深掩門。褐裘覆絕被，坐臥有餘溫。幸免飢凍苦，又無壟畝勤。念彼深可愧，自問是何人？」寫旱災之禍者為〈夏旱〉：「太陰不離畢，太歲仍在午。旱日與炎風，枯燋我田畝。金石欲銷鑠，況茲禾與黍。嗷嗷萬族中，唯農最辛苦。憫然望歲者，出門何所觀？但見棘與茨，羅生徧場圃。惡苗承沴氣，欣然得其所。感此因問天，可能長不雨？」分別引自唐・白居易撰，朱金城箋校：《白居易集箋校》（上海：上海古籍出版社，1988），卷1，頁54、105、62。

〔註300〕清・馮定求等編：《全唐詩》（北京：中華書局，2003），卷418，頁4606。

〔註301〕此論點曾參考霍松林：〈論白居易的田園詩〉，《陝西師範大學學報・哲社版》，1982年第3期，頁42。

述農民口吻，但其中的不滿較爲直接激切，有諷刺：「農死有兒牛有犢，誓不遣官軍糧不足」〔註302〕；更有含淚的控訴：「剝我身上帛，奪我口中粟。虐人害物即豺狼，何必鈎爪鋸牙食人肉！」〔註303〕作者義正辭嚴，疾惡如仇的情態，從這些詩句呼之欲出。這些內容，使得元、白的田園詩脫離了對個別事件的偶然感慨，而具有更富深度的政治視野，更鮮明地表現「但傷民病痛，不識時忌諱」、〔註304〕「不懼權豪怒，亦任親朋譏」〔註305〕的犀利批判特徵。

　　此外，元白之詩的「抒情性」也比較明顯，例如白居易的〈夏旱〉，明顯摻入詩人對農民境遇的不捨與嘆息。他甚至在悲憫農民遭遇的同時將目光轉向自己：「聽其相顧言，聞者爲悲傷。家田輸稅盡，拾此充飢腸。今我何功德，曾不事農桑。吏祿三百石，歲晏有餘糧。念此私自愧，盡日不能忘。」〔註306〕、「乃知大寒歲，農者尤苦辛。顧我當此日，草堂深掩門。褐裘覆絁被，坐臥有餘溫。倖免飢凍苦，又無壠畝勤。念彼深可愧，自問是何人？」〔註307〕身爲士大夫的詩人不但對農民沒有絲毫優越感，反而在對照人我差異時，深感不安、慚愧，充分流露對田家凍餒苦境的責任感。

　　總而言之，元白詩派的諷諭詩，更明顯地展現詩人對田家疾苦的憫念，對貪暴之徒的鞭韃，蘊含著人道主義的精神，以及知識份子對農民問題的識見與良知。也使「田家苦」從此成爲田園詩中另一重要

〔註302〕〈田家詞〉，清・馮定求等編：《全唐詩》（北京：中華書局，2003），卷418，頁4606。

〔註303〕〈杜陵叟〉，唐・白居易撰，朱金城箋校：《白居易集箋校》（上海：上海古籍出版社，1988），卷4，頁224。

〔註304〕〈傷唐衢〉二首之二，唐・白居易撰，朱金城箋校：《白居易集箋校》（上海：上海古籍出版社，1988），卷1，頁47。

〔註305〕〈寄唐生〉，唐・白居易撰，朱金城箋校：《白居易集箋校》（上海：上海古籍出版社，1988），卷1，頁44。

〔註306〕〈觀刈麥〉，唐・白居易撰，朱金城箋校：《白居易集箋校》（上海：上海古籍出版社，1988），卷1，頁11。

〔註307〕〈村居苦寒〉，唐・白居易撰，朱金城箋校：《白居易集箋校》（上海：上海古籍出版社，1988），卷1，頁57～58。

的傳統主題。

3. 皮日休、聶夷中、杜荀鶴等晚唐詩人

　　到了晚唐後期（860～907），〔註308〕在理論與創作方面較重視表現民生疾苦、指陳時弊的詩人有皮日休、陸龜蒙、聶夷中、杜荀鶴等，他們亦有部分以憫農為主旨的田園詩作。雖然此類詩在當時詩歌所佔比例甚小，但仍顯現出時代的特色，在田園詩史上有一定價值。

　　晚唐以降國勢江河日下，農民在天災人禍的壓迫下，或是苟延殘喘、逃荒流浪，或是鋌而走險，廣大農村一片凋蔽。部分詩人面對衰亂之社會，既提出應透過詩使上位者「知國之利病，民之休戚者」〔註309〕、「外卻浮華景，中含教化情」〔註310〕、「詩旨未能忘救物」〔註311〕等繼承儒家政教文學思想的詩歌主張，也有部分傷時憂民之作。

　　或許因為晚唐詩人大多長期處於貧寒之中，對平民疾苦的程度與禍根有更深切的體會，再加上他們與權力中心關係更遠，且對時代基本上不再抱希望，因此不但對農民的辛苦境況與沉痛心境有細膩描述，直接抨擊統治階層之貪腐橫暴的詩篇更是大增。皮日休〈正樂府〉十篇中的〈橡媼嘆〉、〈農父謠〉等，均為其例。又如陸龜蒙〈五歌之三・刈穫〉中聽農夫訴苦之後發的議論：「古者為邦須蓄積，魯饑尚責如齊糴。今之為政異當時，一任流離恣徵索」；〔註312〕唐彥謙〈宿

〔註308〕此處所謂「晚唐後期」，指唐懿宗咸通初至昭宣帝天祐末（860～907）。取羅宗強說。詳參氏著：《隋唐五代文學思想史》（北京：中華書局，2003），頁222。

〔註309〕唐・皮日休撰，蕭滌非、鄭慶篤整理：《皮子文藪》（上海：上海古籍出版社，1981），卷10，〈正樂府十篇并序〉，頁107。

〔註310〕杜荀鶴〈讀友人詩〉，清・馮定求等編：《全唐詩》（北京：中華書局，2003），卷691，頁7942。

〔註311〕杜荀鶴〈自敘〉，清・馮定求等編：《全唐詩》（北京：中華書局，2003），卷692，頁7975。

〔註312〕清・馮定求等編：《全唐詩》（北京：中華書局，2003），卷621，頁7148。

田家〉對「下鄉隸」在農民家作威作福的描寫；又如齊己〈耕叟〉直斥官吏爲不勞而獲的「鼠雀群」；〔註313〕聶夷中〈詠田家〉呼求帝王：「二月賣新絲，五月糶新穀。醫得眼前瘡，剜卻心頭肉。我願君王心，化作光明燭。不照綺羅筵，只照逃亡屋。」〔註314〕杜荀鶴〈傷硤石縣病叟〉、〈田翁〉、〈山中寡婦〉、〈亂後逢村叟〉、〈題所居村舍〉等詩中，更幾乎在農民生活、心聲的所有描寫中或明或暗地顯示時局對農村造成的嚴重災難，鮮明地表現詩人對農民遭遇的感同身受，對貪官酷吏的切齒痛恨。

中唐以降美刺諷諭詩歌的創作，將陳子昂發軔的詩歌革新運動推向新的境地；而反映農家疾困之詩，正是其中的重要組成部分。陳子昂雖首倡風雅興寄，也有諷諭時政之作，但抒發的主要是個人建功立業與失志不平等情懷。杜甫雖有大量關心民瘼之作，但其時事之詩往往只是「在感情不能自己的情況下自然噴湧而出」，並未欲藉此達到政治目的，〔註315〕且往往受到詩教的約束，風格深情而婉轉。元結則明確提出詩歌應規諷時事，並付諸創作，爲元、白導夫先路。元、白等中晚唐詩人，在發展貞元以來尚實求俗創作傾向的同時，〔註316〕主張並實踐「救濟人病」的創作理念，發展了儒家的民本思想；乃至不惜突破「溫柔敦厚」的規範，強調「意激」、「言質」的表現特質；

〔註313〕 齊己〈耕叟〉：「春風吹蓑衣，暮雨滴箬笠。夫婦耕共勞，兒孫飢對泣。田園高且瘦，賦稅重復急。官倉鼠雀群，共待新租入。」《全唐詩》，卷847，頁9584。

〔註314〕 清・馮定求等編：《全唐詩》（北京：中華書局，2003），卷636，頁7296。

〔註315〕 呂正惠：〈元和新樂府運動及其政治意義〉，《抒情傳統與政治現實》（臺北：大安出版社，1989），頁65～66。

〔註316〕 羅宗強認爲，中唐時詩歌新變的兩大途徑爲「尚實、尚俗、務盡」與「重怪奇、重主觀」。尚實、尚俗的創作傾向早在貞元年間即出現；而重功利的詩歌主張在永貞末至元和初才被引入這一創作傾向中。他甚至認爲，應把新樂府的創作，視爲當時詩壇革新中一部份詩人尚實創作傾向的一種表現。詳參氏著：《隋唐五代文學思想史》（北京：中華書局，2003），頁171、182、179。

〔註317〕使其詩出現了大量通俗的民間情事，流露著明顯的政治關懷。這一切，不僅在唐代以「田家苦」爲主旨的田園詩中留下了鮮明的印記，也對宋代田園詩的發展產生了深遠的影響。

（二）淺切犀利的語言風格

就詩歌類型而論，中、晚唐以「田家苦」爲主題的田園詩，以元、白詩派倡導的新樂府作品所佔比例最高。〔註318〕可以說，新樂府詩足以代表此類詩歌的成就。元、白不但繼承了杜甫以來的寫

〔註317〕白居易〈與元九書〉：「至於諷諭者，意激而言質。」唐・白居易撰，朱金城箋校：《白居易集箋校》（上海：上海古籍出版社，2008），卷45，頁2795。

〔註318〕所謂「新樂府」的認定，基本上依葛曉音劃定的「狹義新樂府詩」的義界。葛氏主要以郭茂倩《樂府詩集》中〈新樂府辭〉的收錄標準爲據，認爲廣義的新樂府指從舊題樂府派生的新題歌行，或內容形式取法漢魏古樂府，以「行」、「怨」、「詞」、「曲」爲主，（包含少數「引」、「歌」、「吟」、「謠」）的新題歌詩。狹義的新樂府詩，是廣義新樂府中內容符合「興諭規刺」標準的部分歌詩。所謂新題，以「唐世新歌」爲準。可以從以下幾方面判斷狹義的新樂府：有歌辭性題目或三字題爲主的漢樂府式標題，或在詩序中有希望採詩的說明，標題均應是唐代出現的新題或即事名篇；內容以諷刺時事、傷民病痛爲主，或通過對人事、風俗的批評總結出某種人生經驗、概括某種社會現象。表現手法上，以第三人稱化的視點與客體化的場面爲主，第二人稱和作者議論慨嘆乃輔；且作者慨嘆乃針對時事而發，而非個人的詠懷敘志。根據以上標準，白居易的〈秦中吟〉和個別古詩如〈採地黃者〉也可列爲新樂府。請參閱〈新樂府的緣起和界定〉，氏著：《詩國高潮與盛唐文化》（北京：北京大學出版社，1998），頁194。葛氏的定義爲學界廣泛接受，本文亦從其說；而「唐代新題」的判斷，則參考前揭葛曉音文、朱我芯：《詩歌諷諭傳統與唐代新樂府研究・附錄一》（東海大學中文所博士論文，民國93年）、張煜：《新樂府辭研究》（北京：北京大學出版社，2009）、劉亮：《晚唐樂府詩研究》（北京：中國社會出版社，2010）。據上述標準，則唐代「田家苦」類田園詩中，王建〈田家行〉、〈當窗織〉、〈簇蠶辭〉、張籍〈促促詞〉、〈山頭鹿〉、〈野老歌〉、〈牧童詞〉、〈江村行〉、元稹〈田家詞〉、白居易〈新樂府・杜陵叟〉、〈秦中吟・重賦〉、〈采地黃者〉、皮日休〈正樂府・橡媼歎〉、〈正樂府・農父謠〉、杜荀鶴〈時世行・山中寡婦〉、杜荀鶴〈時世行・亂後逢村叟〉、于濆〈田翁歎〉、聶夷中〈詠田家〉，均屬於新樂府，共十八首。

實性、通俗化詩風，更突出強調詩歌補察時政的功能，創作了大量淺切犀利、具強烈針對性的新樂府詩，一時之間蔚爲風尚，其影響及於晚唐。

1. 敘事模式：故事外敘述者

中、晚唐詩人描寫田家疾苦的新樂府不但將筆墨聚焦於民眾生活的慘酷面，而且普遍地使用「故事外敘述」，﹝註319﹞使其自由揮灑的特點更徹底地實現。詩人們或是引入細膩入微的心理描寫，例如王建〈田家行〉篇末點出農民「田家衣食無厚薄，不見縣門身即樂」﹝註320﹞的心態，以見官府催逼之苦；或是調轉筆鋒，將農民生活的對立面或隱或顯的引入詩境，例如白居易〈采地黃者〉寫到貧民向「朱門白面郎」兜售地黃的卑微心願：「與君啖肥馬，可使照地光。願易馬殘粟，救此苦飢腸」﹝註321﹞，皮日休〈橡媼歎〉寫到撿橡實充飢的

﹝註319﹞「故事內敘述者」與「故事外敘述者」是譚君強根據敘事文本中敘事者相對於故事中的位置或敘述層次，以及敘事者是否參與故事和參與故事的程度，做出的區分。「故事外敘述者」即處於其所敘之故事「上面」，或高於這個故事層次的敘事者。它通常不作爲故事中人物出現，因而與傳統所謂「第三人稱敘述者」大致相當。「故事內敘述者」則處於其所講述的故事層次，是其中的一個人物，既以一個人物的身份活動，也與故事的其他人物形成交流，相當於傳統所謂「第一人稱敘述者」。按：本文不採用人稱區分敘事者，主要因爲這種區分有欠精確，也在現當代敘事學界有較多爭議。誠如譚君強所云：「在敘述者這個層次上所要探討的是敘述主體，而非寫作主體。無論敘述者是否提到其自身，對於敘述狀況並沒有什麼不同。只要有語言，就有一個說話人在講此語言；只要這些語言表達構成敘述本文，就存在講述者，一個敘述主體。從語法觀點看，這總是一個『第一人稱』。」詳參氏著：《敘事理論與審美文化》（北京：中國社會科學出版社，2002），頁 59～61。又，在十八首以「田家苦」爲主旨之新樂府詩中，只有張籍〈牧童詞〉與于濆〈田翁歎〉使用了故事內敘述，其他均屬故事外敘述。

﹝註320﹞唐・王建撰，尹占華校注：《王建詩集校注》（成都：巴蜀書社，2006），卷 2，頁 49。

﹝註321﹞唐・白居易撰，朱金城箋校：《白居易集箋校》（上海：上海古籍出版社，1988），卷 1，頁 54。

老嫗還細心照料穀物:「細穫又精舂,粒粒如玉璫。持之納於官,私室無倉廂。」〔註 322〕上位者的養尊處優,也就盡在不言中。這些描寫,都與農民的貧寒生活成為強大對比,詩人的批判意識極為鮮明。

此外,作者還將情節、狀況的矛盾衝突面提煉出來,凸顯統治階層的冷酷與虛偽,例如白居易〈杜陵叟〉在說到皇帝「白麻紙上書德音,京畿盡放今年稅」〔註 323〕後立刻接以「昨日里胥方到門,手持勒牒牓鄉村。十家租稅九家畢,虛受吾君蠲免恩」;杜荀鶴〈亂後逢村叟〉則揭露官府在農村「因供寨木無桑柘,為著鄉兵絕子孫」〔註 324〕的情況下,「還似平寧徵賦稅,未嘗州縣略安存」〔註 325〕。反差強烈、違背常理的情節,充分突出了農民的非人道待遇,詩人的悲憫憤慨之情,亦溢於言表。

甚至作者會直接跳出來發表評論。他們或是表達深刻同情,如張籍〈促促詞〉的「家家桑麻滿地黑,念君一身空努力。願教牛蹄團團一角直,君身常在應不得」〔註 326〕,或是痛斥官家的不擇手段,如皮日休〈橡媼歎〉:「如何一石餘,只作五斗量!狡吏不畏刑,貪官不避贓。農時作私債,農畢歸官倉。」〔註 327〕在白居易詩中,詩人的評論、立場還會與農民的敘事口吻結合在一起,例如〈重賦〉先由詩人論述「兩稅法」制訂緣由與「奈何歲月久,貪吏得因循」使良法變質,其後則為百姓的訴說。既讓讀者對事件發生的大背景有更全面的瞭解,又「直接」聽到受害者的呼喊悲鳴,而感受到強烈的心靈震撼。

〔註 322〕唐・皮日休撰,蕭滌非、鄭慶篤整理:《皮子文藪》(上海:上海古籍出版社,1981),卷 10,頁 109。

〔註 323〕唐・白居易撰,朱金城箋校:《白居易集箋校》(上海:上海古籍出版社,1988),卷 4,頁 223〜224。

〔註 324〕清・馮定求等編:《全唐詩》(北京:中華書局,2003),卷 692,頁 7959。

〔註 325〕同前注。

〔註 326〕唐・張籍撰,李建崑校注:《張籍詩集校注》(臺北:華泰文化事業股份有限公司,2001),頁 80。

〔註 327〕唐・皮日休撰,蕭滌非、鄭慶篤整理:《皮子文藪》(上海:上海古籍出版社,1981),卷 10,頁 109。

2. 詩體特徵：聲調流暢的七古與樸素的五古

在體式方面，張、王、元、白等中唐詩人最常使用的是七言爲主的雜言歌行。七言歌行「篇無定句，句無定字」〔註328〕，是中國古典詩體中最自由的體式，與民間說唱體較爲接近，更便於直陳敘述，從而也更易於形成客觀化的場面或「故事外」的敘述情勢，因此詩人們處理敘事題材時，必然更傾向於使用七言歌行。〔註329〕張、王等人即充分運用七古便於鋪張、敘事的特點，爲農家苦難經歷代言、寫照。

張、王等人的七言歌行也講究節奏聲調的復沓、流暢。這些詩篇中，經常出現句中重複用字，或篇中多次重複的情形，〔註330〕例如王建〈當窗織〉中「貧家女大富家織」，「續來續去心腸爛」，均隔字疊用同字；〈田家行〉寫田家勞動情形：「男聲欣欣女歡悅」、「簷頭索索繰車鳴」，都在同樣的音步使用疊字；張籍〈促促詞〉的「促促復促促」和王建〈當窗織〉中「歎息復歎息」一樣，均一開篇就予人復沓之感；接下來的「今年爲人送租船，去年捕魚向江邊」、「家家桑麻滿地黑」、「願教牛蹄團團一角直」，也都採用疊字手法，形成順暢而富流動感的音樂效果。

新樂府詩人對用韻也很注意。其詩中經常每句押韻，或鄰韻相押，讀起來聲音和諧；每四或二句一轉韻，且韻腳多爲平仄遞轉交替，造成變化靈活、抑揚頓挫的節奏。此外，轉韻之處多爲內容意義的轉折之處，使得歌行在琅琅上口的同時，增添了曲折迴盪的韻味。〔註331〕

〔註328〕唐・白居易撰，朱金城箋校：《白居易集箋校》（上海：上海古籍出版社，1988），卷3，〈新樂府并序〉，頁136。

〔註329〕關於七言歌行便於敘事的特點，曾參考謝思煒：〈從張王樂府詩體看元白的「新樂府」概念〉，《北京師範大學學報・社會科學版》，1999年第5期，頁85。

〔註330〕關於同句中重複用字，或詩篇中多次重複用字會造成節奏復沓、聲調流暢的觀點，曾參考葛曉音：〈初盛唐七言歌行的發展〉，氏著：《詩國高潮與盛唐文化》（北京：北京大學出版社，1998），頁384～385。

〔註331〕鄧大情指出：「張籍歌行大多是四句一轉韻，形成442、444、4442

此外也注意聲情的合一，描寫田家疾苦或發表評論的詩句，多屬短促峭急的入聲韻，〔註332〕恰切地表達出詩人憤慨激越的敘事態度。〔註333〕

　　晚唐的新題樂府中，五古成為新樂府的詩型主流，其次則為五、七言律體。〔註334〕與之相應，此期的「田家苦」類新樂府詩也並無以七言歌行寫作者。如皮日休〈橡媼嘆〉、〈農父謠〉、于濆的〈田翁歎〉、聶夷中的〈詠田家〉等，均為五古。杜荀鶴〈山中寡婦〉、〈亂後逢村叟〉兩詩（又題為〈時世行〉），則為少見的七律體新樂府。

　　五古是晚唐以「田家苦」為主題的新樂府詩篇最常採用的詩體。五古相較於縱橫奔放的七言歌行體，顯得較為樸實。盛唐元結的五古組詩為晚唐樂府詩的重要先導，但皮日休等人的五古樂府藝術成就後來居上。元結因為反對崇尚形似，故其〈系樂府〉等詩作缺少鮮明生動的形象，〔註335〕為後人評為「椎樸贛直」；〔註336〕而虛字出現頻繁、多問答結構、刻意不用對仗等，又其詩帶有散文般的風貌。皮日

　　　　的結構，而且韻律上的轉換，實際上也是作品內容意義上的一個
　　　　轉折，這就使歌行在琅琅上口的同時，有一種曲折回盪的韻味，
　　　　體現歌行『一篇之中，三致意焉』的典型特徵。」（氏著：〈論「歌
　　　　行則學流蕩於張籍」〉，《信陽師範學院學報・哲學社會科學版》，
　　　　第 25 卷第 6 期，2005 年 12 月，頁 94）我發現這也是王建、白
　　　　居易等人「田家苦」類樂府歌行的特徵，本文所論即本鄧氏之說。
〔註332〕如「已聞鄉里催織作，去與誰人身上著」（王建〈簇蠶辭〉）、「參收
　　　　上場絹在軸，的知輸得官家足。不望入口復上身，且免向城賣黃犢。
　　　　回家衣食無厚薄，不見縣門身即樂」（王建〈田行〉）、「山頭鹿，
　　　　角芰芰，尾促促。貧兒多租輸不足，夫死未葬兒在獄」（張籍〈山
　　　　頭鹿〉）、「剝我身上帛，奪我口中粟。虐人害物即豺狼，何必鈎爪
　　　　鋸牙食人肉」（白居易〈杜陵叟〉）等等。
〔註333〕關於入聲韻表達情感的效果，曾參考龍榆生：《詞曲概論》（上海：
　　　　上海古籍出版社，1980），頁 173。
〔註334〕關於此期新樂府的主要詩體與重要作者，詳參朱我芯：〈唐代新樂
　　　　府之發展關鍵——李白開創之功與杜甫、元結之雙線開展〉，《政大
　　　　中文學報》，第七期，2007 年 6 月，頁 49。
〔註335〕王運熙、楊明：《隋唐五代文學批評史》（上海：上海古籍出版社，
　　　　1994），頁 310。
〔註336〕明・許學夷撰：《詩源辨體》（北京：人民文學出版社，1987），卷
　　　　17，頁 177。

休〈正樂府〉等雖然也標榜復古，卻比較沒有過於樸質的缺陷。他們不但繼承杜甫的敘事手法，也擅長用樸素卻不散漫的語言，令事象完整清晰的浮現。除了形成俗易的風格，也更能凸顯底層民眾之辛酸與社會的尖銳矛盾。

然而就總體而言，在唐代以刻劃「田家苦」為主旨的新樂府詩中，晚唐五古新樂府的創造性與代表性畢竟遜於中唐七古新樂府。皮日休等人的作品，僅屬新樂府運動的流風餘韻。他們以樸素淺切而犀利的詩風，為唐代以儒家政教文學觀為內涵的詩歌復古思潮劃下了句號。

第四節　北宋田園詩與田園詩傳統的關係

一、內容旨趣的承傳與新變

劉蔚曾指出，宋代田園詩的新變與總格局為：較少表現隱士們微妙的心靈和情感，側重表現農民的生產勞動和日常生活；「田園樂」與「田家苦」並重。〔註337〕我們同意宋代田園詩基本延續唐代田園詩的傳統，呈現「田園樂」與「田家苦」並重的創作格局，但以為她的第一個概括值得商榷。因為「隱士們微妙的心靈活動和複雜的情感情趣」其實偏向「主旨」，「農民的生產勞動和日常生活」則指「題材」。兩者在古代田園詩中通常不是「並列」的關係，而是彼此交融的關係。在表現農民生活時，往往注入了文人特有的解釋角度、觀察範圍；在剪裁農民生活入詩時，也通常意在表達自我的審美理想、甚至是文化認同，從而使「農民的生產勞動和日常生活」依然是寄寓隱士「情感情趣」的載體，雖然這種心靈信息可能有顯隱之分。〔註338〕因此，

〔註337〕氏著：《宋代田園詩研究》（北京：人民文學出版社，2012），頁25。
〔註338〕其實劉氏自己在該書的〈宋代民俗與田園詩〉一節中，也指出：「宋代詩人在田園詩的民俗描寫中，隱含著他們的文化價值取向——對村野文化的肯定和欣賞。從田園詩的創作傳統來看，其藝術旨趣絕不僅是簡單地描寫詩人自己或農民的田園生活，詩中往往蘊含著詩人的文化觀念，反映出詩人在不同的文化衝突面前做出的價值判斷

宋代田園詩的創作格局在「田園樂」與「田家苦」並重的大架構下，其旨趣究竟展現與前代田園詩怎樣的繼承、轉化關係，仍值得作進一步的研究。

以下，我們將沿著唐代田園詩的幾條主要旨趣脈絡，探討北宋詩人與之的承繼關係、詩人表現這些旨趣時取材方面重點的變化，以及是否對這些傳統旨趣有較大偏離等問題；並觀照陶詩的創作路線在北宋的影響情況。以期藉由此番梳理，為當時田園詩的創作局面鉤勒出較具體的圖景，並為析論陸游田園詩的文學史意義提供參照。

（一）唐代「田園樂」類田園詩的繼承與開展

北宋大多數田園詩，依然繼承由陶淵明開創、且為唐代王、孟等人進一步發展的追求真淳、回歸自然之旨趣。無論詩中的題材為田園風景、文士生活或農家風光，詩人創作的旨歸往往都在表達對真淳自然、滌除塵累之境界的認同或嚮往。與之相應的是，其中的情感基調往往是閒適愉悅的。

然而這類田園詩在繼承閒適基調的同時，取材方面也有著較大幅的開拓，導致旨趣的情味也略有差別。首先是農民生活題材大幅增加。在盛唐田園詩中，這種題材比較少見，王、孟等人多半取材自優

和取向選擇。」（前揭書，頁 142）可見在其心目中，也不認為農民生活的描寫只是出於「紀實」，或是很有把握地認為，「表現農民的生產勞動和日常生活」的確足以成為與「表現隱士心靈活動和情感情趣」並列的一大類意旨歸趨。但由於她畢竟在描述宋代田園詩宏觀情況時，出現了概念上較大的疏漏，因此我們以為此方面的論述仍有充實、細化的空間。又，即便在宋代子學譜系化、史學通俗化的氛圍下，詩人的實錄意識與對新事物的歸納意識有所增強（詳參謝琰〈子學復興、史學通俗化和程式化對宋詩生活化題材的擴展〉，《南京師範大學文學院學報》第 2 期，2001 年 6 月），從而產生部份主要意向的確偏重於實錄、體現詩人此方面濃厚興趣的田園詩（南宋范成大的〈臘月村田樂府〉十首即為典型例子），也不宜在概括宋代田園詩創作局面時，將「隱士們微妙的心靈活動和複雜的情感情趣」與「農民的生產勞動和日常生活」驟然對立起來，因為兩者交融的情況依然佔大多數的比例。

美的田園風光，此外文士特有的賞心樂事，如習靜、高臥、抱琴、策杖、讀書等，間或也點綴其間。即便寫到農村生活，也多半只是遠距離的觀望與欣賞，使農民成爲整幅田園風光中的一個組成部分。劉蔚指出：「晉唐詩人普遍對農民生活關注得較少，其田園詩更側重表現自己的生存狀態和精神狀態。」〔註339〕這個論點是確實有據的。

到了北宋，由於士、農兩階層的流動程度增加，不少詩人起自農家，對農村的生活更加熟悉，對農民的態度也較爲親切。〔註340〕因此，詩人即便深受凸顯農村美好、理想一面的文學傳統影響，但其詩中的農民生活顯然更爲貼近眞實，不再是晉、唐田園詩中那種籠統的樣態。例如以下詩作：

> 歲晚場功畢，野老相經過。有酒自斟酌，適意同笑歌。大兒緝牛衣，小兒護雞窠。囷廩見餘積，息戍靡負戈。林間落熟果，屋裡鳴寒梭。會待朔雪時，狐兔生罝羅。飫鮮持作腊，贈乏不言他。是非了莫問，此理當何如。（梅堯臣〈和民樂〉，卷249，頁2971）〔註341〕

> 蜂房割蜜留度牛，中林置罝長擊鮮。朔風吹空塞北戶，束薪明暖初無煙。缺籬補疏已乍密，敗屋鬚茅元自堅。官租事空不復出，積雪塞徑長晝眠。田家此樂不知老，兒孫滿前俱壽考。世俗榮名多變更，不似田翁一生好。（劉攽〈冬〉，卷604，頁7140）

> 牧牛兒，遠陂牧。遠陂牧牛芳草綠，兒怒掉鞭牛不觸。澗邊古柳南風清，麥深蔽日野田平。烏犍礪角逐春行，老牸臥齕餓不鳴。犢兒跳梁沒草去，隔林應母時一聲。老翁念

〔註339〕 氏著：《宋代田園詩研究》（北京：人民文學出版社，2012），頁77。

〔註340〕 劉蔚也指出宋代詩人與農民關係較密切，因此能自覺地關注農民生活，並樂於以詩歌廣泛、深入地反映農民的現實生活。她並列出許多宋代詩人出身農家，並自稱耕讀人家的例子，詳參氏著：《宋代田園詩研究》（北京：人民文學出版社，2012），頁74～77。

〔註341〕 本論文所引用之宋代詩篇，除了陸游、范成大、楊萬里三家詩之外，均以傅璇琮主編：《全宋詩》（北京：北京大學出版社，1991～1999）爲據。爲免繁冗，將只標注卷數、頁碼。

兒自攜鍋，出門先上岡頭望。日斜風雨濕簑衣，拍手唱歌
尋伴歸。遠村放牧風日薄，近村牧牛泥水惡。珠璣燕趙兒
不知，兒生但知牛背樂。（張耒〈牧牛兒〉，卷 1155，頁 13031）

這些詩擷取農家生活簡單純樸、無拘無束的一面，表達詩人對遠離名
利爭逐的自由的嚮往。與此同時，它們呈現的是更生動鮮活的世界。
其中田家的日常行為是動態、歷時的；生活中的事物是具象、細緻的，
共同交織成富於生活實感的農村全景圖。在王、孟等人詩中，農民往
往意態安詳閒適，甚至帶有隱士氣味；北宋詩中的農民則以自然而不
失忙碌的生活，活出單純樸實、遠離喧囂的境界。

　　除此之外，北宋詩表現的文人生活情景也有較大擴展。上一節
曾經提到，唐詩每每穿插著文士特有的高雅生活情趣，北宋依然可
見此現象，但文士日常生活中較通俗的細節也被捕捉入詩。例如以
下詩篇：

味薄時共笑，野人猶相高。春田有餘暇，饋我杞與蒿。酌
酒謝其意，採之亦誠勞。城中多好事，過半稱賢豪。杯殽
具五鼎，珠玉輕一毫。將之獻門下，皆有千金褒。何故背
此計，而反從吾曹。淡泊徒自樂，膏蘚未能叨。信知老農
美，頗欲耕東皋。因閒有餘力，從爾觀芝蕘。（劉敞〈野人
致枸杞青蒿〉，卷 467，頁 5661）

黃雞白酒田間樂，藜杖葛巾林下風。更若食芹仍暴背，野
懷併在一軒中。（司馬光〈野軒〉，卷 509，頁 6196）

我家溱洧間，春水色如酒。嵩少在吾旁，日夕意亦厚。田
園雖不廣，幽興隨事有。藥畦灌陳根，芋區採駢首。春郊
餉耕徒，秋社接酒友。飽誦傳家書，促釀供客酎。益知簡
易眞，未媿疏拙醜。邇來居東都，物色不見柳。造次遇摧
折，荏苒及衰朽。欲歸便可爾，未知公果不。（晁沖之〈和
十二兄〉五首之五，卷 1219，頁 13873。）

雨柳垂垂葉，風溪澹澹紋。清歡唯煮茗，美味祇羹芹。飲
不遭田父，歸無遺細君。東皋農事作，舉趾待耕耘。（謝逸

〈社日〉，卷 1306，頁 14840）

與唐詩對照後不難發現，北宋詩人取材的文士生活面向更廣，舉凡衣食情況、友朋往還、灌園餉田等生活細節均可入詩，有不避庸常的傾向。北宋詩也可見詩人躬耕爲題材主體的描寫。與唐代詩人「寫農事總是樂趣的，令人嚮往的……是充滿趣味歡悅的新鮮，並帶著幾分稚眞的美感，在情調與興味上的成分實大於生計之需。」〔註342〕相較，北宋田園詩中的文人躬耕，許多時候不再是一種怡情悅性的休閒活動，而是爲了生計而從事的勞動生產。例如：

> 種稻滿南澤，露下稻已黃。雨足暗泉滿，秔穤各自長。侵曉負鐮去，日暮積我場。從今有晨炊，璨璨珠玉光。（李復〈郊居〉五首之五，卷 1095，頁 12417）

> 晴屋鳴鳩婦，春陂鷖雉媒。筯頭甘野蕨，鋤力到陳荄。掠水千艘健，橫風一笛哀。最憐雙白鳥，解事等閒來。（劉弇〈蔣沙莊居〉十首之五，卷 1048，頁 12005。）

> 灌園如結廬，畦蔬如養雛。敏耘斯易壯，稍墮或攘瑜。賣菜厭求益，得酒聊歡呼。醒來北窗下，解衣誦〈潛夫〉。（李彭〈謝靈運詩云中爲天地物今成鄙夫有取以爲韻遣興作十章兼寄雲叟〉之九，卷 1383，頁 15862。）

此類作品中有收穫的喜悅、農閒的休憩，更有躬耕生涯的清貧與艱苦，其情味與陶淵明的田園耕鑿之什更爲接近。劉蔚也注意到宋代田園詩中士人勞作爲題材的作品大增，「反映出在封建租佃制度下，地主階級對農業生產的特殊關注以及他們親歷農桑的眞切感受，進一步推動了陶淵明開創的士人耕作題材的發展。」〔註343〕宋代許多詩人的身分是「地主」而非士族門閥，其經濟、政治地位的升降也更爲劇烈，因此他們不再完全倚賴部曲爲其勞動，而是在下種、收穫、收租時經常得親自擘劃、督促指導，有時甚至要親自參加勞動。這種經濟

〔註342〕侯迺慧：《詩情與幽境：唐代文人的園林生活》（臺北：東大圖書股份有限公司，1991），頁 57、頁 362～363。

〔註343〕氏著：《宋代田園詩研究》（北京：人民文學出版社，2012），頁 60。

地位的變化，加上出身與農民的接近，使北宋田園詩中士人務農情事的細緻描寫較前代大幅增加。〔註344〕

　　這些表現文士田居之際日常生活或務農情事的詩篇，有許多依然以追求眞淳、回歸自然爲詩意的旨歸。但與唐代田園詩相較，北宋田園詩淡化了抒情主人翁不食人間煙火的脫俗意態，也不那麼注重明秀寧靜的景物描寫，而是透過文士單純卻自得的生活樣態，使他們淡泊名利、自在坦然的精神境界得以凸顯出來。

（二）唐代「田家苦」類田園詩的繼承與開展

　　宋仁宗慶曆以降，隨著北宋詩文革新運動的展開，繼承中晚唐「憫農主題」的田園詩再度湧現。其中有許多詩歌撻伐社會黑暗，批評政府措施，諷喻意味與批判力道都比較強烈，重現了中晚唐詩的犀利色彩。〔註345〕但與此同時，北宋表達同情農民疾苦之田園詩也展現了

〔註344〕以文士田居之際通俗瑣碎的生活細節或務農情事爲主要題材之詩例還有劉放〈長城逢周鼎〉（卷612，頁7269）、李復〈題朱老壁〉（卷1095，頁12419）、李復〈種菜〉（卷1095，頁12428）、李復〈題步生所居〉（卷1096，頁12437）、薛唐〈田舍作〉（卷1315，頁14936）、楊時〈藏春峽六詠〉之二（卷1144，頁12918）、唐庚〈雜詩〉二十首之六（卷1322，頁15008）、釋德洪〈次韻嘉言機宜〉（卷1339，頁15256）、釋德洪〈吾山風物如故園而甚僻余居月餘愛知將此卜居〉二首之一（卷1339，頁15259）、鄧肅〈訪故人〉（卷1769，頁19684）、歐陽澈〈秋日山居八事〉八首之二（卷1851，頁20675）、曾鞏〈南源莊〉（卷454，頁5514）、曾鞏〈舍弟南源刈稻〉（卷455，頁5530）、曾鞏〈喜晴赴田中〉（卷462，頁5606）、曾鞏〈田中作〉（卷462，頁5609）、呂南公〈烟雨〉（卷1035，頁11824）、呂南公〈答內翰太中觀插稻見寄〉（卷1038，頁11881）、劉弇〈蔣沙莊居〉十首之一、之三、之八（卷1048，頁12005）、謝薖〈灌園〉（卷1373，頁15770）、韋驤〈幽懷〉十二首之八（卷734，頁8615）等。

〔註345〕劉蔚指出，梅堯臣的部份田園詩自覺繼承中晚唐憫農詩和新樂府針砭時弊、同情民瘼的精神，詳參氏著：〈論梅堯臣田園詩的集成與開山意義〉，《寧夏社會科學》2012年第6期，頁133～134。按：在他之後，此類田園詩在北宋詩人也頗常見，如韓琦〈庚申相臺閱稼〉（卷325，頁4036）、〈閱農〉（卷325，頁4113）、李覯〈穫稻〉（卷348，頁4294）、文同〈織婦怨〉（卷433，頁5313）、〈宿東山村舍〉（卷434，頁5319）、劉敞〈出城〉（卷464，頁5632）、〈田

新的特點。

　　首先是許多詩篇只是單純的悲嘆水旱或蟲災之害帶給農民的疾苦，或感慨農民雖辛勤卻貧困的遭遇，而不像中晚唐詩那樣有較明顯、或較單純的揭發社會黑暗與抨擊當政者的意圖。例如以下兩首詩：

　　翁嫗婦子相催行，官遣捕蝗赤日裡。蝗滿田中不見田，穗頭櫛櫛如排指。鑿坑篝火齊聲驅，腹飽翅短飛不起。囊提籯負輸入官，換官倉粟能得幾。雖然捕得一斗蝗，又生百斗新蝗子。只應食盡田中禾，餓殺農夫方始死。（鄭獬〈捕蝗〉，卷583，頁6849。）

　　山上田萬頃，江中水千里。東流自瀰漫，旱苗日焦死。惜哉不能救，地勢正如此。雲雷未興潛，蛟龍困泥滓。昭回雖在天，嘆息眞已矣。（劉攽〈憫雨〉，卷600，頁7083）

此類詩篇雖然沒有明顯表現出批判弊政、指陳時局的勇氣，與改善社會的理想性，但對百姓困境的仔細描寫，卻仍流露詩人對農民生活的深入瞭解和同情。〔註346〕

家行〉（卷478，頁5787）、〈農哀〉（卷490，頁5941）、司馬光〈道傍田家〉（卷498，頁6015）、〈田家〉（卷503，頁6112）、強至〈郊外感事〉（卷597，頁7044）、劉攽〈江南田家〉（卷603，頁7126）、孔平仲〈和常父湖州界中〉（卷924，頁10828）、李若水〈伐桑歎〉（卷1805，頁20110）等。這些詩除了主題與中晚唐憫農詩類似，連字句、結構亦有繼承之迹，如李覯〈穫稻〉的末二句與齊己的〈耕叟〉結尾極爲雷同；文同〈宿東山村舍〉的結構有杜甫〈石壕吏〉、唐彥謙〈宿田家〉的影子；汪藻〈蠶婦行〉（卷1437，頁16560）幾乎以全篇寫農家養蠶織布過程，篇末以「繰車軋軋桑陰涼，主家人立鴻雁行。絲成不得半縷著，一生麻紵隨風霜」點題，與張籍、王建樂府手法相似等。

〔註346〕　如張詠〈憫旱〉（卷48，頁528）、釋智元〈織婦〉（卷137，頁1544）、韓維〈郊居值雨〉（卷417，頁5117）、鄭獬〈陳蔡旱〉（卷581，頁6832）、鄭獬〈買桑〉（卷583，頁6848）、強至〈苦旱〉二首（卷598，頁7058）、劉攽〈久旱〉（卷600，頁7090）、李流謙〈道中逢牧童跨牛者〉（卷2113，頁23869）、李復〈出門〉四首之三（卷1095，頁12418）、賀鑄〈宿黃葉嶺田家〉（卷1106，頁12550）、蘇過〈和叔寬田園〉六首之三（卷1351，頁15458）等。

　　另一種饒富意味的發展是，部份作者或是將自己視爲從政集團中的一員，在批判時政的同時表達了沉痛的自責之意；或是在嘆息農民困苦處境的同時，抒發自我改善社會的理想抱負。這種現象在中晚唐時僅在白居易一人詩中出現，但在北宋田園詩中比較常見。例如梅堯臣〈田家語〉末尾云：「我聞誠所慭，徒爾叨君祿；卻詠歸去來，刈薪向深谷。」〔註347〕文同〈宿東山村舍〉末尾云：「聞之不敢詰，但愧有祿位。移燈面空壁，到晚曾不寐。」〔註348〕司馬光〈又和夜雨宿村舍〉末尾云：「一夫有不獲，伊尹爲深羞。何當富斯民，比屋困倉稠。惜哉祿秩卑，此志終宜酬。」〔註349〕王安石〈感事〉：「賤子昔在野，心哀此黔首。豐年不飽食，水旱尚何有。……揭來佐荒郡，懍懍常慚疚。昔之心所哀，今也執其咎。乘田聖所勉，況乃余之陋。內訟敢不勤，同憂在僚友。」〔註350〕張耒〈苦雨〉：「……后土何茫茫，流潦浩縱橫。憂念在民食，敢私蘭菊榮。漠漠暮未已，琅琅夜還增。嗟余但高枕，飽食愧疲氓。」〔註351〕周紫芝〈圩氓歎〉：「……叩門乞燈火，父老迎我哭。我亦一酸鼻，軟語聊撫祝。老稚且相收，愼勿輒棄逐。行看散陳紅，官倉有餘粟。救爾無遠謀，每飯慚食肉。」〔註352〕等等。這些詩篇中，除了揭露時政的黑暗與農民的苦痛，更可見出詩人對社會疾苦深切的責任感。

　　此種現象自與宋代文人空前高漲的參政意識相關。在北宋前期帝王制定重文輕武、不殺士大夫等政策方針；與提倡崇文、建立文官政治等一系列措施的鼓勵之下，不僅使五代以來的委靡士風大幅轉變，更使宋代出現中國古代政治史上一種獨特的現象，即柳詒徵所云：「蓋宋之政治，士大夫之政治也。政治之純出於士大夫之手

〔註347〕　卷 241，頁 2792。
〔註348〕　卷 434，頁 5319。
〔註349〕　卷 498，頁 6020。
〔註350〕　卷 549，頁 6562。
〔註351〕　卷 1180，頁 13318。
〔註352〕　卷 1501，頁 17127。

者，惟宋爲然。」〔註353〕因此宋代士人普遍有強烈的政治使命感。余英時指出：「宋代的『士』，不但以文化主體自居，而且也發展了高度的政治主體意識，以『天下爲己任』便是其最顯著的標誌。」〔註354〕因此北宋詩人面對民生的困頓疾苦，不僅繼承中唐新樂府運動諷喻時政、抨擊上位者的傳統，而且更反求諸己，對於未善盡拯救生民於水火之中的責任感到慚愧不安。

（三）其他新變

除了上述對唐代田園詩兩大傳統在繼承中的發展以外，北宋田園詩還有逸出傳統主題範圍之外的新變。

首先是有不少詩篇抒發的是詩人日常生活中零星瑣碎的感懷。它們既與閒適淡泊之境無涉，也與感時憂民之意並不相關，表達的僅僅是生活中特定情景引起的雜感。例如以下詩篇：

> 天公閔貧病，雨止得豐穰。南畝場功作，東家社酒香。分均思孺子，歸遺笑東方。肯勸拾遺住，休嫌父老狂。（蘇轍〈秋社分題〉，卷868，頁10109）

> 欲收新麥繼陳穀，賴有諸孫替老人。三夜陰霪敗場圃，一竿晴日舞比鄰。急炊大餅償飢乏，多博村酤勞苦辛。閉廩歸來真了事，賦詩憐汝足精神。（蘇轍〈文氏外孫入村收麥〉，卷869，頁10118）

> 南風霏霏麥花落，豆田漠漠初垂角。山邊夜半一犁雨，田父高歌待收穫。雨多蕭蕭蠶簇寒，蠶婦低眉憂繭單。人生多求復多怨，天工供爾良獨難。（張耒〈有感〉三首之三，卷1162，頁13109）

> 愛此庭下菊，蕭蕭何及時。郊原一秋暵，麥種待榮滋。今年真有秋，禾菽實累累。老農笑謂予，不復憫汝饑。桑榆可析薪，秋風可夜吹。晴明理置繳，雉兔日已肥。（張耒〈九

〔註353〕 氏著：《中國文化史》（北京：中國社會科學出版社，2008），頁516。

〔註354〕 氏著：《朱熹的歷史世界：宋代士大夫政治文化研究》（臺北：允晨文化，2003），頁3。

月末風雨初寒〉二首之二，卷1185，頁13405）

張耒〈有感〉三首之三由瑣事引發富於理趣的感悟；蘇轍〈文氏外孫入村收麥〉心疼諸孫收租的辛苦。兩人的〈九月末風雨初寒〉二首之二、〈秋社分題〉則歌詠風調雨順、收穫可待的欣喜。此類關於自家農田收成豐欠的念慮，包括怕雨望晴之心、豐收的歡喜、對生活溫飽的滿足、以對天災毀壞莊稼的擔憂等，是北宋田園詩中很常見的情懷。〔註355〕

北宋田園詩抒寫的生活雜感內容五花八門，幾乎達到無所不包的程度。例如文同的〈咎公漵〉，乍看之下像一首同情民生疾苦的作品，但篇首「攜家上岸行，愛此風滿衣」的賞玩之情與篇末「至今深夜中，鬼火流清輝。眾稚聞此語，競走來相依。錯莫驚且哭，牽挽求速歸」的記敘，大為沖淡了中間段「斯民半逃亡，在者生計微」描寫中依稀存在的憐憫之意，整首詩的意義旨歸也因此指向雜記傍晚泊舟咎公漵的所見所感。〔註356〕又如洪邁〈道中得雨〉寫景成份較多，乍看之下似乎與王、孟田園詩一脈相承，但其實只是表達久旱得雨，身為行客的自己也感到涼爽的慶幸之意。

其他如孔平仲〈韓大夫城〉抒發「大夫今安在，唯有廢城存」的懷古之感與「謀身莽無定，太息視乾坤」的身世之嘆；〔註357〕韓琦

〔註355〕　其他如程俱〈天久不雨高田皆坼鄉人祈禱閱月乃雨遠近告足有足喜者〉（卷1415，頁16299）、蘇過〈和叔寬田園〉六首之四（卷1351，頁15458）、強至〈喜晴〉（卷594，頁7001）、孔平仲〈喜雨〉（卷925，頁10862）等，均為其例。

〔註356〕　其詩云：「晚泊咎公漵，船頭餘落暉。攜家上岸行，愛此風滿衣。村巷何蕭條，四顧烟火稀。問之曰去歲，此地遭凶饑。斯民半逃亡，在者生計微。請看林木下，牆屋皆空圍。好田無人耕，惟有荊棘肥。至今深夜中，鬼火流清輝。眾稚聞此語，競走來相依。錯莫驚且哭，牽挽求速歸。」（卷434，頁5317。）

〔註357〕　其詩云：「大夫今安在，唯有廢城存。流水抱沙曲，依依楊柳村。居者五六家，荊榛深閉門。青青麥隴直，蔼蔼桑枝繁。牛羊任所適，僮稚更不喧。啼鳥靜逾遠，落花風自翻。昔稱老農賤，吾意野人尊。謀身莽無定，太息視乾坤。」（卷924，頁10836。）

〈秋日出郊〉主要表達與同僚行田途中對時局太平的欣慰；〔註358〕
華鎮〈古風〉憂心因爲請到偷懶的佃農導致今年收穫不豐；〔註359〕
蘇轍〈將築南屋借功田家〉感念農民的熱情相助，使自家南屋得以
順利落成；〔註360〕劉一止〈水車〉抒發對水車緩解旱情感到的欣喜；
〔註361〕朱翌〈買田潼溪〉爲剛買田時所作，詩中想像耕作、收成情
景，抒發安居於此的期待等。〔註362〕還有許多詩篇屬於田居嘆貧之
作，兼及仕途坎廩的身世之感。〔註363〕此類詩歌，顯然與傳統田園
詩悠閒自適的情調大異其趣。

〔註358〕其詩云：「疆野壓雄邊，乘秋行此田。萬峰朝巨嶽，多稼入平天。
農飽忘飢後，童嬉逼社前。僚賢須共樂，舉白盡歌筵。」（卷323，
頁4008）

〔註359〕其詩云：「瞻彼南山下，溝塍蔚相續。泉流既清美，土壤膏且沃。
嚴壑雲氣多，時雨常霑足。苦乏知人術，所寄非良淑。樹藝本未工，
營私一何速。銚鎛不及時，終然廢種稑。常恐歲云暮，蟋蟀鳴我屋。
良苗不可見，何以望嘉穀。」（卷1080，頁12295）

〔註360〕其詩云：「先人敝廬寄西南，不歸三紀今何堪。卜營菟裘閱歲三，
西成黍豆餘石甔。借功田家並縵秌，農事未起來不嫌。並遣浮
客從丁男，芒鞋禿巾短後衫。杵聲登登駭閭閻，期我一月久不
厭。我方窮困人所諳，有求不答心自甘。一言見許不妄談，飲
汝信厚心懷慚。晨炊暮餉增醯鹽，歸時不礙田與蠶。」（卷869，
頁10116）

〔註361〕其詩云：「村田高仰對低衍，咫尺溪流有等差。我欲浸灌均田涯，
天公不遣雷鞭車。老龍下飲骨節瘦，引水上溯聲呷呀。初疑魘
踏動地軸，風輪共轉相鉤加。嗟我婦子腳不停，日走百里不離
家。綠芒刺水秧初芽，雪浪翻壠何時花。農家作勞無別想，兩
耳未厭長嘔啞。殘年我亦冀一飽，謂此鼓吹勝聞蛙。」（卷1446，
頁16680）。

〔註362〕其詩云：「求田得處便成家，笑爲汙邪祝滿車。漱石枕流新夢想，
帶牛佩犢老生涯。歌成但可相舂杵，客到莫嫌炊飯砂。祭罷土龍春
雨應，穩騎秧馬一鞭斜。」（卷1864，頁20857）

〔註363〕例如劉敞〈種蔬〉二首（卷467，頁5662）、蘇轍〈蘽麥〉二首（卷
869，頁10117）、呂南公〈早穫〉（卷1035，頁11827）、晁補之〈視
田五首贈八弟無斁〉之五（卷1123，頁12769）、晁補之〈收麥呈
王松齡秀才〉（卷1129，頁12811）、程俱〈賦長興錢圃翁詩〉（卷
1410，頁16248）等等。

　　部份詩篇甚至純粹記敘瑣碎的個別經歷，很難從中讀出言外的含意，給人意蘊索然、淡而無味的印象，如范浚〈課畦丁灌園〉〔註364〕就只是表達約束畦丁耕耘的經過；郭印〈留宿田家〉〔註365〕僅是寫借宿田家一宿的細節、文同〈大熱見田中病牛〉〔註366〕記敘壟上病牛種種可憐情狀與所受同情，等等。

　　以上諸詩多爲篇幅自由的五、七言古詩，北宋還常見吟詠生活雜感的七言絕句。由於篇幅有限，此類詩歌尤其具有題材信手拈來、情感瑣碎片斷的特徵。雖然近於即目成詠，但又不像唐代田園詩那樣講究興象的超妙與情味的雋永，例如：

> 老呼稚舞報豐年，極目黃雲欲際天。旋搗新粳供晚飯，只愁閒夢攪安眠。（李之儀〈雜詠四絕〉之二，卷 959，頁 11202）

> 村北磽田久廢耕，試投嘉穀望秋成。天時地力難前料，萬粒須期一粒生。（呂大臨〈北郊〉，卷 1030，頁 11759）

> 黃雲撲撲擁千塍，惡歲嗷嗷比獨登。稍取快襟移遠岫，更從始擊見秋鷹。（劉弇〈龍雲觀稼〉，卷 1050，頁 12043）

> 麥壟漫漫宿薰黃，新苗寸寸未經霜。手中馬箠餘三尺，想見歸時如許長。（劉跂〈麥壟〉，卷 1073，頁 12210）

> 幾片空田白水中，朝來俄已綠茸茸。自憐於此居留久，兩見插禾勤老農。（鄒浩〈觀插田〉，卷 1242，頁 14035）

程杰指出，相較於唐詩題材的抒情化、集中性，「宋詩題材的另一特徵就是日常化、瑣屑化、隨意性……練習、創作、發表的無界限，都

〔註364〕其詩云：「連筒隔竹度流泉，約束畦丁灌小園。拔薤自須還種白，刈葵輒莫苦傷根。瓜疇准擬狸頭大，草徑隄防馬齒繁。努力荷鋤當給酒，無令菜把乏朝昏。」（卷 1926，頁 21505）

〔註365〕其詩云：「遷落前溪水，田家借一椽。容身函丈地，闔眼濕薪煙。馬飼牛欄下，人眠狗竇邊。此行頻窘澀，吾意亦安然。」（卷 1669，頁 18689）

〔註366〕其詩云：「壟上病牛良可悲，皮毛枯槁頭角垂。兩鼻谽谺只自喘，四蹄劳瘃曾不皮。牧童默坐罷牽挽，耕叟拱立徒嗟諮。朝驅暮使氣力盡，爾死主人安得知。」（卷 434，頁 5321）

使得詩歌題材缺少必要的簡擇、提煉，而顯得散漫濫。」〔註367〕與詩歌題材的廣闊，和直接並頻繁地取自現實相應的是，詩旨的精煉與深入程度容易受到忽略，詩歌應具備的想像力或感染力往往也比較弱。北宋田園詩中寫生活雜感的詩作正鮮明地體現出宋詩「日常生活化」的特徵，不少作品有詩情淡化、詩意瑣屑細碎的特點。此類詩篇的大量出現，必然使宋代田園詩中少數的精品受到遮蔽，無怪此期田園詩長期為唐詩輝煌的成就所掩，很少受到重視。

北宋田園詩還存在另一種顯著的新變，那就是與政治的關係益發緊密，詩人對民生的關懷、對政治立場的表達也有泛化或多樣化的趨勢。如果說，中唐時詩人主要藉由揭發田家疾苦抨擊政府弊政，那麼到北宋詩人藉田園詩表達政治立場的方式顯然更為多元，田園詩的政治意味也更加複雜。

首先是田園詩成為政治鬥爭的一種工具，傳達詩人特定的政治立場或理想。例如蘇軾〈山村〉五絕就有不滿新法的濃厚政治色彩；蘇轍不僅和其兄的〈吳中田婦嘆〉、〈山村〉五絕等詩，還作有〈春日耕者〉，尾聯亦有與王安石新法政策針鋒相對之意。主張變法的王安石則作有歌頌元豐年間民生富庶歡騰的〈歌元豐〉五首、〈元豐行示德逢〉、〈後元豐行〉等，旨在為新法成效作宣傳。又如南宋初年，秦檜相黨集團亦有曾惇、曾協等藉田園詩附和諂媚議和政策等。〔註368〕

其次，北宋田園詩還出現了不少旨在「頌政」的詩，意在歌頌特定官吏的政績或愛民之舉。如趙鼎臣〈河間令尹〉；〔註369〕釋德洪〈至撫州崇仁縣寄彭思禹奉議兄〉四首之一；〔註370〕程俱〈寄開化李令

〔註367〕 氏著：《宋詩學導論》（天津：天津人民出版社，1999），頁78。
〔註368〕 以上詩例均為劉蔚所舉出。她也明確指出，在宋代「田園詩成為政治鬥爭的一種工具，傳達出詩人的政治思想和政治立場。」詳參氏著：《宋代田園詩研究》（北京：人民文學出版社，2012），頁78～82。
〔註369〕 卷1310，頁14879。
〔註370〕 卷1334，頁15165。

光〉四首之一；〔註371〕王庭珪〈寅陂行〉〔註372〕等等。

以上兩類詩歌的實用性、功利性或紀實性較明顯，美感一般也較稀薄。北宋還有一類田園詩，雖以寫景為主，甚至不乏欣賞田園風光之意，卻也蘊含著詩人對政治、社會、民生各方面的關懷。這種關懷，並不刻意以揭發農家疾苦為主旨，但卻鮮明地流露作者對農事的熟悉與憂念民生之心。

例如韓琦〈靈嶽道中〉既有「東西岡遠截空橫，岡下村村聚落成。柳線略無經雨色，麥針微向近河生」的觀景意趣；篇末又有「自古班春須卹患，我觀民病若為平」的憂慮；〔註373〕程師孟〈臥龍山〉既有「榕陰落處宜千客，荔子生時直萬金」的景句，又有「四邊稻熟征租了，稍愜農家出郭心」的慶幸；〔註374〕韓維〈靈溝道中〉在農人耕耘描寫後有「嗟爾農事勞，願聞時澤足」的祝願。〔註375〕這幾首詩中清新明秀的田園景色描寫都佔四分之三以上的篇幅，不妨作寫景詩讀，但從中卻明明可感受到詩人對民生的掛懷。

又如梅堯臣〈田家〉：「高樹蔭柴扉，青苔照落暉。荷鋤山月上，尋徑野煙微。老叟扶童望，羸牛帶犢歸。燈前飯何有，白薤露中肥。」〔註376〕全詩在蕭索的景象中，隱含著對農民清貧生活的同情。張耒〈海州道中〉二首之二則「把對農村的詩意的美的感受和它的蕭條荒廢一同寫出，客觀上反映出當時農村經濟的衰敗。」〔註377〕此外，展現「與民同樂」胸懷的詩篇更是屢見不鮮。〔註378〕應該可以這麼說：唐代田園詩中「抒發愉樂情懷」與「關懷民生現實」兩大主題，到北宋已在某種程度上互相滲透。宋代田園詩人即使悠遊田野之中，

〔註371〕卷1414，頁16288。
〔註372〕卷1453，頁16732。
〔註373〕卷336，頁4107。
〔註374〕卷354，頁4386。
〔註375〕卷417，頁5111。
〔註376〕卷241，頁2790。
〔註377〕劉蔚：《宋代田園詩研究》（北京：人民文學出版社，2012），頁130。
〔註378〕詳參本論文第四章第四節。

也經常或隱或顯地流露對國計民生的關切。

這種民生關懷的泛化依然與宋代特殊的時代背景相關。謝宇衡指出，在士人獲得空前政治殊遇的宋代，「魏野、林逋一類隱逸詩人也因此寥寥可數。孟浩然似的盛唐詩人和王維似的亦官亦隱，與朝政處於若即若離狀態的那種類型的大詩人，在宋代是沒有的。就是有些長期浪跡江湖、以布衣終身的江湖詩人，也對時政多所譏評，而非忘情於世事。這種中央集權下的士人政治不僅有可能提供使社會相對比較安定的因素，也使得文人士大夫群（特別是其上層）與朝政緊密結合。他們普遍地關心政務，把自己的命運和朝政的得失緊密地連接在一起，期為『社稷之臣』。即使不得其志或遭受迫害，也大都『形在江海，心存魏闕』。」〔註379〕北宋田園詩中近似王、孟詩那樣超然脫俗的情懷雖然並未完全消失，但無論就詩旨的總體旨歸或詩情的組成部分等方面，讀者仍能體會到宋詩的關切政治之意明顯是增加了。

綜上所述可知，北宋田園詩在繼承唐代「田園樂」與「田家苦」兩類傳統主題的同時，也在其基礎上有所發展，或有逸出主調較遠的變創。但總的來看，此期田園詩呈現兩種比較明顯的時代特徵：一是日常化與通俗化；二是與詩人的政治思想、政治情懷關係更密切。王水照曾指出，宋詩「從題材上而言，一是社會政治詩，針砭時事、大膽議政，論辯滔滔，即使在寫景、懷古、酬答類詩中，也觸處生發議論……另一類是大量的描寫日常生活的題材」〔註380〕。這兩種傾向在北宋田園詩中也有明晰的反映，而且不僅在題材層面，詩的旨趣、情味也連帶富於時代色彩，或產生不小的偏移。不僅詩人的政治情懷廣泛地滲入詩中，成為詩旨中的重要部份；且由於入詩的是更為平實、瑣細的日常生活，因此使田園詩傳統的閒適意味、淡泊情懷也帶著親切樸實的生活感受。

〔註379〕氏著：〈宋詩臆說〉，《文學遺產》，1986年第3期，頁34。
〔註380〕王水照主編：《宋代文學通論》（高雄：復文圖書出版社，2000），頁27。

　　然而，陶淵明田園詩的主要精神在北宋的接受，與唐代依然近似，呈現偏重閒適淡泊一端的傾向。表面上看，雖然陶詩中的躬耕（包括促耕、收租等親歷農事的經驗）題材到北宋再度復甦，但其題旨或抒淡泊自適之懷（此類繼承陶詩）、或寫貧困坎坷之嘆，也有許多只是記敘農作期間瑣碎的經驗感受，呈現多途發展之勢。至於陶詩中最可貴的、對人生理想的持守與追求，依然非常罕見。劉蔚對宋代以躬耕爲題材的田園詩有這樣的觀察：「整體上看，宋代以士人勞作爲題材的田園詩思想深度遠不及陶詩，既缺少對勞動意義的深刻理解，也缺少對人生理想的積極追求」〔註381〕。揆諸北宋田園詩的實際情況可知，這樣的概括是準確的。

　　就北宋田園詩的整體成就而論，此段時期田園詩雖然作者人數眾多，也不乏重要詩人，但田園詩大都只是他們偶一爲之的創作。篇幅可觀的創作成果其實是非常多人累積的結果。北宋後期最爲精彩的詩人、同時也是典型宋調代表者蘇、黃的創作重心主要在對唐詩藝術傳統的突破，將宋詩的基本特徵如以文爲詩、以議論爲詩、以才學爲詩等發展得淋漓盡致。他們「主要以主體的高揚或心靈的自守將宋詩特徵推向極致並加以規範，主客平衡、情景交融的傳統審美範式則被徹底地打破」，「或以主體的高揚對外部世界極度擠壓，或以心靈的固守對外部世界極力屏拒，由此而造成與唐詩最顯著不同的是自然意象的淡化與精神世界的擴張。即使是寫景之作，也大多作爲主體精神的外化而出現。」〔註382〕黃庭堅開啓的江西詩派，更以人文化、主觀化爲特徵，詩歌日益傾向於表現自我，淡化外界。〔註383〕與這種創作主潮相應的是，絕大多數詩人並未在田園詩創作方面投注大量心力。

　　這種情況也導致北宋並未出現田園詩的大家。北宋田園詩雖然也有佳作，但普遍在題材方面偏於瑣碎，在旨趣方面深廣度與感發力有

〔註381〕氏著：《宋代田園詩研究》（北京：人民文學出版社，2012），頁63。
〔註382〕許總：《宋詩史》（重慶：重慶出版社，1997），頁625。
〔註383〕許總：《宋詩史》（重慶：重慶出版社，1997），頁635。

所不足，詩人的個性特徵也並不明顯。於是導致北宋田園詩的總體成就或特色長期未受注意，文學史地位更是遠遠落後於唐代田園詩。

但無論如何，北宋田園詩畢竟沒有在唐詩的光芒下舉步不前，更不僅是唐詩範式的複製，而是展現諸多富於時代特徵的新變，使田園詩發展到宋代開始煥發異於唐詩的色彩。這些新變因子既是文化氛圍的產物，也預示了詩歌演變的趨向。到了南宋，在特殊的時代機緣與個人經歷、詩學思想的催化下，遂孕育出陸游詩這樣的藝術結晶，將田園詩推至唐代後的又一高峰。

二、語言藝術的發展

總體觀之，北宋田園詩中較少明顯繼承王、孟興象玲瓏、雅淡含蓄風格的作品，與元、白等的淺切犀利，或陶淵明的平淡渾融也有較大差別。其語言風格，主要呈現「樸素質直」、「清新輕快」、「精巧生新」等三種新風貌。

（一）樸素質直

這是北宋田園詩最普遍的風格型態，屬於此類型的詩歌有八百餘首。它以質樸通俗、不顯雕琢之痕的詞采色澤，與直切淺易的表達方式為特徵。

在北宋之前，樸素質直的語言也曾出現在陶淵明與中唐新樂府詩人的田園詩中，但是相較這兩個階段，北宋田園詩對此種語言有更廣泛的運用，也發展出不同的語言風格。

在此類語言的運用廣度方面，陶淵明只施用於寫自我的田園生活；新樂府詩人則主要用以寫農民的苦痛，但在北宋田園詩中，無論是田園樂、田家苦、或對自我躬耕生活的慨嘆等主題的作品中，都可見到此種風格色彩。

在語言的樸質程度上，北宋田園詩也較前人更深一層。首先，他們普遍喜以生活細節、口語俗詞入詩，而且較不避諱詩材、詩語的村俗、古拙。這就與陶詩產生較大區別。陶詩雖然也以意象、用語的樸

素見長，但其實取材還是有一定的界限，過於瑣細或粗陋的事物仍被排除。這也是陶詩成爲後代詩人描寫「田園之美」時重要借鑒對象的原因。〔註384〕

例如，同樣寫田園景色，陶淵明納入詩中的是雞鳴犬吠、榆柳桃李、草木扶疏、眾鳥欣然等帶有泥土氣息但仍富於美感的事物；北宋詩人則不避諱以「瓦礫雜荊杞」〔註385〕的鄰園、長滿蒿萊的門前、與「鴟群巢眾樹，狐跡過疏籬」〔註386〕的村家、甚至是毒草惡木、狐狸蛇虺等蕪雜醜穢之物入詩。

北宋田園詩人也頗常使用口語俗詞。〔註387〕諸如「兩鼻谽谺只自喘，四蹄刓笈曾不皮」〔註388〕、「世俗榮名多變更，不似田翁一生好」〔註389〕、「恰得一犁雨，田事正火急」〔註390〕、「一雪端來救焦槁，千箱乞與等親疏」〔註391〕、「五年隨俗粗得飽，晨朝稻米才供粥」〔註392〕、「閉門差似可，忍飢有餘福」〔註393〕、「黃雲好在玄雲起，雨如車輪未渠已」〔註394〕、「明年還似今年熟，更拚醉倒籬根下」〔註395〕、

〔註384〕如葛曉音即指出，王維「和大多數盛唐詩人一樣，最容易接受的還是陶詩所提供的現成的田園模式，即雞鳴犬吠，桑麻榆柳、村墟煙火、菊花壺酒、窮巷柴扉這些寓有安貧樂道之意的特定意象。只是王維的表現藝術較爲高明，善於將陶詩的典型意境吸收到自己的田園生活中去，沒有滿足於對陶詩意象的綜合和模仿。」氏著：《山水田園詩派研究》（瀋陽：遼寧大學出版社，1997），頁237。

〔註385〕王禹偁〈觀鄰家園中種黍示嘉佑〉，卷59，頁661。

〔註386〕徐積〈村家〉，卷657，頁7713。

〔註387〕此處對「口語俗詞」的識別，以龍潛庵編著：《宋元語言辭典》（上海：上海辭書出版社，1985）、魏耕原：《唐宋詩詞語詞考釋》（北京：商務印書館，2006）等書爲據。

〔註388〕文同〈大熱見田中病牛〉，卷434，頁5321。

〔註389〕劉攽〈冬〉，604，頁7141。

〔註390〕徐積〈和張文潛晚春〉六首之三，卷642，頁7619。

〔註391〕蘇轍〈喜雪呈鮮于子駿〉三首之二，卷856，頁9928。

〔註392〕蘇轍〈遜往泉城穫麥〉，卷868，頁10108。

〔註393〕蘇轍〈蠶麥〉，卷870，頁10138。

〔註394〕洪朋〈小麥青青歌〉，卷1278，頁14452。

〔註395〕李若水〈村家引〉，卷1805，頁20110。

「聞說鋤耰手自持，力耕初不願天知」〔註396〕、「棗梨陰翳忽如雪，漠漠一種蕎麥花」〔註397〕、「螟蟘則曰蠈，不實乃名秄自注：台州方言禾黍不實曰秄，音喊，上聲」〔註398〕、「老兒可是樂徵呼，其奈黍頭無一粒」〔註399〕、「拔薤自須還種白，刈葵輒莫苦傷根」〔註400〕、「道逢田父喜相語，四十三箇春水生」〔註401〕、「乞與豐年酬作苦，也知天意解乘除」〔註402〕等。

從所舉詩例可知，以口語入詩的風氣從北宋中期一直延續到北宋末。如此眾多的詩人不約而同地展現此種創作傾向，這在田園詩史上是未曾有過的。顯然，喜用口語、俗語入詩大為強化了北宋田園詩與日常生活貼近的程度，也是促成其質樸淺易風格的重要原因。

其次，是虛字使用更為密集、頻繁。宋詩向來以愛用虛字著稱，〔註403〕此風氣也體現在田園詩中。尤其是唐代田園詩與陶詩中很少出現的語氣詞、助詞如「乎」、「哉」、「咄」、「矣」、「歟」、「云」、「言」、「者」、「也」；代詞「汝」、「爾」等大量湧現。〔註404〕例如：「潘乎潘乎信是顏之徒，終日何所論難真如愚」〔註405〕、「傷哉作勞無早夜，歲終贏饒凡幾桶」〔註406〕、「惜哉不能救，地勢正如此」〔註407〕、「時

〔註396〕胡寅〈又和松碧軒三絕〉之二，卷1874，頁20980。

〔註397〕曹勛〈過眞定〉，卷1893，頁21171。

〔註398〕曹勛〈山居雜詩九十首〉之三十九，卷1897，頁21199。

〔註399〕范浚〈歎旱〉，卷1925，頁21491。

〔註400〕范浚〈課畦丁灌園〉，卷1926，頁21505。

〔註401〕晁公遡〈布穀〉，卷2002，頁22432。

〔註402〕曾協〈老農十首〉，卷2048，頁23026。

〔註403〕相關探討詳參葛兆光：《漢字的魔方》（上海：復旦大學出版社，2008），頁168～172。

〔註404〕北宋田園詩中如「我」、「吾」、「予」等第一人稱代詞也出現得非常頻繁。但這類代詞（尤其是其中的「我」）已頗常見於唐代田園詩。為了凸顯北宋田園詩的特色，我們並未把這類代詞列入詩例。

〔註405〕賀鑄〈題黃崗東坡潘氏亦顏齋〉，卷1102，頁12509。

〔註406〕蔡襄〈和王學士水車〉，卷387，頁4777。

〔註407〕劉敞〈憫雨〉，卷600，頁7083。

哉樂矣犁鋤伴，箬笠團團麻袴軟」〔註408〕、「力穡乃有秋，斯言不虛矣」〔註409〕、「良久云老矣，未始逢此事」〔註410〕、「鍾鼎固樂矣，其樂如是不」〔註411〕、「是時考槃賦，從我者誰歟」〔註412〕、「多稼爲豐年，觀言亦云樂」〔註413〕、「從我其誰歟，由也不可得」〔註414〕、「田家不諱窮，誰者當豐阜」〔註415〕、「文字陪吾老，功名許汝非」〔註416〕、「汝曹力穡更當勤，慎勿惰遊辜使君」〔註417〕、「就令相視飢餓死，何當持汝歸富人」〔註418〕等。

　　虛詞雖然一般只表示某種較抽象的語法意義，而非較實在的詞彙意義，但它在傳達詩意方面仍可能扮演重要角色。陶淵明就是運用虛詞的高手，但北宋詩與陶詩使用虛詞的手法頗有不同。在陶詩中，虛詞是各種微妙或複雜的情態心理得以細膩傳達的憑藉；然而在北宋詩裡，虛詞往往是使詩歌顯得更通俗直白、或接近散文的原因。

　　葛兆光指出：「虛字在詩歌裡的意義是，一能把感覺講得很清楚，二能使意思有曲折，三是使詩歌節奏有變化。」〔註419〕不同種類的虛詞產生的作用是有區別的。相較之下，副詞、連詞、介詞等能表示時空、因果、程度、遞進、轉折等含義的虛詞更有助於傳遞細微宛轉的感受，而語氣詞或助詞主要的功能只在調整節奏，代詞更只有替代名詞的作用。陶詩中用得精彩的虛詞絕大多數屬於副詞、連詞、介詞。北宋田園詩中屢次出現的則爲語氣詞、助詞、代詞。此類虛字自然會

〔註408〕呂南公〈和次道村田歌〉，卷1036，頁11843。
〔註409〕王禹偁〈觀鄰家園中種黍示嘉佑〉，卷59，頁661。
〔註410〕文同〈宿東山村舍〉，卷434，頁5319。
〔註411〕呂天策〈詠洗心堂得鳥鳴山更幽〉五首之五，卷1317，頁14964。
〔註412〕謝絳〈答梅聖俞問隱〉，卷177，頁2014。
〔註413〕彭汝礪〈觀稼亭〉，卷895，頁10470。
〔註414〕劉敞〈種瓜瓠〉，卷469，頁5689。
〔註415〕劉弇〈按田行〉，卷1046，頁11986。
〔註416〕晁補之〈北山道中示公爲〉，卷1133，頁12838。
〔註417〕謝薖〈翠雲道中觀穫〉，卷1372，頁15767。
〔註418〕陳棣〈鬻婦歎〉，卷1966，頁22021。
〔註419〕氏著：《漢字的魔方》（上海：復旦大學出版社，2008），頁162。

大爲降低詩語特有的精煉程度，使詩句彷彿脫口而成，率爾成章。

再者，是用連貫的詩句詳細鋪敍。所謂連貫的詩句，即兩個（或兩個以上）、連貫在一起才能表達一個相對完整意思的一組詩句。北宋田園詩中，無論是敍述事件、說明狀況、表達感受，甚至描寫景物，都經常見到這種連貫詩句。〔註 420〕可以說，此類詩句分佈的普遍與出現的頻繁，在北宋詩歌都達到了空前的程度。

在北宋之前，陶詩、唐代新樂府詩等風格都有質樸一面的田園詩中，也有較多的連貫語句。但如同上文已論及的，陶詩尚能注意到語句間微妙的轉折關係，因而仍能透過緊湊的語句傳達委婉屈伸的思想感情。新樂府詩則出於揭露黑暗面的目的，注意提煉事物的對立面、矛盾面，使得其詩雖然樸質卻不散漫，雖淺切卻犀利。但北宋詩人多數時候只是利用這種連貫語句平鋪直敍，表意方式詳悉且質直，帶有類似散文的特點。例如歐陽修〈出郊見田家蠶麥已成慨然有感〉云：

> 誰謂田家苦，田家樂有時。車鳴繰白繭，麥熟囀黃鸝。田家此樂幾人知，幸獨知之未許歸。逢時得寵已逾分，報國無能徒爾爲。收取玉堂揮翰手，卻尋南畝把鋤犁。（卷 290，頁 3666）

此詩除了「車鳴」兩句以外，都是兩句一意的連貫句。先用「誰謂田

〔註 420〕 敍述事件、說明狀況者如：「麻麥聞熟刈，蠶成繰莫遲。更看田中禾，莨莠時去之。幸此赤日長，農事豈敢違。願言一歲稔，不受三冬飢」（郭祥正〈田家四時〉之二，卷 757，頁 8815）、「種田江南岸，六月纏樹秧。借問一何晏，再爲霖雨傷。官家不愛農，農貧彌自忙。盡力泥水間，膚甲皆病瘡」（劉攽〈江南田家〉，卷 603，頁 7126）等。表達感受，或描寫景物者如：「五月暑雨過，緩響來城陰。朝暉粲林茨，涼風弄衣襟。敢辭鞭策勞，邂逅得幽尋。斯人勤歲事，樂此膏澤深」（劉摯〈縣北馬上〉，卷 679，頁 7917）、「東風放牧出長坡，誰識阿童樂趣多。歸路轉鞭牛背上，笛聲吹老太平歌」（周敦頤〈牧童〉，卷 411，頁 5065）、「郊原秋老湛無風，孤坐危亭夕照中。刈熟人歸荷肩重，嘻嘻笑語話年豐」（韋驤〈江墩鋪〉，卷 732，頁 8578）、「下臨富春渚，萬象生有無。東偏作草舍，可以施琴壺。門前碧塘水，萬本栽荷蕖。風來觸香氣，長著人衣裾」（謝絳〈答梅聖俞問隱〉，卷 177，頁 2014）等。

家苦」、「田家此樂幾人知」兩個問句自問自答,並強調田家之樂;再用兩組詩句表示歸耕之願。不但兩句間的意思聯繫緊密,句組間的接連方式也是連貫性強、跳躍不大。此外如七古〈永陽大雪〉用眾多連貫詩句描寫大雪的嚴酷、此雪在江淮的罕見、最後表示對來年豐收的展望。五古〈喜雨〉也用一半以上篇幅的連貫句,分寫大雨、小雨的不同,及其對農民生活造成的影響。連貫詩句原本就顯得流暢,如果採用的手法還以順承而下、平直鋪敘為主,在達意詳盡的同時自然會因缺少頓挫轉折而容易給人一覽無餘、缺少回味之感。宋詩「淵涵停泓之趣,無復存矣」〔註421〕的特點,在這類詩中體現得頗為鮮明。〔註422〕

　　上述詩例中,歐陽修的三首詩畢竟有自己的感嘆或議論,因此還算有點變化。除此之外,也有許多詩人的作品,幾乎完全按照事情的發展順序從開始寫到結局。結構平凡無奇,加上語言、意象也幾無醒目新鮮之處,與淡而寡味實相去不遠,非常不易引起讀者的注意。

　　總之,在北宋田園詩中語句連貫,層次單純井然、表意詳晰明暢的詩篇甚多,代表著一種顯著的新變趨勢。這類平鋪直敘、坦易流暢的語句,往往與樸素通俗的語言和大量虛詞語助相結合。於是在貼近散文語言的同時,也失落了詩語精煉、含蓄、能觸發聯想等特徵。

　　非但如此,許多詩還短於情感的真摯表達與意境的營造,只是如口語般地述說自我的日常經驗,或只是詳細交待事件經過,近似流水帳或筆記,缺乏感發的力量。再加上北宋後詩人作品傳世量大增,這類作品就更容易被海量的篇帙淹沒,很難被注意到。這些應該都是北宋田園詩長期為後代讀者忽略的重要原因。

〔註421〕沈德潛:《說詩晬語》卷下,頁544,王夫之等撰:《清詩話》(上海:上海古籍出版社,1999)。

〔註422〕然而歐陽修田園詩的這些表現不足以代表其詩的藝術成就。歐詩中其實也有不少敘事說理深入淺出、細緻詳盡卻又構思巧妙多變的佳作。詳參劉寧:〈歐陽修詩歌的平易特色〉,氏著:《唐宋詩學與詩教》(北京:中國社會科學出版社,2012),頁172~184。

王水照指出，宋代普遍的「以文爲詩」現象，主要是指把散文的一些手法、章法、句法、字法引入詩中，也指吸取散文的無所不包的、猶如水銀瀉地般地貼近生活的精神和自然、靈動、親切的筆意筆趣。」〔註 423〕北宋田園詩中常見的以日常瑣碎事物入詩、以語助詞等虛詞入詩、以及符合散文語序慣例、採用線性連貫的語句鋪陳敘事等藝術特點，應是當時「以文爲詩」風氣的一種體現。

（二）清新輕快

北宋田園詩的另一主要語言特色是清新輕快。屬於此風格者約有六十餘首，絕大多數是五、七言小詩，尤以七言絕句爲多。

「清新輕快」與上文分析過的「樸素質直」最重要的差別，在於寫景較爲明晰且具有美感。與唐代王、孟等人「清淡」風格相同之處，在於意象的性質偏於澄明、疏朗；且呈現景物都以白描爲主，不見造作之痕。但相較之下，清新輕快之作的取象更不避俚俗、細小，傾向從平常、通俗的事物中發現新鮮的情趣與詩意；且用字遣詞更近於寓目即書、信口而成。例如：

> 山溪百轉水泠泠，栽插新秧次第成。風趨綠茸無斷處，他時粒粒是香粳。（孔武仲〈關山〉五首之五，卷 882，頁 10291）

> 野蔓牽花過短牆，麥秋時節併蠶忙。迎門老父延行客，井汲清甘樹陰涼。（賀鑄〈和崔若拙四時田家詞〉四首之二，卷 1110，頁 12589）

> 十載京塵化客衣，故園榆柳識春歸。深村芳物無由覓，蝴蝶雙尋麥隴飛。（晁補之〈村居即事〉，卷 1138，頁 12866）

> 村巷深深桑柘煙，園林寂靜落花天。柴門有客忙相揖，搖手低聲蠶大眠。（吳可〈村巷詩〉，卷 1154，頁 13024）

> 水拍田塍路半斜，悄無人跡過農家。春風自謂專桃李，也有工夫到菜花。（張燁〈馬塍〉，卷 1826，頁 20335）

〔註 423〕王水照主編：《宋代文學通論》（高雄：復文圖書出版社，2000），頁 74。

田田秧稻半青黃，比屋人家煮繭香。新綠侵人襟袖爽，滿
川煙水助清涼。（曹勛〈夏日偶成〉六首之三，卷1896，頁
21196）

這些詩或是從微小景物（如蝴蝶、葵花）的蹤跡、變化點出季節的變
遷；或是藉由生活細節表現農家的生活情味；或是透過擬人、對比，
傳達農村景物純樸中富於活力的美感。語言通俗易懂，又不乏提煉的
功夫。如「風趨綠茸」的「趨」字；「野蔓牽花過短牆」的「過」字；
「蝴蝶雙尋麥隴飛」的「尋」字；「也有工夫到葵花」的「到」字；「新
綠侵人襟袖爽，滿川煙水助清涼」的「侵」字、「助」字等，皆情趣
盎然。詩人們從眞切的生活感受出發，捕捉具有美感意味的日常生活
或景物細節，用平易卻巧於剪裁組合、精準傳神的手法表現出來，於
是創作出看似隨口成吟卻風致別具的雋永詩篇。它們的意象或許不如
王、孟田園詩那樣脫俗；詩境也不像王、孟那樣清靜淡遠，卻充滿清
新活潑之美。這種美在中唐王建等人的小詩中偶然出現，〔註424〕但
到了北宋才蔚爲大觀。

（三）精巧生新

以上「樸素質直」與「清新輕快」兩大語言特徵雖然有形象具體
與否、詩趣巧妙程度等差別，表達方面卻都屬於不事雕琢一路，與唐
代王、孟等人田園詩清淡自然的風格較爲接近。但到了北宋，卻有部
份田園詩採取精巧生新的手法，既與田園詩自然天成的傳統有別，也
比較明顯地體現了宋人對詩語工巧的普遍追求。以下是此類詩中較常
出現的藝術手法。

首先在用詞方面，注重煉字的新警。周裕鍇指出：宋人煉字的特
點即在於「關心的是如何調整意象之間的關係，如何使意象重新具

〔註424〕 如王建〈雨過山村〉（卷301，頁3431）：「雨裏雞鳴一兩家，竹溪村路
板橋斜。婦姑相喚浴蠶去，閒看中庭梔子花。」張演〈社日村居〉（卷
600，頁6938）：「鵝湖山下稻粱肥，豚柵雞棲對掩扉。桑柘影斜春社
散，家家扶得醉人歸。」鄭谷〈野步〉（卷676，頁7750）：「翠嵐迎步
興何長，笑領漁翁入醉鄉。日暮渚田微雨後，鸞鸞閒暇稻花香。」等。

備傳神體物的功能和生動有力的態勢。因此，宋人醉心的煉字，幾乎全是有關修飾、限制、聯結、說明意象的『聯繫字』的烹煉，即動詞、形容詞、副詞、連詞等的選擇與安排。」〔註 425〕北宋田園詩的煉字便有這樣的特點，其中的許多動詞不僅用得巧妙，而且令人耳目一新。例如：「夕藹**收**芳甸」〔註 426〕、「風中春氣**生**微暖」〔註 427〕、「霜遲**留**得穠陰綠」〔註 428〕、「晚吹清泠**彫**萬木」〔註 429〕、「酒旗**降**遠客，雁陣**戰**秋雲」〔註 430〕、「蝸涎書老壁，苔陣**澀**高廂」〔註 431〕等等。

更有一些詩句，句中的字眼除了能生動地表現景物之間的關係，還能將發出動作的主語和受動的景物各自的特色，表達得十分警策。如「鳥**騁**因風野」〔註 432〕的「騁」；「蔭樹**濯**涼颸」〔註 433〕的「濯」與「遠峰黯黯**細輸**雲」〔註 434〕的「細」、「輸」等，都是一箭雙鵰，分別凸顯了樹蔭之濃與風之涼爽；強調出鳥飛的健舉與野風的豪壯；烘托天色的黯淡與雲的纖細、緩移等情狀，用詞既新穎又凝煉。又如「日**錯**碎金**歸**野菊，風**欺**危綠**粗**棠梨」〔註 435〕，一聯中連續四處煉字，意象緊密且意思豐富。在短短的十四字中，野菊在秋日細碎中呈現的鮮黃色澤與迎風擺動的身影、棠梨凋零的樹葉與倔強的樹幹在凜冽秋風中的姿態，都彷彿生動地躍現。

第二，在修辭方面，經常使用精美且別緻的譬喻。詩人對田園中常見的莊稼作物往往加以新奇的形容，如：「捲耷禾黍極雲齊」〔註 436〕、

〔註 425〕 氏著：《宋代詩學通論》（上海：上海古籍出版社，2007），頁 502。
〔註 426〕 宋庠〈春野〉五首之五，卷 190，頁 2185。
〔註 427〕 華鎮〈田園四時・春〉，卷 1083，頁 12315。
〔註 428〕 華鎮〈田家〉二首之二，卷 1087，頁 12347。
〔註 429〕 魏野〈和寒藏用暮秋郊居言懷〉二首之二，卷 85，頁 949～950。
〔註 430〕 夏竦〈秋日村路〉，卷 161，頁 1821。
〔註 431〕 劉弇〈蔣沙莊居〉十首之八，卷 1048，頁 12005。
〔註 432〕 宋庠〈春野〉五首之四，卷 190，頁 2185。
〔註 433〕 秦觀〈田居〉四首之二，卷 1053，頁 12067。
〔註 434〕 周邦彥〈楚村道中〉，卷 1188，頁 13427。
〔註 435〕 胡寅〈和叔夏視穫〉三首之一，卷 1874，頁 20987。
〔註 436〕 韓琦〈觀稼回北園席上〉，卷 323，頁 4017。

「秬黍互廣隰，整整萬戈矛。旌旄亂風葉，森森疑戰秋」〔註437〕。農村或田園間的細微或常見的景物，也經常得到新巧的描繪，如：「階頭露草珠盈縷」〔註438〕、「斷隴拳鼃足，輕波起鶴紋」〔註439〕、「風漪卷翠綃，雲巘鏤蒼玉」〔註440〕、「圓荷萬蓋翻珠琲，綠稻千畦灑佛衣」〔註441〕、「翠岑恰似千旗密」〔註442〕、「天忽作晴山捲幔，雲猶含態石披衣」〔註443〕、「兒童驚野燒，一片起前山」〔註444〕、「槿籬花發錦步障，莎徑葉齊絲地衣」〔註445〕、「繞舍澄溝玉色方」〔註446〕、「虎蹲難動石，龍矯已刓桑」〔註447〕、「溜渠行碧玉，畦稼臥黃雲。薄槿胭脂染，深荷水麝焚」〔註448〕、「竹萌已削瓊瑤白，村酒仍沽琥珀濃」〔註449〕等等。這類精巧的比喻還包括擬人，如寫暮春花木云：「淺白深紅小睡餘，夢殘春去綠扶疏」〔註450〕；寫散步田園所見云：「半荒愁雨菊，獨秀畏風林」〔註451〕；「葭葦吟風環竹屋」〔註452〕等等。

　　第三，在詞句的構成方面，常見生新巧妙的構詞或句法。例如以名詞作定語，既能發揮修飾形容的效果，又能帶出整體環境的氛圍色調。如「種茶巖接紅霞塢」〔註453〕、「清谿三百曲，一

〔註437〕李廌〈秋日雜興〉八首之五，卷1200，頁13568。

〔註438〕華鎮〈田園四時・秋〉，卷1083，頁12315。

〔註439〕夏竦〈秋日村路〉，卷161，頁1821。

〔註440〕孫覿〈湖洑上冢繫舟丁山田舍小憩〉，卷1485，頁16967。

〔註441〕宋祁〈晚夏高齋看雨〉，卷224，頁2603。

〔註442〕張莊〈陪諸公觀稼〉，卷1074，頁12225。

〔註443〕王庭珪〈二月二日出郊〉，卷1464，頁16795。

〔註444〕釋道潛〈田居四時〉之三，卷914，頁10743。

〔註445〕華鎮〈田家〉二首之一，卷1087，頁12347。

〔註446〕華鎮〈田家〉二首之二，卷1087，頁12347。

〔註447〕韓琦〈過側石驛〉，卷324，頁4021。

〔註448〕王安石〈自白土村入北寺〉二首之一，卷552，頁6592。

〔註449〕鄧肅〈訪故人〉，卷1769，頁19684。

〔註450〕黃彥平〈田家春晚〉二首之二，卷1705，頁19204。

〔註451〕晁補之〈次韻八弟西園課經〉二首之一，卷1133，頁12842。

〔註452〕華鎮〈田家〉二首之一，卷1087，頁12347。

〔註453〕滕白〈題汶川村居〉，卷21，頁300。

片春風綠」〔註454〕、「雨柳垂垂葉，風溪澹澹紋」〔註455〕，「紅霞」、
「春風」、「雨」、「風」等不僅作爲修飾名詞的定語，且同時呈現霞光
滿天、春風遍野、風雨紛紛等整體性的畫面。又如使受詞爲抽象名詞，
或兼有形容詞的效果，如「人行春色裡」〔註456〕、「竹輿去路踏秋芬」
〔註457〕、「戞戞竹搖翠」〔註458〕、「翻溝水鳴玉」〔註459〕等。這些組
合方式新奇的詞句又同時能在簡短的篇幅中成功地表現整體氛圍或
聲色交織的景象，措辭極爲精煉。

　　倒裝句式也頗爲常見。詩人或是將更具特徵的受詞提到主語之
前，如：「寒姿換故林」〔註460〕、「晚香增橘柚」〔註461〕；或是將形
象感較強的謂語部份提到主語之前，如：「嫩綠榮寒蔬」〔註462〕、「蓋
圓松影密，鞭亂竹根獰」〔註463〕、「侵衣青竹冷，拂面綠蕪低」〔註
464〕、「掠水千艘健，橫風一笛哀」〔註465〕、「雪鋪蕎麥花滿野，黛抹
蔓莖菜滿畦」〔註466〕、「雲平多稼徹天盡，黛拂遠山隨馬行」〔註467〕
等。這類陌生化的句式具有凸顯景物特徵的效果。但有時語句超常過
甚，如以下詩句：「急澍乘雲度，涼煙落晚留。山顏紅露日，田尾濁
鳴溝」〔註468〕，第二、三句的構詞（「落晚」或「晚留」；「山顏」）

〔註454〕孫覿〈湖洑上冢繫舟丁山田舍小憩〉，卷1485，頁16967。

〔註455〕謝逸〈社日〉，卷1306，頁14840。

〔註456〕胡宿〈山居〉，卷180，頁2062。

〔註457〕李彌遜〈次韻國村送遊黃山之作〉二首之一，卷1712，頁19285。

〔註458〕李綱〈自金沙至梅口宿農家〉，卷1565，頁17767。

〔註459〕鄭剛中〈晚村〉，卷1692，頁19052。

〔註460〕宋祁〈春野觀農事〉，卷210，頁2412。

〔註461〕釋道潛〈田居四時〉之三，卷914，頁10743。

〔註462〕劉攽〈晚步寄徐從道〉，卷602，頁7115。

〔註463〕王禹偁〈春遊南靜川〉，卷64，頁725。

〔註464〕孔武仲〈和張二十五遊白龍溪甘水谷郊居雜詠〉七首之四，卷886，頁10360。

〔註465〕劉弇〈蔣沙莊居〉十首之五，卷1048，頁12005。

〔註466〕鄭剛中〈馬上口占三絕〉之二，卷1699，頁19155。

〔註467〕韓琦〈觀稼回〉，卷325，頁4032。

〔註468〕宋庠〈雨歇〉，卷191，頁2192。

和句式都很奇特，就會導致詩意不太容易把握。

其實北宋田園詩中，還存在其他生新到奇僻的詩句，如蘇籀〈晴日縱步〉二首之二：「羊腸犖确褰裳過，蝸殼跧藏插槿邊」〔註469〕，「蝸殼」應指狹窄的圓形屋舍，但它與「插」的搭配實令人難以索解。又如秦觀〈田居〉四首之一：「霽色披窅靄，春空正鮮繁。辛夷茂橫皐，錦雉嬌空園。……蟹黃經雨潤，野馬從風奔」〔註470〕，「鮮繁」很可能出自韓愈〈陸渾山火和皇甫湜用其韻〉的「芙蓉披猖塞鮮繁」，方世舉注云：「言火色如花之鮮艷繁華，充塞其中也。」〔註471〕秦觀用「鮮繁」形容天空，非常特別，但所欲傳達的具體情狀並不清楚。從上下文推敲，「蟹黃」一句應為寫景，但「蟹黃」所指為何，或是否為比喻，則不可知。此外如宋祁〈晚夏高齋看雨〉「繁聲涼陣挫炎威」的「涼陣」，「迎浪孺魚銜藻擲」的「孺魚」，〔註472〕也分別有拼湊痕跡明顯與構詞較為生硬之感。

此類詩中的精巧生新之句，還不時與樸素平實之句搭配在一起，例如宋祁〈出野觀農〉二首之一：

> 杏蕊菖芽正及春，風煙萬頃縹陂勻。果然莊腹三餐飽，悒悒深耕不顧人。（卷20，頁2571）

「風煙萬頃縹陂勻」一句寫景氣象壯闊，「縹」字力度尤為鮮明。補語「勻」字看似平凡，其實相當凝煉，它既寫出了陂的色澤狀態，又暗示出萬頃風煙的曼長柔美，更細膩地傳達了詩人對此片景致的感受過程。但如此用心經營的詩句，卻出現在一首其他三句比較平實的絕句中，難免使得全篇體貌並不連貫。又如呂南公〈奉寄子發〉：

> 春雷動地竹牙生，社雨淋岡蕨臂擎。田野盃盤容我飽，牛羊鼎俎為誰榮。能無智慮隨天轉，未有工夫與俗爭。苦憶

〔註469〕卷1764，頁19632。

〔註470〕卷1053，頁12067。

〔註471〕唐・韓愈撰，錢仲聯集釋：《韓昌黎詩繫年集釋》（臺北：世界書局，1986），卷6，頁300。

〔註472〕卷224，頁2603。

南園江健令，解於忙處用閒情。（卷1038，頁11870）

首聯對仗精工且新奇，但其他三聯語言樸實且摻入散文句，頗與首聯不稱。又如釋曇瑩〈南張道中〉：

北山松粉落輕黃，濯雨蝦鬚麥吐芒。槐火石泉寒食後，十分春事屬農桑。（卷2124，頁24021）

前兩句寫景優美，以「蝦鬚」比喻吐芒麥穗也相當新鮮，後兩句卻是標準的連貫句，且語言偏於樸素，前後兩段詩風頗有差距。又如秦觀的〈田居〉四首，其中第二首既有「入夏桑柘稠，陰陰翳墟落。新麥已登場，餘蠶猶占箔」[註473]這樣樸素的詩句，又有「隆曦破層陰，霽靄收遠壑。雌蜺臥淪漪，鮮飆泛叢薄」[註474]這樣如謝靈運詩般工巧的句子。清人賀裳曾批評云：「少游〈田居詩〉，描寫情景，亦有佳處，但篇中多雜雅言，不甚肖農夫口角，頗有驢非驢、馬非馬之恨。」[註475]有指其詩語過於雕琢、與田園題材不甚諧調之意。但其實此組詩也存在一詩中樸實、新麗之句參差並存的情形。

北宋田園詩中精巧生新的語言特徵，也與多出於追求技巧的詩派之手有關。它們的作者包括了後西崑體、晚唐體、江西詩派等講求字句琢鍊與安排的流派，於是體現出迥異於唐代田園詩語言的新特點。但總的來看，田園詩並未成為這些詩人投注大量心力的題材，多屬偶一為之的創作，因此其中縱然有少數精品，但幾無堪與前代詩人名作比並者。更不用說還不時出現生僻滯澀、有句無篇的缺陷。這幾方面共同導致北宋田園詩「精巧生新」的一面雖然有頗為鮮明的時代特色，其藝術成就卻不能算高。

總而言之，在北宋田園詩中，「樸素質直」、「精巧生新」與「清新明快」是三類比較突出的語言特徵。其中，「清新明快」偏向於對中唐張籍等人田園小詩的繼承；比較充分體現了宋詩新變特色的則是

[註473] 卷1053，頁12067。

[註474] 同前注。

[註475] 《載酒園詩話》，頁431，收入郭紹虞編選，富壽蓀校點：《清詩話續編》（上海：上海古籍出版社，1999）。

「樸素質直」與「精巧生新」兩類。

　　但是經由上文的分析可知，這兩類田園詩時有表意過於質直，或偏於奇澀、有句無篇等缺陷。而且並未有著名詩人大力投入創作、也尚未形成一種創作風尚，雖然偶爾可見技巧純熟之作，但整體來看詩藝精湛的作品並不多見。

　　以上種種方面，使北宋田園詩總體來說成就有限，不僅在北宋詩壇上地位不突出，在後代也並未成為一種引人注目的詩類。無論在南宋三大家：陸游、楊萬里、范成大三人的田園詩中，或是在南宋中期以後的田園詩裡，北宋田園詩開闢出來的新風格影響都不太明顯。

　　北宋田園詩雖然在寫作技巧方面展現了自成一格的特點，但藝術水平離真正攀登至高峰還有段距離。直到南宋，田園詩才在陸游、范成大、楊萬里等名家筆下臻至繁盛。其中，陸游是對田園詩傳統有最廣泛的繼承維度、並且開闢最多新境的作家，同時也是此方面成就被忽略最多的詩人。

第三章　陸游田園詩的創作背景

　　陸游雖是一位始終沒有眞正忘卻恢復中原、與藉此建立功名事業的詩人，但在長期的投閒置散歲月中，從作品本身來看，明顯具有兩種調性：「感激豪宕，沉鬱深婉」，與「流連光景」。前者代表愛君憂國的一面，後者多指描寫閒居生活的內容，其中包含許多田園詩。在後者中，很少有明顯的牢騷怨憤之意，反而以怡樂安閒或困境的昇華與超越爲主調。而且越到詩人晚年，此類作品越多。兩類作品並存於陸游一人筆下，使許多讀者感到困惑。

　　清代至民初讀者對陸詩的評論，已涉及了對這種看似矛盾的現象的解釋。其說大致分爲兩派。一是認爲閒適詩中「寓託」了憂國之誠，如乾隆《御選唐宋詩醇‧凡例》：

> 觀游之生平，有與杜甫類者：少歷兵間，晚棲農畝，中間浮沉中外，在蜀之日頗多。其感激悲憤、忠君愛國之誠，一寓於詩。酒酣耳熱，跌蕩淋漓。至於漁舟樵徑，茶椀爐薰，或雨或晴，莫不著爲詠歌，以寄其意。此與甫之詩何以異哉！

還有人認爲陸游的山水田園、閒居遣興諸作是對壯志難酬的排遣，例如清末民初胡雲翼與沈其光所云：

> 這種「作得閒人要十分」的骨子裡，便是「用世」的反動行爲。原來陸游實在是一個「空懷救國心」的志士，懷抱

莫展，只得浪游嘯傲終身，而「故作閑人樣」了。〔註1〕

> 放翁詩，今人往往比之香山。……其實二人詩旨迥乎不侔。
> 香山晚年棲心禪悅，世間榮辱得喪，一切俱空，故集中多
> 悟道之言。而放翁則痛心兩京淪陷，每以上馬殺賊爲懷，
> 其平居留連光景，徘徊風月，皆藉以攄其無聊之慨，非素
> 志也。〔註2〕

第一說直接將陸游視爲「一飯不敢忘君」的杜甫翻版，順此思路容易
將陸游所有閑居之作均解讀爲有比興寄託，而產生附會之弊。〔註3〕
相較之下第二說沒那樣拘執，但說服力仍較貧弱。因爲它將創作背景
──閑散的處境，與此處境「悖於陸游最重要的意願」的屬性，直接
與陸游詩的內涵關聯起來，並得出「留連光景，徘徊風月，皆藉以攄
其無聊之慨」爲陸詩「詩旨」的結論，或將陸游許多閑散疏放的詩解
讀爲「只是」報國無門時暫尋解脫之作。但若細讀陸詩文本，則可發
現此類說法的牽強仍頗明顯。甚至可以說，在大多數的陸詩中，這種
解釋都是很難令人信服的。

　　以上兩種說法雖有不同，但都將陸游其人看得過於平面化。它們
只是注意並放大其生命意識中執著於抗金、恢復的一面，而且「認定」
陸游始終缺乏化解或超越此種生命困局的能力。這樣，陸游所有表面
上與恢復或愛國情懷無涉的詩，自然容易被視爲憂國之懷或失意之憾
的曲折反映。直至現代，仍有許多研究者沿襲此類看法。誠如張毅所
指出的：「自上世紀三、四十年代陸游的愛國形象建立起來之後，他的

〔註1〕胡雲翼：《宋詩研究》（上海：上海商務印書館，1930），頁147。

〔註2〕沈其光：《瓶粟齋詩話（初編）》，頁570，收入張寅彭主編：《民國詩
　　　　話叢編》（上海：上海書店，2002）。

〔註3〕相較之下，王士禛的說法也傾向於承認兩者的交織，且較無此類弊病：
　　　　「務觀閑適，寫邨林茅舍、農田耕漁、花石琴酒事，每逐日月、記
　　　　寒暑，讀其詩如讀其年譜也。然中間勃勃有生氣。中原未定，夢寐
　　　　思建功業。其眞樸處多，雕鏤處少，取其多者爲佳。」（清·王士禛
　　　　撰：《帶經堂詩話》，北京：人民文學出版社，1963，卷1，頁43。）
　　　　但其說只能描述概況，依舊未能回答兩者如何交融的問題。

閒適詩作的閱讀普遍地籠罩著『壯志難酬』的陰影」。[註4] 這種僵化的視角難免導致研究者對陸游此類詩作的解讀顯得隔膜與套路化，並使此類陸詩的獨立價值與多樣面貌受到遮蔽，無法獲得應有的重視。

總之直至今日，包括田園詩在內的、與陸游的「愛國」情懷看似無直接聯繫的作品，究竟何以很少有明顯的牢騷或悲悽；以及為何即便涉及個人的失意，也不至於淪於絕望與消沉，仍未得到較為合理的解釋。

陸游何以能成為陶淵明以後直至南宋創作最多田園詩的作者？其詩字面顯示它以閒適或愉悅等較明朗的情懷為主要旨趣，此種現象是否有其合理性？還是這份愉悅、閒適不過是詩人失志無聊之餘的暫時排遣，並充滿與政治相關的「微言大義」？若研究者不再將陸游的田園詩視為其「感激悲憤，愛君憂國之誠」的附屬品、派生物，那麼，這些詩是否仍具有價值與特色？僅是直觀文學作品本身，或許不易對這些問題作出令人信服的解釋與充分的論證。要回答它們，仍須仰賴對陸詩創作背景的理解。

當代藝術哲學家 Stephen Davies 認為，審美者在理解一件藝術作品時，「存在著某種不能直接看到的東西在作品身分與內容的獲得中起著一定的作用」[註5]：

> 僅看作品的審美屬性是不能確定作品的身份與內容的。……作品之外的因素對於作品的本質與含義也有影響。……作品的身份與內容在一定程度上是由一些關係屬性決定的：即，作品的創造背景與作品的材料、作品的可見特徵之間的聯繫。……僅僅看作品中直接可見的特徵是無法看到作品的關係屬性的，而這些關係屬性在一定程度上決定著藝術作品身份與內容的形成。[註6]

[註4] 氏著：《陸游詩歌傳播、閱讀研究》（上海：復旦大學出版社，2014），頁51。

[註5] 美・Stephen Davies 著，王燕飛譯：《藝術哲學》（上海：上海人民美術出版社，2008），頁71。

[註6] 同前註。

所謂「關係屬性」，就是由關係所決定的屬性，它與「內在屬性」相對。關係屬性不能由直觀作品本身得知，而必須將作品置入與其創造相關的背景脈絡中才能把握。這也是我們重新理解、評價陸游詩的關鍵。因為陸游田園詩是詩人對世界的體驗感觸的藝術化表達，它既生成於特定的時代背景中，也深刻地受到陸游心態、思想的影響；更直接為其審美見解和藝術修養所塑造，而呈現某種形態特點。既然這些因素是孕育陸詩的重要基礎，那麼要確切且全面地掌握陸詩的內涵與特色，就必須對上述的背景脈絡有較深入的認識。

其實過去絕大多數的陸詩研究，詮解作品時依循的也是「知人論世」的傳統路數，只是它們往往一味強調陸游的生平與心路歷程中「抗金收復」的一面，導致結論難免有偏頗之虞。其實，每一位大詩人的經歷、心境、學養都是多重的，而且不免隨著時光、環境的遷流而有或多或少的轉變。陸游當然也不例外。雖然其詩中保家衛國的熾烈情懷令人印象深刻，但他的心靈世界顯然涵容遠較北伐、恢復等意念更開闊的面向。正視這一點，並展開相關的探索，無疑有助於拓展對其人其詩的了解。

本章的寫作目的，即在於探討陸游的所處環境與個人生活；創作時的心態；文化思想與審美系統等等與他的田園詩創作關係密切或產生作用的背景面向。希望能藉此挖掘孕育陸詩基本精神與藝術特色的源頭，以及陸游創作活動的實質，從而為第四到七章針對陸詩文本展開的研究提供重要的基礎。

第一節　時代背景與個人生活

中國抒情詩中的世界以詩人的經驗世界為基礎，所以詩人的創作環境必然對作品內容有所影響。楊春時云：「經過作家的中介、選擇，創作環境可以成為作家創作的資料、素材、題材，體現在文學作品中，轉化為文學作品的思想內容。這就是說，創作環境影響了文學創作的

內容、題材，使文學作品打上了特定時代的社會生活的烙印。」〔註7〕
因而，詩人創作時的生活環境應為促成詩歌內容特點的重要因素。以
下，我們將就陸游所處的時代環境，與他個人長年的田園生活兩方
面，論述陸詩創作時的生活背景。

一、相對繁榮的社會環境

　　陸游一生，經歷南宋高宗（1107～1187）、孝宗（1127～1194）、
光宗（1147～1200）、寧宗（1168～1224）四朝。其中，宋孝宗在
位的二十七年是南宋王朝由破敝走向恢復、由消沉邁向振興的時
代。史稱孝宗「聰明英毅，卓然為南渡諸帝之稱首」〔註8〕。他在
早年經歷過隆興北伐的挫折之後，認識到恢復中原須以國家殷實的
財政、民力為基礎，因此在政治、軍事、經濟等方面進行了一系列
的改革。例如革除弊政、減免賦役，穩定百姓生活；裁撤冗員，澄
清吏治；整頓財政，解決收支嚴重失衡問題等。軍事上則止戈息武，
強兵繕備。

　　為了改善南宋王朝民生凋敝的現狀，孝宗還大力提倡重農之風，
鼓勵各地廣興水利、拓墾荒地，又從生產、流通乃至消費領域改進經
濟體制。這些措施對整個社會的經濟恢復起積極作用，使國力日趨富
厚。〔註9〕在孝宗朝君臣的努力之下，南宋對外關係穩定、政治相對
清明、社會較為安寧、經濟蓬勃發展，國勢臻於鼎盛，與高宗時期長
期的動盪不安成為鮮明對比。

　　後繼的光宗、寧宗朝，雖然朝政日趨腐敗，但多少也實行過一些

〔註7〕氏著：《文學理論新編》（北京：北京大學出版社，2007），頁251。
〔註8〕《宋史》（北京：中華書局，1977），第3冊，卷35，〈孝宗本紀贊〉，
　　　　頁692。
〔註9〕孝宗朝的政治狀況，詳參姚兆余：〈論宋孝宗〉，《北方工業大學學
　　　　報》，5卷4期，1993年，頁83～89；方如金：〈試評宋孝宗的統治〉，
　　　　《浙江師大學報·社會科學版》，2000年第6期，頁9～13；崔英超：
　　　　《南宋孝宗朝宰相群體研究》（暨南大學2004年歷史系博士論文，
　　　　張其凡先生指導），頁6～34。

福國利民的政策。例如光宗即位後前幾年，有減輕賦稅、搜羅人才、整飭吏治等新政，皆頗有可觀之處。〔註10〕寧宗時，以韓侂胄為首的新統治集團為了緩和日益尖銳的社會矛盾，也採取了救濟貧困、蠲免賦稅；加強州縣長官的考察與法制建設等措施。〔註11〕

　　大環境的穩定對社會經濟的復甦也有至關重要的影響。隆興二年（1164）和議簽訂後，宋金雙方維持了近四十年的和平。南宋百姓得以休養生息，安心營生，各種農業機具、水利建設也都有飛越性的進步。江南沼澤窪地大量開發，使耕地面積急遽增加，而一年兩熟制在南宋中葉成為江南佔耕作制度的主導型態，更是中國農耕史上跨時代的成就，它不僅使作物產量大增、品種多樣，也大幅改善了農民的生計。〔註12〕總而言之，在陸游一生的絕大多數時段裡，南宋雖然並非完全太平無事，但基本上處於社會相對穩定、富庶的時期。更重要的是，在陸游的體認中也是如此。如果聯繫到詩人童年與青年時期的經歷，我們對他的心境應能有更深刻的理解。

　　陸游生於宣和七年（1125）年底，正值靖康之難發生前夕。戰亂爆發後，稚齡的他隨家人輾轉逃難，「渡河沿汴，涉淮絕江，間關兵間以歸」〔註13〕。高宗建炎三年（1129），金人又大舉南犯，陸游故鄉山陰成為重災區，他只得又隨家人避兵東陽山中，依附豪傑陳宗譽三年之久。其〈三山杜門作歌〉之一云：「我生學步逢喪亂，家在中原厭奔竄。淮邊夜聞賊馬嘶，跳去不待雞號旦。人懷一飯草間伏，往

<hr>

〔註10〕詳參何忠禮：《南宋全史‧政治軍事和民族關係卷》（上海：上海古籍出版社，2011），頁2～6。

〔註11〕詳參何忠禮：《南宋全史‧政治軍事和民族關係卷》（上海：上海古籍出版社，2011），頁32～34。

〔註12〕詳參葛金芳：《中國經濟通史‧第五卷》（長沙：湖南人民出版社，2002），頁63～96、頁141～240。

〔註13〕宋‧陸游撰：〈諸暨縣主簿廳記〉，《渭南文集》，收入《四部叢刊初編》集部第66冊（臺北：臺灣商務印書館，1965，據明華氏活字印本影印），卷20，頁184。按：本文所引陸游散文，皆以此本為據。為節省篇幅，將只標注卷數、頁碼。

往經旬不炊爨。」〔註14〕可想見其驚惶匆促之狀。詩人年逾八旬後仍有詩云：「南來避狂寇，乃復遇強胡。于時髧兩髦，幾不保頭顱。」〔註15〕「憶昔建炎南渡時，兵間脫死命如絲。」〔註16〕心有餘悸的語氣，反映的是對戰亂印象的深刻。實際上，南宋初年大江南北飽經浩劫，外有金兵燒殺搶擄，內有政府軍散兵遊勇「所過縱暴」的劫掠、貪官污吏的趁機剝削，不僅南北戰爭要衝之地十室九空，戰火波及較少的江南城鄉也是一片蕭條。〔註17〕

　　紹興和議簽訂後，朝廷的統治趨於穩定，社會秩序開始恢復，但紹興三十一年（1161），完顏亮率六十萬大軍南侵，戰火又是一觸即發。此時正值三十七歲壯年的陸游於臨安為官，對戰事的發展極為關注，為南宋王朝的安危滿懷憂慮。在建炎年間逃難時，年幼的他只能感到恐懼，而此次戰爭中，陸游對國難當頭、存亡一線的危急局勢無疑有更深的體認。〔註18〕

　　雖然在陸游四十歲（即隆興二年）之後，宋金和議的簽訂使南北維持了長期的穩定局面，但早年的亂離經歷依然深印在陸游腦海。它作為陸游的生命記憶與認識背景，既導致他對國勢懷抱著一種憂患意識，〔註19〕另一方面也容易使他面對農村安居樂業的景象時產生與未經戰亂之人不同的感觸。陸游有詩云：「世亂王孫泣路隅，時平野老醉相扶。」〔註20〕又云：「先民幸處吾能勝，生長兵間老太平。」並自注曰：「邵堯夫自謂生於太平，老於太平，為太

〔註14〕卷38，頁2455。
〔註15〕〈雜興〉五首之三，卷66，頁3718。
〔註16〕〈寓歎〉二首之二，卷77，頁4220。
〔註17〕詳參陳國燦、方如金：《宋孝宗》（長春：吉林文史出版社，2004），頁253。
〔註18〕此時陸游的相關事蹟與心聲，詳參邱鳴皋：《陸游評傳》（南京：南京大學出版社，2002），頁67～75。
〔註19〕關於陸游的憂患意識，可參考邱鳴皋：《陸游評傳》（南京：南京大學出版社，2002），頁318～328。
〔註20〕〈春近山中即事〉三首之三，卷36，頁2347。

平之幸民，彼豈知幸哉！若予生於亂離，乃老於太平，眞可謂幸矣！」〔註21〕八十一歲尚有句云：「兒時萬死避胡兵，感料時清畢此生。」〔註22〕數十年間，殘破凋蔽的景象、動盪悽惶的氛圍竟一掃而空，取而代之的是昇平時世的熙樂榮景。詩人對身處安定之世的深切幸福感，是不難體會的。

這種特殊的時代背景，與陸游深感社會環境變遷巨大、從而體會到「生於亂離，乃老於太平」之幸的事實，提醒我們應正視陸詩中富庶和平、欣欣向榮等景象，以及安逸豫樂的氛圍，而不宜因為它們與北伐恢復的慷慨激昂有違，就否定其存在的合理性。它是有其現實基礎的，詩人喜歡歌詠此類景象也是可以理解的。因此，其中蘊含的深意與特點所在，均值得細加探究。

二、安定長期的田園生活

除了「生長兵間老太平」的幸運之外，陸游的晚年在宋代的大詩人中也堪稱平順。雖然他中年多次遭到外放或「罷新任」，並輾轉於蜀地為官，一生於宦途上也沒有顯赫的成就，但畢竟沒有遭遇過嚴厲的貶逐。他的處境更不同於橫遭貶逐而面臨生活環境巨變、甚至有朝不保夕之感的謫臣。尤其是到了晚年，他逃過了當時朝局的兩次險惡情勢，並長期於家鄉奉祠。雖然他不再得到被重用的機會，但也因此獲得了蘇、黃等北宋大家均無緣享有的安穩養老生活。

淳熙十六年（1189），陸游官職遭罷，回到山陰。此次事件雖由於臣僚誣陷所致，但也使他陰錯陽差地避開了趙汝愚、韓侂冑先是聯手逼退光宗，又是爭權衝突所掀起的滔天巨浪，以及接下來慶元黨禁的波及。嘉泰二年黨禁解除後，陸游赴召入都修纂《實錄》。修史工作完成後他便再次告別仕途，又躲過了不久之後韓侂冑被史彌遠謀害造成的官場巨變。雖然他在嘉定元年（1208）春，也因曾為韓侂冑南園作記而橫

〔註21〕〈散步湖隄上時方濬湖水面稍渺瀰矣〉，卷50，頁3000。
〔註22〕〈戲遣老懷〉五首之三，卷65，頁3679。

罹「黨韓改節」之罪，並遭到落職，但與韓侂胄的大批親信遭流放遠惡軍州的下場相較，〔註23〕仍能在家鄉安度餘年的他還算很幸運的。

在淳熙十六年後至去世這段長達二十餘年的歲月裡，起復無期、壯志難酬的處境仍不免使陸游時而感到悲慨無奈，但他畢竟也享有了堪稱安穩的生活環境。在這種平靜安定的生活狀態下，他創作了大量被後人以「流連光景」概括的閒適詩，其中也包括新境迭出的田園詩。清人趙翼在比較陸游與蘇軾的詩歌創作成就時，即指出由於陸不像蘇那樣「歷中外，公私事冗」，而是「生平仕宦，凡五佐郡、四奉祠，所處皆散地，讀書之日多。……心閒則易觸發，而妙緒紛來；時暇則易琢磨，而微疵盡去」，因此其詩易工。〔註24〕

陸游晚年不僅生活相對安定，而且其生活環境、甚至生活方式，都緊連田園與農村。陸游一生定居最久的地方是山陰縣城郊的三山。他從乾道二年（1166）開始卜居三山的農村，此後一度宦遊各處，但晚年罷歸至逝世基本上即定居於此。時間前後近三十年，幾佔人生的三分之一。在此期間他很少入城，日常生活中「所接近的主要是農民，所看到的主要是男耕女織、童牧叟樵的勞動生活圖景。」〔註25〕　值得注意的是，在陸游之前，唐代著名田園詩人如王維、孟浩然等，乃至北宋著名詩人如歐陽修、梅堯臣、王安石、蘇軾、黃庭堅等人，均無如此長期退居於田園的生活經驗。陸游的田園篇什之富之所以遠勝前人，這段約三十年的田居經歷實為重要的背景因素。

陸游並未擔任過顯宦，因此其居處的精雅程度自不可與「外任至方伯連帥，內官登侍從二府」〔註26〕的范成大的石湖別墅相提並

〔註23〕關於史彌遠集團對韓黨迫害的詳情，可參沈松勤：《南宋文人與黨爭》（北京：人民出版社，2005），頁132～134。

〔註24〕《甌北詩話》，卷6，頁1221～1222，收入郭紹虞編選，富壽蓀校點：《清詩話續編》（上海：上海古籍出版社，1999）。

〔註25〕邱鳴皋：《陸游評傳》（南京：南京大學出版社，2002），頁330

〔註26〕王琦珍：〈中興四大詩人比較論〉，《江西師範大學學報‧哲學社會科學版》，1990年第4期，頁19。

論，〔註27〕離唐代王維的終南別業應也有不小差距。雖然也有軒庵亭台、花園池塘等施設，但「充其量不過是鄉間環境比較清幽的民居，其園圃亭軒也比較簡陋。」〔註28〕據陸詩透露的情形來看，陸家還與附近農舍距離甚近，其詩云：「鄰家穿竹自相過」〔註29〕、「傍籬鄰婦收魚笱」〔註30〕，可見與農民們聲息互通之一斑。

　　陸游對農事的高度熟悉，也使他的經驗感受與農民更為接近。他著有《禾譜》，且在他大量的閒居遣興之作（也包括非屬田園詩者）、甚至部份說理詩中，都提及經營農事的過程。其中對於自己參與其中的程度，容或有些誇張的成份，但他對農事顯然甚為熟稔，許多細節若非親臨其境、親執其事是寫不出來的。可見他參加勞動應該確有其事，而且是長期的。〔註31〕

　　在長年的田園生活中，陸游純摯樂群的天性也讓他更能切近他人的情感世界、把握農村生活的脈息。他雖在宦途中飽嚐人情冷暖，但回鄉後純真活潑、喜好交友的性情仍未改變。何況在遍地危機的官場對照下，他更深感「知心幸有鄰翁在，一笑相從草莽中」〔註32〕，「野人易與輸肝肺」〔註33〕，不僅樂與之交，更有著發自內心深處的關懷。

〔註27〕據《石湖志略》可知，在范成大的歸田別墅中，有天鏡閣、千岩觀、北山堂、壽棟堂、說虎、夢漁二軒、綺川、盟鷗二堂；與農圃堂等庭榭樓閣。（詳參孔凡禮：《范成大年譜》濟南：齊魯書社，1985，頁215）此般氣派，是陸游的三山別業望塵莫及的。

〔註28〕詳參王致涌、陳永建：〈陸游與三山故居〉，《浙江師大學報‧社會科學版》1996年第2期，頁36。又，關於陸游三山故居的詳細情形，亦可參考鄔志方、章生建：〈陸游三山別業考信錄〉，《紹興師專學報》15卷3期，1995年，頁14〜18。

〔註29〕〈初歸雜詠〉七首之二，卷53，頁3164。

〔註30〕〈初夏幽居〉，卷66，頁3746。

〔註31〕此段辨証曾參考邱鳴皋：《陸游評傳》（南京：南京大學出版社，2002），頁330〜331。

〔註32〕〈貧甚戲作長句示鄰曲〉，卷51，頁3050。

〔註33〕〈睡起至園中〉，卷35，頁2298。

　　此外，暮年的生活內容單純，步調緩慢，也使他更能從容地體會田園風光的多彩、品味鄉間中的日常細節，感念鄉間民風的淳厚。陸游有詩云：「山澤與城市，有路即可遊。時或一飯去，間亦旬日留。」〔註34〕「迷途每就傭耕問，薄飯時從逆旅炊」〔註35〕，可見他不僅在住家附近活動，行蹤還遍布「山澤」與「城市」間的廣大地帶，其中自然包括大片的田野與山川。

　　綜上所述可知，陸游一生經歷過由宋室南渡之初的百廢待舉，到南宋中期的相對繁榮的時代變遷，並深感身為「太平之民」的幸運。這是其詩經常出現富庶安逸氛圍極重要的現實基礎。此外，在陸游長年且安定的鄉居生活中，出遊是經常的行為，農務勞作是毫不陌生的活動。因此，田園農村的事物、人情是他頻繁接觸、極為熟稔的對象。這是他得以創作大量田園詩重要的前提。

　　然而，安定的時代環境或長期的農村生活在陸游的審美創作活動中的作用，主要只在提供安穩的創作環境、足資加工的某些素材，和靈感被激發的可能性。由於陸詩的精彩之處並不是對田園景物或農村事項有聞必錄，而是表達詩人深廣的心靈世界，因此我們將把考察延伸至詩人創作時的主要心態，試圖從生成脈絡的角度，把握陸詩內涵情調的總體傾向。

第二節　逐漸淡化的仕進之志〔註36〕

　　現存陸游詩作，寫於淳熙十六年（1189）至嘉定二年（1209）去世二十年間的作品，約佔總篇幅的八分之五。〔註37〕換句話說，我們所能見到的陸游大多數詩篇（其中包含許多田園詩）都作於投閒置散期間。

〔註34〕〈自詠〉，卷66，頁3733。
〔註35〕〈閒遊〉，卷76，頁4148。
〔註36〕本節大多數見解，已見於拙作：〈陸游晚年人生志趣新探〉，《中國文學研究》，第36期，2013年7月，收入本節時略有刪改。
〔註37〕宋·陸游撰，錢仲聯校注之《劍南詩稿校注》共八冊，第四至八冊所收之詩，大抵皆屬此期作品。由此可知此其之作篇幅約佔陸詩總數的八分之五。

由於在陸游的價值系統中，收復中原故土、重振大宋國勢，始終居於重要地位，而且他對於投身這番事業以建立不朽功名，也曾有強烈嚮往。因此，對於長期不被重用的現實處境的態度，應為他在這段時光裡心態的主要方面。把握此點，也是我們準確理解其詩的重要基礎。

我們以為，陸游晚年退居以後的作品內涵之所以少有明顯的牢騷苦悶之感，反而以閒適、愉樂為主，從而表達出對困境的超越，這既與他豐富的文化修養有關，而尤與他對追求功名的執著逐漸淡化，以及開朗頑強的晚年心態有極重要的聯繫。文化修養部份的因素將留待本章第四節探討，本節先論陸游仕進之志的逐漸淡化。

一、高宗、孝宗朝

陸游出仕伊始，就懷抱建立蓋世功業的理想。﹝註38﹞他在紹興廿八年（1158）三十四歲始出仕，任寧德縣主簿，兩年後調入京城任職。但隆興元年（1163）即因批評曾覿、龍大淵，貶任鎮江通判。乾道二年（1166）又遭免歸，蟄居山陰四年。乾道六年（1170）至七年任夔州通判。長達八年處於人生低潮，陸游仍「但憂死無聞，功不挂青史」﹝註39﹞，向宰輔梁克家、陳俊卿等表達從軍報國之志。﹝註40﹞

乾道八年（1172）正月，陸游應四川宣撫使王炎之聘，赴蜀為宣撫使司幹辦公事兼檢法官，終於能展開他最嚮往的前線軍旅生活。但十月王炎即被召還，幕府解散。陸游改任成都府安撫司參議官，至淳熙三年（1176）被劾免官，不久又罷知嘉州之新命，自此在成都領祠祿。再經宦海波折，他仍大呼「自許封侯在萬里。有誰知，鬢雖殘，心未死！」﹝註41﹞陸游居蜀其間雖偶有退隱之念，但更常表現的仍是

﹝註38﹞〈古意〉，卷5，頁427。

﹝註39﹞〈投梁參政〉，卷2，頁135。

﹝註40﹞陸游乾道六年作〈投梁參政〉詩，乾道四年作〈賀莆陽陳右相啟〉（卷8，頁82～83），均表達求用之意。

﹝註41﹞〈夜遊宮·記夢寄師伯渾〉，夏承燾箋注：《放翁詞編年箋注》（上海：上海古籍出版社，2012），上卷，頁80。

如「頭顱自揣已可知，一死猶思報明主」〔註42〕的強烈經世之志，且仍屢次投書參政，籲請以恢復爲念，並有求進之意。〔註43〕

　　淳熙五年（1178）春，陸游始奉召東歸，但只得到提舉福建路常平茶事的小官。隔年（1179）奉召北上，途中又得旨改任江西，毋庸入都。明年（1180）年底再度被命詣行在，又在途中得旨許免入奏，仍除外官；且旋爲給事中趙汝愚所劾，遂奉祠達五年。在這麼多挫折中，他雖憤慨小人讒毀，也不時感傷宦海漂泊，但仍渴望勒石記功，並表示「功名晚遂從來事，白首江湖未歎窮」〔註44〕，流露再獲起用的自信。

　　淳熙十三年（1186）春，陸游受命知嚴州軍事。十五年（1188）冬，又受孝宗欽命入都任軍器少監；十六年（1189）春，再受欽命爲禮部郎中。〔註45〕在這四年間，他不僅提醒擔任右相的老友周必大偏安非長久之計，〔註46〕入朝後又在奏對中強調守備抗戰的重要性。〔註47〕他既感嘆「何時擁馬橫戈去，聊爲君王護北平」〔註48〕、「一生未售屠龍技，萬里猶思汗馬功」〔註49〕，也仍渴望能獲得如諸葛亮般邂逅君王的機遇。〔註50〕但在淳熙十六年年底又爲人論罷，從此在山陰展開長達十三年的謫居生涯。

　　綜上所述，自陸游出仕至自禮部罷歸，約經歷了三十年的宦海沉浮，但他的人生志趣基本上是明確的，那就是驅除韃虜恢復中原，從而留下不朽之功名。

〔註42〕〈聞虜亂有感〉，卷4，頁346。
〔註43〕參見作於淳熙元年的〈賀葉樞密啓〉，卷9，頁90～91；〈賀葉丞相啓〉，頁91～92；〈賀龔參政啓〉，頁92。
〔註44〕〈冬夜月下作〉，卷16，頁1237。
〔註45〕邱鳴皋：〈關於陸游「除軍器少監」的考證〉，《船山學刊》，63卷1期，2007年1月，頁169～170；《陸游評傳》（南京：南京大學出版社，2002），頁190。
〔註46〕〈賀周丞相啓〉，卷12，頁113。
〔註47〕〈上殿箚子　三〉，卷4，頁54～55。
〔註48〕〈秋懷〉，卷18，頁1397。
〔註49〕〈登千峰榭〉，卷18，頁1445。
〔註50〕〈夜讀兵書〉，卷20，頁1546。

　　所以在此段期間，他難以真正安居故鄉。〔註51〕尤其是在淳熙八年至十二年（1181～1185），陸游以「不自檢飭，所爲多越於規矩」〔註52〕再度爲人論罷，蟄伏山陰長達五年期間，憤慨之意更是常見。他不僅屢次抒發「少年意薄萬戶侯，白首乃作窮山囚」〔註53〕的強烈失落感；「未辦大名垂宇宙，空成慟哭向蓬蒿」〔註54〕的悲憤；與「功名老大從來事，且復長歌起飯牛」〔註55〕的堅忍等情懷，可見其對掙脫困境的渴望。正因爲如此，他難以忍受閒居的寂寞，「也知解送豐年喜，無奈難消永日閒」〔註56〕、「我豈農家志飽暖，閉戶惟思事耕織」〔註57〕等詩句在在說明，居家賦閒帶給他極大的束縛感。對自許「氣可吞匈奴」〔註58〕的陸游而言，關山邊塞才是真正嚮往的所在。

　　在陸游所有田園詩裡，也只有紹興廿八年（1158）至淳熙十六年（1189）、亦即詩人仕進之志最爲高漲的三十年間的賦閒時期所創作的詩篇，較常出現不平之鳴。論文的第五章第二節即將討論的抒發身分的落差帶來的生命的荒謬感、虛無感，以及沉重寂寞感的作品，多數即作於此段時期。〔註59〕

〔註51〕〈囚山〉，卷16，頁1259。按：柳宗元有〈囚山賦〉，發抒受困於貶所永州的痛苦憤懣。

〔註52〕清・徐松輯：《宋會要輯稿》（北京：中華書局，2006），第101冊，〈職官〉72，頁4002。

〔註53〕〈山中夜歸戲作短歌〉，卷15，頁1216。

〔註54〕〈野飲夜歸戲作〉，卷14，頁1136。

〔註55〕〈雨夜〉，卷14，頁1165。

〔註56〕〈久雨杜門遣懷〉，卷14，頁1155。

〔註57〕〈江北莊取米到作飯香甚有感〉，卷17，頁1340。

〔註58〕〈三江舟中大醉作〉，卷14，頁1145。

〔註59〕但我們也不能否認，陸游即便在此段期間也創作了許多抒發閒逸之情的田園詩，而且其中不乏名作。之所以如此，陸游吸收道家甚至禪宗思想資源而生成的個人修養，應在其中扮演重要角色。這也是我們在上文指出，陸游的田園詩之所以仍以閒適愉樂爲主調，既與對功名的執著逐漸淡化有關，也與他豐富的文化修養有關的主要依據。在前者尚未發生時，後者仍對陸游產生一定的影響，使他大致上仍能維持心態的平衡，而未淪於絕望。因此，雖然在陸游所有田園詩中，此段時期最常出現不平之鳴，但我們依然很難說此類詩爲

二、光宗、寧宗朝

　　然而，淳熙十六年自禮部罷歸，直至嘉定二年（1209）去世，陸游對功名的熾烈追求進入逐漸淡化的時期。尋繹他的心路軌跡可以發現，孝宗禪位後朝廷的政治風雲是使其功名之志大幅衰退極重要的因素。光宗即位後不久即因心疾加重而喜怒無常、是非不分；更在孝宗病逝後拒絕主持喪禮，引起朝野震動。趙汝愚與韓侂胄發動政變擁立寧宗，但兩人隨即展開新的權力鬥爭。不久，慶元黨禁發生，以趙汝愚為首的政治勢力全面挫敗，韓侂胄則獨攬大權。在韓氏執政的十四年是南宋官場風氣由較好到極壞的轉折時期。在權相政治的格局下，群臣多半忙於結黨營私、攻伐異己，政局更加混亂。〔註60〕

　　這一連串紛爭令向來反對朋黨的陸游深刻地認識到權力爭奪的醜惡，與現實政治的不可為。陸游在光宗朝的五年間，既屢次譏刺臣僚奔

此期田園詩的「主流」。又，劉蔚曾在其〈陸游的村居心態及其田園詩風的嬗變〉（氏著：《宋代田園詩研究》，頁215～228）指出，在陸游開始留下較多田園詩的淳熙八年至十二年被貶期間，「在初歸故里的兩年時間中，陸游對現實還不能接受」，「因此，一階段陸游的田園詩中蘊含著一股抑鬱不平之氣，作品往往塑造出一位末路英雄的形象，潛藏著詩人壯志未酬的苦悶。」「從淳熙十年起，陸游不再總是那麼憤憤不平，他開始從日常生活中尋找樂趣。」其表現之一就是「品味農家生活的純樸之樂」。但揆諸文本可發現，其實即便在失落感應該是最強烈的淳熙八年至十年，陸游依然能作出如〈西村〉、〈初冬〉、〈橫塘〉、〈春晚〉、〈湖邊曉行〉、〈梅雨陂澤皆滿〉等情調明快、溫潤細膩的田園詩。從這個角度可以說，陸詩的情感仍未出現明顯的「嬗變」。所以從全體來看，陸詩的情感調性中失意之感始終沒有成為某一時期的明顯主導傾向。這也是我們不專門討論陸詩在情感內涵上的「階段性演變」的原因。但是，陸游田園詩以愉樂為主的情感調性，雖然在「質」的方面沒有明顯的階段性演變，卻在「量」上面有較突出的成長，亦即有約87%出現在淳熙十六年退居山陰後。也就是說，陸游絕大多數的田園詩出現在晚年，而這些詩的情感調性又與中壯年時大量的愛國詩篇不同。這就必須從心態的轉變找原因，才能作出合理的解釋。所以，我們仍將「心態的轉變」視為陸游田園詩特色的生成背景。

〔註60〕南宋權相政治的特點，詳參何忠禮：《南宋政治史》（北京：人民出版社，2008），頁446。

競個人利益的醜陋嘴臉，〔註61〕亦表明冷眼旁觀與潔身自好的立場。
〔註62〕這都是之前不曾出現的現象。紹熙二年（1191）年底又有「不
復仕宦」〔註63〕的決定。寧宗即位前後，朝政紛擾更令他對宦途存有
強烈疑懼。〔註64〕 總之，改朝換代後他深切體認到「末俗陵遲稀獨
立，斯文崩壞欲橫流。紹興人物嗟誰在？空記當年接俊遊」〔註65〕，
世風日下，官場已不值得再度涉足，對功名的追求，也應該停歇了。

　　然而在主觀情感上，他畢竟很難拋棄追求大半生的志趣，且對國
家仍抱持深切關懷。雖然他極為厭棄政風敗壞的官場，卻似乎仍有時
局能改善的一絲希望。總體來說，光宗即位後（1190）至寧宗嘉泰二
年（1202），陸游的功名之志處於因體認時局轉變而逐漸消滅、但尚
未熄滅的狀態。

　　除了創作大量抒發倦宦之心、淡泊之意的詩篇之外，就實際
行動而言，陸游在慶元四年（1198）祠祿期滿，便不再復請，有
「絕意於進取」〔註66〕之意。慶元五年五月，七十五歲的他更主
動致仕，正式退出官場。慶元六年，權傾一時的韓侂胄請陸游作

〔註61〕諸如〈山居疊韻〉，卷21，頁1631；〈寓歎〉三首之三，卷21，頁
　　　1632；〈歎俗〉，卷24，頁1738；〈群兒〉，卷26，頁1844；〈夜坐〉
　　　二首之一，卷31，頁2097等。

〔註62〕〈寓歎〉三首之二，卷21，頁1632；〈寓懷〉四首之二，卷22，頁
　　　1635；〈新秋感事〉二首之一，卷23，頁1686；〈冬夜讀書忽聞雞
　　　唱〉，卷24，頁1732；〈入雲門小憩五雲橋〉，卷24，頁1747；〈次
　　　韻范參政書懷〉十首之一，卷24，頁1749；〈壁老求笑菴詩〉二首
　　　之一，卷24，頁1765；〈示兒〉，卷24，頁1769；〈書歎〉，卷25，
　　　頁1776。

〔註63〕〈跋陸史君廟籤〉，卷28，頁250。

〔註64〕〈自規〉，卷32，頁2137；〈讀李泌事偶書〉，卷33，頁2210。又，
　　　陸游撻伐寧宗朝外戚專權、朋黨爭鬥等亂象之詩還有〈冬日讀白集
　　　愛其貧堅志士節病長高人情之句作古風〉十首之三，卷41，頁2600；
　　　〈北望感懷〉，卷41，頁2611。

〔註65〕〈溪上作〉二首之一，卷28，頁1964。

〔註66〕趙翼云：「放翁自嚴州任滿東歸後，里居十二三年，年已七十七八，
　　　祠祿秩滿，亦不敢復請，是其絕意於進取可知。」《甌北詩話》（北
　　　京：人民文學出版社，2005），卷6，頁94～95。

〈南園記〉，有拉攏之意。詩人雖然從命，但全篇亦無諛辭侈言，而是以諷諫韓氏退隱歸耕為旨，可見其毫無幸進之念。〔註67〕這一切予讀者之印象是，孝宗退位後，陸游對入世立功的追求意願，的確大幅降低了。

　　然而，他仍未完全心灰意冷。嘉泰二年五月，陸游以七十八歲高齡再入朝修纂孝宗、光宗之《實錄》。他之所以應召入都，除了難忘孝宗的知遇之恩外，黨爭局面結束，使得政治恢復秩序，志士報國有望，應亦為重要因素。然而，他不久後發現朝廷仍是文恬武嬉，因循泄沓，故再度引發強烈的思歸之意。〔註68〕

　　陸游自十三年前改朝換代後就一直待在故鄉，雖也耳聞朝政動向，但未捲入其中，感觸畢竟未臻深切。此次重入紅塵，讓他不僅對「世事蠻攻觸，人情越事吳」〔註69〕有真切的認識，更清楚地意識到：「遺簪見取終安用，弊帚雖微亦自珍」〔註70〕，自己即使被召，也不可能再獲重用了。此外，他更有極深的無力感：「梵志放花常恨晚，士師分鹿又成非」〔註71〕，「但虞風波起平地，豈有毫髮能補益？」〔註72〕過去遺憾不能入世以改變社會，但一旦身處朝中才瞭解政治情勢有多複雜，自己捲入各種無謂的紛爭，夾在兩股

〔註67〕自宋末以來，此文即為陸游「負謗之作」，但也有人為之辯証。今人邱鳴皋對相關問題有詳細討論，請參閱氏著：《陸游評傳》（南京：南京大學出版社，2002），頁203～210。

〔註68〕于北山云：「務觀此次奉召，心情興奮而勉強。以為朝廷果能改弦易轍，發憤圖強，身處朝列，即有為國效力之機，……但又由于數十年之生活經歷，對朝廷實不敢存過分之想……〈入都〉詩所謂『鄰翁好為看耕隴，行矣東歸一笑嘩』是也。不久事實證明，希望幻滅，失望發展，于是厭倦之吟，思歸之詠，幾乎連篇累牘，觸目可見矣。」詳參氏著：《陸游年譜》（上海：上海古籍出版社，2006），頁478。

〔註69〕〈予以壬戌六月十四日入都門癸亥五月十四日去國而中有閏月蓋相距正一年矣慨然有賦〉，卷53，頁3159。

〔註70〕〈秋思〉，卷51，頁3056。

〔註71〕〈書意〉，卷58，頁3348。

〔註72〕〈書懷示子遹〉，卷57，頁3319。按：以上兩詩均屬陸游回鄉一年後對此次經歷的教訓總結。

勢力間左右爲難，〔註73〕誠然是「絲毫寧有補？空負耦耕身」〔註74〕，既無益於國政，更有負隱居之志。因此他在一年後《實錄》修畢即動身返鄉，並三度上〈乞致仕札子〉，再度致仕。

此後，詩人的用世之志終於急轉直下，直至去世的近七年期間，「陸游的思想變化，最顯著的表現是『隱逸』。」〔註75〕雖然對國計民生的關懷依舊，但他的功名追求確比之前更加淡化了。作於逝世前數月的〈寓歎〉四首之二云：「小隱終非隱，休官尚是官。早知農圃樂，不見道途難。故國雞豚社，家貧菽水歡。至今清夜夢，猶覺畏濤瀾。」〔註76〕可視爲陸游餘年用世之志已熄，並安於清貧寂寞的心境寫照。總而言之，年邁的陸游深盼恢復中原的心從未改變，但當年「上馬擊狂胡，下馬草軍書」〔註77〕捨我其誰的萬丈豪情，與不惜身殉立功的激昂鬥志，至此可謂一去不返了。

追求功名之念的逐漸淡化，極大地影響了陸游對賦閒處境的態度，隱逸生活保全個人身心的價值開始得到他更眞切的體認。早在光宗即位之始，他就似乎預見政爭將起，而慶幸自己遠離官場。〔註78〕慶元黨禁前後的激烈鬥爭與肅殺氣氛，也令他深有所感。〔註79〕與之

〔註73〕 陸游此次出山不僅未獲當權者重用，還遭到當時某些清議家的冷嘲熱諷。參閱邱鳴皋：《陸游評傳》（南京：南京大學出版社，2002），頁230。

〔註74〕 〈車中作〉，卷52，頁3116。

〔註75〕 邱鳴皋：《陸游評傳》（南京：南京大學出版社，2002），頁242。

〔註76〕 卷84，頁4489。

〔註77〕 〈觀大散關圖有感〉，卷4，頁357。

〔註78〕 歐小牧於其《陸游傳》（成都：成都出版社，1994年10月，頁391）指出，作於紹熙二年（1191）的〈題千秋觀懷賀亭〉（卷22，頁1646）藉歌頌賀知章見幾而退，慶幸不必捲入無原則的政治糾紛。此外紹熙二、三年間的〈詠史〉（卷22，頁1674）、〈當食嘆〉（卷23，頁1714）、〈夢斷〉（卷24，頁1730）、〈秋日焚香讀書戲作〉（卷25，頁1802）等詩，亦吐露類似情懷。

〔註79〕 〈自規〉（卷32，頁2137）：「轉喉畏或觸，唾面敢自拭。世路方未夷，機穽寧有極？但能常閉門，尊拳貰難肋」；〈初夏幽居偶題〉四首之三（卷32，頁2142）：「昔如轉戰墮重圍，今幸鶱翔脫駭機」；〈閒

相應的是，道家避世等思想的影響日益明顯，並使他感到恬淡平靜的
退居生活的可貴。〔註80〕

在韓侂冑於開禧三年（1207）年底被史彌遠謀害後，南宋政壇陷
入新的動盪，朝政愈趨腐敗。政壇鬥爭的險惡更令陸游感慨「人間著
腳盡危機」〔註81〕、「人生百憂坐一官」〔註82〕，道家強調的貴身全
生思想更屢見於其詩篇之中。〔註83〕對陸游而言，村居生活不僅能保
全首領，也得以落實道家自然恬淡的人生哲學。其詩云：「轍跡當年
遍九州，晚歸始解臥林丘。愛身每戒玉抵鵲，養氣要如刀解牛。柔櫓
搖殘天鏡月，短筇領盡石帆秋。儘言未辦常扃戶，竟是吾身得自由。」
〔註84〕可視為其晚年日常生活的寫照。他此時經常紓寫徜徉林壑間的
閒放自適，也屢次表達對陶淵明捨棄宦途的共鳴。〔註85〕這都反映他
對隱逸生活的認同。

但引人注意的是，陸游在熾烈的仕進之念趨於消歇、與對隱居生
活的認同度加深的同時，仍然未如白居易那樣在仕途受挫後「唯以逍

户〉（卷31，頁2100）：「秦王開圖見七首，漢相狗市載廚車。人間
憂怖古如此，莫怪荒畦常荷鋤」，應都是針對慶元黨禁與之前的連串
鬥爭而作。

〔註80〕 如作於此時期的〈登東山〉，卷33，頁2183、〈祠祿滿不敢復請作口
號〉三首之一，卷38，頁2435、〈書懷〉，卷39，頁2485等詩，都
直接抒發了基於道家知足知止、全身遠害觀點而肯定退居生活的情
懷。

〔註81〕 〈讀史〉二首之一，卷70，頁3895。

〔註82〕 〈書感〉三首之一，卷74，4077。

〔註83〕 如〈讀王摩詰詩愛其散髮晚未簪道書行尚把之句因用為韻賦古風十
首亦皆物外事也〉之五，卷63，頁3594、〈書適〉，卷74，頁4086、
〈短歌行〉，卷79，頁4284、〈雜感〉之四，卷81，頁4380等詩，
都是直接吐露此類心聲的例子。

〔註84〕 〈遣興〉，卷38，頁2431。

〔註85〕 陸游對陶淵明的接受，經過從否定到肯定的轉變。他到晚年退居山
陰後才大力學陶，並深深認同其人生與詩風。可參徐丹麗：〈歸來偶
似老淵明——論陸游對陶淵明的接受過程〉，《湖北社會科學》，2005
年第2期，頁110～111。

遙自得，吟詠情性爲事」〔註86〕，而是力圖找到生活的重心，並以進德修業爲新的人生追求。

　　由於陸游深受儒家思想薰陶，加上其人格性情的主導方面是積極剛健、胸懷天下、總是渴望在現實世界有所作爲。所以他雖在歷盡官場的現實與無奈後，涉足宦途的意願有所淡化，但依然以勇於入世的儒家思想爲依據，調節盡社會責任的方式、轉換肯定自我的憑藉，從而重新樹立生命的意義與價值。具體來說，就是以儒家的修身之途爲人生志趣所在。

　　陸游與修身讀書之志相關的詩歌，在淳熙十六年（1189）年底罷歸山陰後開始大量出現；而嘉泰三年（1203）還鄉後數量更多、密度更高。〔註87〕這顯示當他對仕途逐漸絕望時，儒家「得志，澤加於民；不得志，脩身見於世」〔註88〕的教誨，成爲調節身心極重要的依據。〔註89〕

　　對他而言，修身有兩個相互關連但各有偏重的目標：實現道德潛能與化民成俗。首先，陸游屢次表示，自己以「修身砥行」爲志趣，黽勉以赴。如〈讀蘇叔黨汝州北山雜詩次其韻〉之十云：「此身儻未死，仁義尙力行。」〔註90〕〈聞蛩〉云：「八十光陰猶幾許，勉思忠

〔註86〕《舊唐書》（北京：中華書局，1975），第13冊，卷166，〈白居易傳〉，頁4354。按：尙永亮即指出白氏江州之貶後所謂「獨善」生活實以道、佛避離世事的超然思想爲内涵，是「以對世事人生看透一層的達觀超然，走上一條清靜無爲、省分知足、避禍遠災、泯滅悲喜的道路。」《元和五大詩人與貶謫文學考論》（臺北：文津出版社，1993），頁248～251。

〔註87〕淳熙十六年底至嘉泰二年再度出山，有十三年，此類詩歌約六十首；嘉泰三年回鄉至過世，有七年，此類詩歌約九十首。

〔註88〕朱熹：《四書章句集注・孟子集注》（臺北：大安出版社，1996），卷13，〈盡心上〉，頁492。

〔註89〕〈齋中雜興十首以丈夫貴壯健慘戚非朱顏爲韻〉之二（卷43，頁2688）即云：「士生學六經，是爲聖人徒。處當師顏原，出當致唐虞。」〈歲暮感懷以餘年諒無幾休日愒已迫爲韻〉十首之四（卷31，頁2110）又云：「士生始志學，固爲聖人徒。……仰事與俯育，治道無絕殊。」

〔註90〕卷44，頁2717。

敬盡餘生。」〔註91〕〈蝸舍〉云：「徙義憂無勇，求仁戒自欺。此生
雖欲盡，吾志未應衰。」〔註92〕

　　這種以修身養性爲「志趣」的明確自覺，既令他獲得歸屬與充實
之感，從而一定程度上撫平功名無成的失意；也使他高度肯定個人價
值，並生成自我愛重之情、化解抑鬱之感。他明言：「四朝曾遇千齡
會，七世相傳一束書。……功名自有英雄了，吾輩惟當憶遂初。」〔註
93〕「空文久悔雕蟲技，大學方施習射功。萬一死前能少進，九原猶
可見先公。」〔註94〕「一編垂首北窗前，皎皎寧當逐物遷？道有廢興
何與我，心無媿怍始知天。昔嘗西戍八千里，今復東歸三十年。死去
雖無勳業事，九原猶可見先賢。」〔註95〕均點出：進德修業之志是其
功名之夢落空後心靈的寄託，且有助彌補遺憾。又如〈雪後龜堂獨坐〉
四首之一云：「丈夫自重如拱璧，安用人看一錢直。簞食豆羹不虛受，
富貴那可從人得。讀書萬卷行媿心，幽有鬼神爲君惜。龜堂樂處誰得
知？紅日滿窗聽雪滴。」〔註96〕在刻苦環境中堅守道德，使詩人充分
感受到自我價值的崇高與意志的力量，從而隱然有自傲之感。這種貼
近理想境界的欣慰，自有助於化解他的憤鬱與失落。

　　其次，陸游將「宗經」與「憂國」相提並論：「萬事忘來尚憂國，
百家屛盡獨窮經」〔註97〕，並懷抱著深沉的使命感，力行、宣揚儒道
以求澄清風俗、報效君國。他鼓勵兒子努力讀書：「安知不遭時，清
廟薦玉瓚。不然老空山，亦足化里閈。」〔註98〕他曾以爲鄉鄰講解《孝
經》，並「相勉躬行」《孝經》之義來實踐教化理念；〔註99〕但他似乎

〔註91〕卷54，頁3177。
〔註92〕卷51，頁3027。
〔註93〕〈園廬〉，卷61，頁3499。
〔註94〕〈秋感〉，卷63，頁3583。
〔註95〕〈一編〉，卷68，頁3816。
〔註96〕卷50，頁2994。
〔註97〕〈自詠〉，卷49，頁2965。
〔註98〕〈秋夜讀書〉，卷47，頁2879。
〔註99〕〈自詠絕句〉八首之一（卷61，頁3493）：「明時恩大無由報，欲爲

更強調以「力行」忠信之道扭轉澆薄之風。如〈書感〉云：「我欲哭窮途，所懼世俗驚。出門復入門，掩淚且吞聲。唐虞邈難繼，周孔不復生。承學百世下，我輩責豈輕。楊墨斥已殫，釋老猶縱橫，拔本塞其源，力盡志未平。吾道如曦日，薄食終必明。一木雖獨立，可支大廈傾。夷風方變夏，孰能作長城？卓哉易簣公，垂死猶力行。」〔註100〕因為陸游所尊敬的師長如曾幾、傅崧卿、李光等，使他深信高尚的人格具有巨大感召力；〔註101〕他更認為若人人懷有忠義之心，「則北平燕趙，西復關輔，實度內事也！」〔註102〕並對士大夫多忘卻中原淪亡的恥辱，與士風的頹喪澆薄痛心疾首。〔註103〕因此堅持實踐周孔之道，以化民善俗，對他而言更有重要的意義。

陸游經常在「以道自任」的過程中，獲得精神的鼓舞，感受到生命的尊嚴。其詩云：「貧賤終身志不移，閉關涵泳賴書詩。」〔註104〕「兩眼欲讀天下書，力雖不迨志有餘。千載欲追聖人徒，慷慨自信寧免愚？」〔註105〕這種自尊自信的獲得，直接源於對自我價值的正面體認。故即便詩人鄉居野處，亦昂然天地之間，超脫窮達之外。

總而言之，陸游即便終生於政治功業毫無所成，也仍無法安於含光混世，無法否定現實世界與人為努力的意義。所以他要屢次聲明：

鄉鄰講孝經。」〈示鄰里〉（卷63，頁3604）：「從今相勉躬行處，士庶人章數十言。」

〔註100〕 卷50，頁3001。

〔註101〕 曾幾「貫通六經，尤長於《易》、《論語》。……孝悌忠信，剛毅質直，篤於為義，勇於疾惡，是是非非，終身不假人以色詞。」（〈曾文清公墓誌銘〉，卷32，頁288）是他終身尊敬的前輩；傅崧卿、李光等關切國家命運，在迫害纏身時仍正氣凜然的風範，也鎪刻於陸游腦海。關於傅、李之事蹟，詳參〈跋李莊簡公家書〉，卷27，頁243；〈傅給事外制集序〉，卷15，頁141～142。

〔註102〕 〈跋周侍郎奏稿〉，卷30，頁270。

〔註103〕 〈初寒病中有感〉（卷28，頁1931）：「新亭對泣猶稀見，況覓夷吾一輩人！」〈追感往事〉（卷45，頁2781）：「不望夷吾出江左，新亭對泣亦無人！」

〔註104〕 〈後書感〉，卷50，頁3002。

〔註105〕 〈讀書〉，卷35，頁2309。

「不須強覓前人比，道似香山實不同。」〔註106〕「萬里漂流歸故國，一生蹭蹬付蒼天。暮年尚欲師周孔，未遽長齋繡佛前」〔註107〕、「老松臥澗底，千歲陵冰霜。我豈樗櫟哉，但取無伐傷？」〔註108〕始終以儒士的使命自許，以期使人生得以充實，心靈有所依歸。

綜上所述可知，淳熙十六年後陸游的心態發生了如下變化：激進熱切的恢復之志與追求功名的執著之心在黑暗政治情勢下漸趨淡化；與之相應，隱逸生活的價值得到較多的肯定；再者，進德修業成為新的人生目標，並使他一定程度上獲得心靈的平靜與安頓。這三方面的因素，導致陸游並未因為長期的賦閒而始終處於憤激難平、牢騷滿腹之境，反而能經常展現平和坦蕩的氣象。

值得注意的是，這段時期正是他創作田園詩的高峰期。現存陸游的所有田園詩中，約有 608 首作於此時，約佔總數的 87%。陸游心態既然經過上述的演變過程，其田園詩多從不同角度抒發閒適或悅樂的情懷，而罕見對悲憤之情無節制的發洩，或曲折掩抑的苦悶之感，也就是情理中之事了。

由於陸游早年進取之志澎湃高漲，因此這方面在他晚年退居山陰後的淡化，就成為格外引人矚目的內心變化。除此之外，他還有另一種較深層且具根本性的態度，對其詩的明朗基調有重要影響，那就是開朗頑強的心態。如果說，仕進之志淡化的主要影響在於使陸游不致因為未來的復起無期而頹喪，那麼開朗頑強的心態，則使他避免因過往的功業無成而過於抑鬱消沉。兩者都有助於使陸游在一定程度上從壯志難酬的苦悶中獲得心靈解放，並從容地感受生活的美好。也只有在這樣的心態下，陸游才有可能領會當時社會承平的一面、感受安定的晚年生活、並將田園生活的點滴捕捉入詩，從而成為自東晉至南宋田園詩創作數量最巨大、且佳作最多的作者。

〔註106〕〈懷舊〉，卷64，頁3621。
〔註107〕〈江上〉，卷48，頁2926。
〔註108〕〈書意〉三首之二，卷69，頁3876。

第三節　開朗頑強的晚年心態

陸游在鄉居期間，經常有意識地保持心胸的開朗，亦即對此生得失乃至當前逆境，均持不計較、不執著的態度。這種態度使他能有餘裕多面地感悟生活，並創作出大量情調活潑明朗的詩篇。

陸游超然淡定的內心狀態固然與釋、道思想的影響有關，但更主要地來自詩人數十年的人生體悟與堅強的精神力量。它較集中地出現於晚年退居山陰之後，正說明詩人的人生閱歷與反思，以及頑強不屈的意念，應該是更關鍵的成因。

陸游屢次以「胸吞雲夢」形容自我得失不繫於懷的寬廣胸襟。早在淳熙十一年（1184）、詩人六十歲時就有詩云：「村市夜騎黃犢還，卻登小閣倚闌干。銀河斜界曉天碧，璧月下入秋江寒。吾輩身閑且飲酒，人生事定須闔棺。元自胸中著雲夢，莫驚綠鬢耐悲歡。」〔註109〕自淳熙八年（1181）閏三月陸游被罷新任至此時，已超過四年。但詩中境界開闊，表現出一派穩定從容的氣度，彷彿毫不爲遭冷落的處境所動。在淳熙十六年（1189）罷歸山陰後，類似心緒的表達更趨於頻繁。例如嘉泰三年（1203）有詩云：「胸懷幾雲夢，形骸一槁木。雖客長安城，未始忘退縮。古來豪傑士，強半死空谷。耐事勿動心，貧賤豈汝獨？」〔註110〕此詩作於入臨安修史之際，詩人滿懷希望地重入國都，但朝廷早已人事全非，再也沒有他的容身之處，遑論晉身之階。但他仍以胸懷雲夢、不動其心自勉，鼓勵自我超越得失榮辱的煩惱。〔註111〕

〔註109〕　〈醉中夜自村市歸〉，卷16，頁1278。
〔註110〕　〈暇日弄筆戲書〉三首之三，卷52，頁3111。
〔註111〕　其他類似詩例尚有：〈道室雜詠〉六首之六（卷57，頁3339）：「放翁齒豁猶朱顏，一物不留方寸間。已吞八九雲夢澤，更著百億須彌山。」〈初夏雜興〉六首之五（卷76，頁4175）：「趁雨東園去荷鉏，歸庵卻展讀殘書。幸能胸著雲夢澤，何恨家無擔石儲。水泛時須借蓬艇，山行亦或命巾車。嬾心惟怕遊城市，非向交親故人疏。」〈自笑〉（卷22，頁1672）：「自笑胸中抵海寬，韭虀麥飯日加餐。住山緣熟塵機息，養氣功深槁面丹。惡路慣曾經灩澦，浮生何啻夢邯鄲。鏡湖五月秋蕭爽，剩傍灘頭把釣竿。」

　　尤其令人玩味的是作於開禧三年（1207），即陸游去世前兩年的〈自贊〉：「進無以顯於時，退不能隱於酒。事刀筆不如小吏，把鋤犁不如健婦。或問陳子何取而肖其像，曰：是翁也，腹容王導輩數百，胸吞雲夢者八九也。陳伯予命畫工為放翁記顏，且屬作贊。時開禧丁卯，翁年八十三。」〔註112〕這應是陸游生前的最後一首自贊，大有評價自己一生的意味。前半部在自嘲中透出苦澀，意即自己進退兩無成，於仕無法顯達，於隱也未能逍遙忘世，甚至在兩種處境中謀生的能力也不如他人。但「腹容王導輩數百，胸吞雲夢者八九」使他猶有可取之處。在這首自贊中，陸游坦承自己因終生無成而難免失落，也無法徹底超脫榮辱，但也為自己努力維持寬廣的胸襟，去海涵一切不堪與無奈感到自豪。

　　陸游在晚年努力企及，或至少可以說一再標榜、認同寵辱不驚的人生境界，與他對自我人生的反思有密切的關係。淳熙十六年自禮部罷歸之後，他經常有一種見慣人間滄桑之感；或在回顧一生經歷時感慨浮生若夢、慚愧自我的躁進；並將上述兩類感慨與如今的浩蕩胸懷並提。予讀者之印象是，前者直接導致晚年對得失不再繫懷的心境。

　　例如〈宴坐自午至暮〉云：「身外寥寥掃怨恩，胸中浩浩納乾坤。飽經世事常高枕，慣見人情不署門。孤日夜分生海底，百川秋漲泝河源。珥貂碧落從來事，東訪蓬萊不足言。」〔註113〕此詩作於慶元二年（1196），「掃怨恩」即「常高枕」、「不署門」。此詩雖然瀰漫著較濃郁的長生求道氣息，但更直接地指出「慣看人情百態」與「不再縈懷於往日恩怨」的關係。慶元五年（1199）致仕後，相關心態更集中地出現。例如〈自訟〉云：「年少寧知道廢興，搏風變化羨鯤鵬。貪求但欲攀分寸，痛定方慚乞斗升。靈府已能澄似水，俗緣更覺薄於僧。掛冠且喜身蕭散，二頃寧須退可憑。」〔註114〕心澄似水的狀態主要來自對年輕時冒進貪求的「痛定」反省。嘉泰二年入都後，又有詩云：

〔註112〕〈放翁自贊〉，卷22，頁204。
〔註113〕卷34，頁2267。
〔註114〕卷46，頁2830。

「有酒人家皆可醉，無僧山寺亦閒遊。老來閱盡榮枯事，萬變惟應一笑酬。」〔註115〕「俗心浪自作棼絲，世事元知似弈棋。舊業蕭然歸亦樂，餘年至此死何悲？」〔註116〕豐富的閱歷與由此達致的洞明世事，使陸游能以較平靜的心態面對人事全非、仕進無望的事實。

自嘉泰三年（1203）夏修畢《實錄》自臨安返鄉後，在陸游生命最後的七年裡，類似「少慕浮名百種癡，老知世事盡兒嬉」〔註117〕之類的心聲不斷出現，〈幽居記今昔事十首以詩書從宿好林園無俗情為韻〉十首之四或可視為此類詩篇的代表：「還鄉老未死，舉目少耆宿。邑屋亦或非，所餘但喬木。曩時列鼎家，今不飽半菽。盛衰迭變遷，何者非陵谷。贏然九十翁，世故見已熟。偶能達一理，萬事等破竹。布縫一稱衣，藜煮半釜粥。餘年更何為，枕藉糟與麴。」〔註118〕陸游的高壽為古今詩人所少見，但如此漫長的人生旅途，也使他對世事無常的感受遠比常人深切。此詩中「邑屋」以下四句很可能為寫實。對陸游而言，「滄海桑田」似乎不再是一種誇張的說法，而就是在眼前上演的變化過程，並必然造成深長的感喟。因此，「世故見已熟」的他對於功名榮華的熱切程度，自然不再能與年輕氣盛時相提並論了。〔註119〕

〔註115〕 全詩云：「世上元無第一籌，此身只合臥滄洲。艣搖漁浦蒼茫月，帆帶松江浩蕩秋。有酒人家皆可醉，無僧山寺亦閒遊。老來閱盡榮枯事，萬變惟應一笑酬。」（〈孤坐無聊每思江湖之適〉，卷52，頁3107）

〔註116〕 全詩云：「俗心浪自作棼絲，世事元知似弈棋。舊業蕭然歸亦樂，餘年至此死何悲？古人可作將誰慕，造物無心豈汝私。已決殘春故溪去，短蓑垂釣月明時。」（〈寓歎〉，卷53，頁3127）

〔註117〕 〈歲暮〉六首之六，卷74，頁4085。

〔註118〕 卷76，頁4169。

〔註119〕 其他表達因閱歷已多，故深感浮生如夢、世事如棋，或淡然於悲歡榮辱的詩例尚有〈春耕〉（卷63，頁3587）；〈寓歎〉（卷64，頁3627）；〈即事〉（卷64，頁3639）；〈夜坐〉（卷69，頁3867）；〈即事〉（卷76，頁4142）；〈醉中示客〉（卷76，頁4145）；〈秋來益覺頑健，時一出遊，意中甚適，雜賦五字〉十首之五（卷78，頁4243）；〈書感〉（卷79，頁4271）；〈偶思蜀道有賦〉（卷82，頁4406）等。

　　數十年跌宕起伏的人生經歷，也使他對於歷史蘊含的教訓有更深切的體悟。〈縱筆〉云：「未說無功爵位叨，昔人所畏在功高。印如斗大寧常保，劍拄頤長秖自勞。酒社極知身可隱，獵場猶得氣差豪。世間見透渾無事，狐貉安能詫縕袍！」〔註120〕此詩的主旨──崇尚隱逸、淡泊自甘，雖可見老莊貴生、齊物等思想的影響，但「世間見透」仍是最主要的催化劑。又如〈讀史〉二首之一云：「人間著腳盡危機，睡覺方知夢境非。莫怪富春江上客，一生不厭釣漁磯。」〔註121〕此詩作於開禧三年（1207）春，詩人時年八十三，回首過往，深感宦途人生不僅虛幻如夢，而且危機四伏。此詩蘊含的不如歸隱之慨，既有苦澀，更有徹悟，這是多年遍歷滄桑之人才會生成的特殊感懷。

　　除了多年的人生閱歷以外，陸游也經常強調精神的堅強不屈使他對失意落魄「不動其心」。其詩云：「山重水複怯朝寒，一卷窗間袖手看。朱擔長瓶列雲液，絳囊細字拆龍團。數峰移自侏儒國，一研來從黯淡灘。要識放翁頑鈍處，胸中七澤著猶寬。」〔註122〕此詩作於慶元四年（1198）冬，距罷歸山陰已近九年。它以四分之三篇幅展現一片恬淡平靜的世界，末兩句方才點出：其實，這並非逍遙忘世之境，而是一位「胸中有七澤之人」的世界。而「頑鈍」則是「胸中七澤」的底層精神。恬淡平靜的表現下，有人格力量的支撐。

　　陸游所謂「頑」有時有遲鈍之意，〔註123〕但他更強調的是其「頑強」之意。他明確提出：「古言『忍』字似而非，獨有『癡』『頑』二字奇。此是龜堂安樂法，大書銘座更何疑？」〔註124〕「癡」有遲鈍、不慧之意。「頑」既然與它並列為「安樂二法」，顯然非指愚鈍，而應是不易動搖的「頑強」之意。「忍」強調的是逆來順受的情感克制，

〔註120〕卷48，頁2890～2891。

〔註121〕卷70，頁3895。

〔註122〕〈菴中晨起書觸目〉四首之一，卷38，頁2452。

〔註123〕例如「蕭條冬令侵春晚，淅淅寒聲滴夜長。更事老翁頑到底，每言宜睡好燒香。」（〈春雨絕句〉六首之六，卷22，頁1642）此詩中的「頑」，可以理解為「麻木、遲鈍」。

〔註124〕〈雜感〉，卷55，頁3226。

有被動義；「癡」與「頑」則分別爲從根本上根絕好惡等情感，以及具有更明確的反抗逆境的意志，因此帶有較強的主動義。陸游更強調人應以積極的作爲獲取心靈的充實，因此肯定後者。

又如〈余年四十六入峽忽復二十三年感懷賦長句〉在追憶入蜀時的經歷後所云：「已把癡頑敵憂患，不勞團扇念寒灰」〔註125〕；〈初冬有感〉在體認到自我「峨冠本願致唐虞，白首那知墮腐儒」等處境後云：「要信此翁頑到底，只持一笑了窮途」〔註126〕；〈初夏閒居〉八首之七云：「功名會上元須福，生死津頭正要頑」〔註127〕；再如作於逝世前一年的〈堅頑〉，在敘述淡泊名利、清貧自樂的生活細節後總結云：「堅頑君勿怪，豈失遂吾初。」〔註128〕這些語境中的「頑」都傾向於指堅強不屈。〔註129〕

除了這些明白點出自我之「頑」的詩篇，從紀錄陸游其他行事與態度的詩篇中，也可見出他不爲憂患所困的頑強心態。莫礪鋒指

〔註125〕 全詩云：「當年弔古巴東峽，雪灑扁舟見早梅。宋玉宅邊新酒美，巫山廟下暮猿哀。樵柯爛盡棋方劇，客甑炊成夢未回。已把癡頑敵憂患，不勞團扇念寒灰。劉夢得〈團扇歌〉曰：『當時初入君懷袖，豈念寒爐有死灰？』」（卷27，頁1887）

〔註126〕 全詩云：「峨冠本願致唐虞，白首那知墮腐儒。碌碌不成千載事，駸駸又見一年徂。無僧解報齋廚米，有吏頻徵瘦地租。要信此翁頑到底，只持一笑了窮途。」（卷41，頁2590）

〔註127〕 卷66，頁3737。

〔註128〕 按：全詩云：「小市朝行藥，明燈夜讀書。雖殊帶箭鶴，要是脫鉤魚。有飯已多矣，無衣亦晏如。堅頑君勿怪，豈失遂吾初。」（卷78，頁4256）

〔註129〕 其他如「心如頑石忘榮辱，身似孤雲任去留。酒甕飯囊君勿誚，也勝滿腹貯閒愁。」（〈解嘲〉，卷68，頁3817）類似詩例尚有：〈立秋後作〉（卷46，頁2838）：「宋玉悲秋千載後，詩人例有早秋詩。老夫自笑心如石，三日秋風漫不知。」〈小軒〉（卷68，頁3834）：「碪杵聲中去日遒，小軒風露一簾秋。人間走遍心如石，分付寒螿替說愁。」〈鷓鴣天葭萌驛作〉：「看盡巴山看蜀山，子規江上過春殘。慣眠古驛常安枕，熟聽關關不慘顏。 傭服氣，懶燒丹，不妨青鬢戲人間。祕傳一字神仙訣，說與君知只是頑。」（夏承燾、吳熊和箋注：《放翁詞編年箋注》，上海：上海古籍出版社，2012，上卷，頁39）諸例中的「頑」，也都是堅硬頑強之意。

出，陸游生命意識的核心是「儒家以人生建樹來實現人生不朽的觀念」
〔註 130〕。這種力求有所成就的精神貫徹於詩人的一生，至老依然執
著不渝，也充分體現他的頑強精神。陸游追求自我成就的表現，除了
上一節剖析過的、在晚年致力於修養道德、化民成俗之外，還有在老
病貧困之境仍勤於讀書，其〈戊午元日讀書至夜分有感〉二首之二云：
「極知老境惟當佚，絕學端居恨未能。」〔註 131〕〈誦書示子聿〉二
首之二云：「父子共讀忘朝飢，此生有盡志不移。」〔註 132〕又如〈冬
夜對書卷有感〉云：「所聞要足敵憂患，吾道豈無其廢興？白髮蕭蕭
年八十，依然父子短檠燈。」〔註 133〕這些作為，在在顯示陸游雖然
難免有壯志難酬之慨嘆，但並未陷溺於失意之處境，而是經常有意識
地充實有限的生命、提升自我的人生境界，體現出昂揚奮發的精神。

　　曾有學者指出，出於馮道之語的「癡頑老子」是宋人愛用的語典，
其如中「包含了幾分裝瘋賣傻，最易被經歷了宦海風波，又欲傲然自
足，或勸自己放棄是非的人拿來使用。」〔註 134〕但在陸詩中，「癡頑」
或「頑」的意態，往往伴隨著一股傲然的自尊或清明的理性，而很少
有混世、頹放之意。這種堅強不屈的心志，或與閱歷的豐富相關；〔註
135〕或淵源於道德的自足、自信；或許也有幾分與政敵較勁的意味。

〔註 130〕　氏著：〈陸游詩中的生命意識〉，《江海學刊》，2003 年第 5 期，頁
　　　　　　172。
〔註 131〕　卷 36，頁 2353。
〔註 132〕　卷 49，頁 2975。
〔註 133〕　卷 55，頁 3240。又，關於陸游作有大量的描繪讀書生活之詩。關
　　　　　　於此類詩歌的藝術特點及其中展現的詩人形象，詳參莫礪鋒：〈陸
　　　　　　游「讀書」詩的文學意味〉，《浙江社會科學》，2003 年第 2 期，頁
　　　　　　155～161；〈陸游詩中的學者自畫像〉，《南京師範大學文學院學
　　　　　　報》，2003 年 6 月，第 2 期，頁 20～26。
〔註 134〕　沈金浩：〈宋代文人自稱「老子」的文學文化學解析〉，《求是學刊》，
　　　　　　33 卷 2 期，2006 年 2 月，頁 113～114。
〔註 135〕　「癡頑直為多更事，莫怪胸懷抵死寬」（〈閒中偶題〉二首之二，卷
　　　　　　7，頁 576）、「人間走遍心如石，分付寒螿替說愁」（〈小軒〉，卷 68，
　　　　　　頁 3834）等詩句即揭露「頑」與閱世已久的關聯。

雖然強調自我之「頑」所流露的倔強態度，與宋儒普遍崇尚的幾種人格氣象——圓融灑落、從容中正、敬畏和樂等——不甚相同，〔註136〕但畢竟令陸游並未陷入老邁之人常見的銳氣衰竭、意志消沉。堅定地對個人的得失成敗保持不動心、不計較的態度，也直接導致他在漫長的鄉居歲月中，仍能保有欣賞生活的能力與對生命的熱愛。

陸游屢次提及開朗的胸懷或頑強的精神與他得以感受美好、享受生活的關係。例如〈園中小飲〉云：「此老胸中萬頃寬，小園幽徑日追歡。寧教酒欠尋常債，恥就人求本分官。高柳陰濃煙欲暝，叢花紅濕露初溥。要知澤國年光晚，已過清明尚淺寒。」〔註137〕又如〈初夏幽居偶題〉四首之一云：「放逐還家一老翁，癡頑自笑更誰同？倚欄風月黃昏後，攜杖園林綠潤中。泳水小魚依藻荇，覓巢輕燕拂簾櫳。此身要豈堅牢物？莫遣須臾酒盞空。」〔註138〕再如〈早春出遊〉云：「人生何適不艱難，賴是胸中萬斛寬。尺宅常朱那待酒，上池頻飲自成丹。楚祠花發呼舟去，禹穴雲生倚杖看。更有新春堪喜事，一村簫鼓祭蠶官。」〔註139〕除了這些直接點出兩者關係的詩篇之外，陸游晚年詩中更是經常出現忘懷得失之閒適心境，與賞玩生活細節或山水風景交錯出現的情形。這都帶給人前者與後者密切相關的印象。

綜上所述可知，晚年的陸游由於歷遍盛衰轉變、看多了滄海桑田，並堅持以頑強的精神面對人生的憂患，因此能保持海涵七澤般的寬廣胸懷，很大程度上淡化了對恩怨悲歡的計較與執著。論文第

〔註136〕關於圓融灑落、從容中正、敬畏和樂等人格氣象的內涵與特徵，詳參付長珍：《宋儒境界論》（上海：上海三聯書店，2008），頁 69～117。

〔註137〕卷 29，頁 2007。

〔註138〕卷 32，頁 2141。

〔註139〕卷 65，頁 3690。按：類似詩例尚有〈秋興〉三首之二（卷 25，頁 1785）；〈初春書喜〉（卷 42，頁 2643）；〈老甚自詠〉（卷 56，頁 3288）；〈秋來益覺頑健時一出遊意中甚適雜賦五字〉十首之五（卷 78，頁 4243）等。

四章的分析將顯示，陸游眼中的鄉村生活，經常是歡快的；他寄情的田園景物，經常是明麗的。這正是詩人能超越個人榮辱、得喪的束縛，投入並熱愛當下的生活的結果。可以說，努力保持頑強開朗的心境，是陸游能作出大量細膩多彩、愉悅清新的田園詩極為重要的原因。

　　曾有日本學者指出：陸游「對與自己一樣旅寓蜀中的杜甫，懷有強烈的親切感。然而杜甫那種凝集力即有時瀕於絕望的尖銳化的憂愁，在陸游的作品中是沒有的。他在本質上是樂天的，由於主戰派接連受挫而湧起的悲哀不過是其感情的一個方面的極端，而缺乏內在的深度。務實性極其濃厚的詩人陸游，其精神之歸宿，是穩固地擁有故鄉山陰農村的地主生活。尤其是幾乎都在故鄉渡過的晚歲二十年中，在其縱橫歌詠農村自然與人事的許多許多作品（特別以七律為優）中，能聽到詩人如同呼吸於這一環境中的寧靜的氣息。」〔註140〕

　　我們以為，論者將包括許多田園詩在內的陸游晚年詩作帶有寧靜氣息，歸因於詩人的「樂天」或「務實性極其濃厚」的性格，不免有過於簡單化之虞。這應是並未將陸游相關的心路歷程考慮進去所作的結論。尋繹陸游心態自中、壯年至晚年的轉換後可發現，其鄉居詩作中濃郁的恬靜氣息之所以產生，是仕進之志的逐漸淡化與晚年心態的開朗頑強共同作用的結果，而很難說是特定性格直接造成的。進而言之，陸游愛國詩作的底蘊（即是否「缺乏內在的深度」），及其與田園等詩作何以有較大的調性差別，也宜作更細緻全面的探究，方能得出更公允的結論。

　　創作心態作為一種有相對持續性的心理狀態，對陸游詩美感、情調總體傾向的形成有規約、導向作用。但我們若要更深入地理解陸詩蘊含的觀念意識、人生情懷與審美心理，尚須探究陸游的思想背景。

〔註140〕 【日】前野直彬主編，駱玉明、賀聖遂等譯：《中國文學史》（上海：復旦大學出版社，2012），頁125。

第四節　儒、道、禪兼容的思想結構

　　陸游與多數宋代士大夫一樣，對儒、佛、道三家採取雖主從有別但大致上兼容並蓄的態度。這三種人生哲學作為思想觀念與處世態度的基石，直接影響了他如何去觀察、體驗世界，以及表現何種感受內容、人生態度。因此其思想結構也是我們賴以深入理解其詩的重要背景。為了避免論述的空疏，以下我們將先分論陸游儒、道、禪思想的主要方面，再綜述兼容三教的思想結構對陸詩基本精神的影響。

一、儒家思想

　　陸游的思想觀念雖然兼容三教，也較長期浸潤道、釋，但他對道、釋的主要精神如以虛無為本、以嚮往彼岸或成仙成佛為解脫之道等，始終不能真正全盤接受。他思想的核心仍是儒家。因此，無論是先秦以來的儒家傳統思想，或是在宋代新興的理學，都在陸游詩留下深刻的烙印。

　　陸游自云：「老益尊儒術，閑仍為國憂。」〔註141〕雖然他並無儒家思想方面的著述，但儒經的確在其心目中居於崇高的地位。他在晚年退居山陰後依然推崇「六經」，頻繁地表現對堯舜、周孔的景仰；〔註142〕並以研讀「六經」為緬懷唐虞治世的憑藉，或藉此表達自我服膺儒術之篤誠。〔註143〕他不僅終身以「儒生」自居，〔註144〕並且

〔註141〕〈初秋夜賦〉，卷62，頁3560。
〔註142〕如〈六經〉二首之一（卷41，頁2577）：「六經聖所傳，百代尊元龜。諄諄布方冊，一字不汝欺。」〈六經示兒子〉（卷38，頁2459）：「六經如日月，萬世固長懸。」〈蕩蕩〉（卷59，頁3440）：「蕩蕩唐虞去日道，孔林千載亦荒丘。六經殘缺幸可攷，百氏縱橫誰復憂。釋書恐非《易》《論語》，王迹其在《詩》《春秋》！君臣父子未嘗泯，吾道尚傳君但求。」〈讀老子傳〉（卷34，頁2230）：「巍巍闕里與天崇，《禮》《樂》《詩》《書》萬世宗。但説周公曾入夢，寧於老氏歎猶龍？」
〔註143〕如〈後書感〉（卷50，頁3002）：「貧賤終身志不移，閉關涵泳賴書詩。唐虞未遠如親見，周孔猶存豈我欺？」〈老學菴〉（卷50，頁3000）：「老學衡茅底，秋毫敢自欺。開編常默識，閉戶有餘師。大

屢次於詩中叮囑兒孫承傳世代業儒之家風。〔註 145〕儒家思想對陸游有較深影響者，除了已爲研究者多次強調的忠君愛國思想之外，還包括重農思想與仁愛精神。〔註 146〕

　　儒家思想以民爲本，因此極爲關注農業生產，經常將發展農業視

節艱危見，眞心夢寐知。唐虞元在眼，生世未爲遲。」〈雨夜書感〉二首之二（卷 32，頁 2126）：「儒生不自貴，執藝等卜祝。《詩》《書》定何物，爲汝市爵祿。唐虞雖日遠，凜凜猶在目。誰能舉其要，治功端可復。」〈雜感〉六首之二（卷 60，頁 3450）：「士生誦二典，怳若生唐虞。陞降奉玉帛，可否聞吁俞。關里得其傳，功與造化俱。孰知千載後，乃尊重譯書！」

〔註 144〕如〈孤學〉（卷 54，頁 3202）：「孤學雖違俗，猶爲一腐儒。家貧占力量，夜夢驗工夫。正復安三徑，寧忘奏六符？殘年知有幾，自怪尚區區。」〈江樓〉（卷 8，頁 658）：「急雨洗殘瘴，江邊閒倚樓。日依平野沒，水帶斷槎流。擣紙荒村晚，呼牛古巷秋。腐儒憂國意，此際入搔頭。」〈儒生〉（卷 47，頁 2844）：「儒生安義命，所遇委之天。用可重九鼎，窮寧直一錢？雖云髮種種，未害腹便便。高臥芳簷下，羹藜法不傳。」

〔註 145〕如〈示兒〉（卷 54，頁 3186）：「得道如良賈，深藏要若無。冶金寧輒躍？韞玉忌輕沽。儒術今方裂，吾家學本孤。汝曹能念此，努力共枝梧。」〈示子孫〉（卷 58，頁 3386）：「累葉爲儒業不隳，定知賢傑有生時。學須造次常於是，道豈須臾或可離？我老已無明日計，心存猶惜寸陰移。巍巍夫子雖天縱，禮樂官名盡有師。」又，關於陸游思想以儒家爲本的詳細研究，可參邱鳴皋：《陸游評傳》（南京：南京大學出版社，2002），頁 260～328；于北山：〈評陸游的道家思想〉，氏著：《陸游年譜·附錄》（上海：上海古籍出版社，2006），頁 582～583。

〔註 146〕邱鳴皋論及陸游思想時提及，「農本思想，蓋倡自戰國的韓非。……後代有爲之君主，其興國富民，亦多以重農始。」繼而指出陸游繼承並發展了古代的重農思想。（氏著：《陸游評傳》，頁 342～343。）我們認爲應該釐清的是，陸游的農本思想是純粹繼承儒家的。雖然先秦時的確是法家打開了重農抑商的局面，但後代儒家持此主張者以「重農」爲推行仁政與民本思想的重要手段，與法家的出發點不完全相同。詳參胡克森：〈「重農抑商」：一個儒法相融的歷史案例——以戰國秦漢作爲分析範本〉，《邵陽學院學報·社會科學版》，9卷 1 期，2010 年 2 月，頁 116～122；宋利娜：《先秦儒家農業觀探析》，鄭州大學年 2010 碩士論文，王星光先生指導，頁 29～42。而陸游的重農觀顯然與儒家一脈相承。

爲社會政治活動的第一要務。〔註147〕在宋代，重農思想得到了最高統治階層更充分的重視，其具體表現之一就是勸農之政日常行政化。〔註148〕陸游文集中也有三篇勸農文，分別爲任官於夔州與嚴州時所作。〔註149〕表面看來，它們與其他人的勸農文內容大同小異，不出宣揚帝王愛農、重農之意，教誨農民勤耕勿惰等範圍。〔註150〕但其中「農爲四民之本，食居八政之先」〔註151〕、「爲政之術，務農爲先。使衣食之粗充，則刑辟之自省」〔註152〕的重農思想，卻並非只是徒具形式的官樣文章。陸游對農民的關注、對農業的重視在退居後依然如故，就是有力的證明。〈溪上作〉二首之二云：「傴僂溪頭白髮翁，暮年心事一隻節。……天下可憂非一事，書生無地效孤忠。〈東山〉、〈七月〉猶關念，未忍沉浮酒醆中。」〔註153〕此詩作於紹熙四年，距淳熙十六年退居山陰已有四年。所謂「猶關念」者，即陸游身處鄉間時仍念念不忘者，應可解讀爲其心底最關切的社會情況。其中〈七月〉宣揚周人勤於農事之道，關念〈七月〉，實指心繫農業發展。〔註154〕

陸游明言耕桑爲王業之本，〈谿上雜言〉云：「樹桑釀酒蕃雞豚，是中端有王業存。」〔註155〕〈病中作〉二首之二：「唐堯授四時，帝道所

〔註147〕 詳參張五綱：〈儒家「重農」思想研究——以《齊民要術》爲例〉，《浙江農業學報》，21 卷 5 期，2009 年，頁 515～516。

〔註148〕 相關研究詳參孔祥軍：〈「農爲正本，食乃民天」——試析宋代「重農」思想在國家層面的反映〉，《南京農業大學學報·社會科學版》，11 卷 4 期，2011 年 12 月，頁 102～108；包偉民、吳錚強：〈形式的背後：兩宋勸農制度的歷史分析〉，《浙江大學學報·人文社會科學版》，34 卷 1 期，2004 年 1 月，頁 38～40。

〔註149〕 載於《渭南文集》，卷 25。

〔註150〕 關於宋代一般重農文的內容，詳參包偉民、吳錚強前揭文，頁 42～44。

〔註151〕 〈丁未嚴州勸農文〉，卷 25，頁 223。

〔註152〕 〈戊申嚴州勸農文〉，卷 25，頁 223。

〔註153〕 卷 28，頁 1964。

〔註154〕 陸游極爲認同〈豳風·七月〉中蘊含的勤於農事之道。詳參本文第五章第三節。

〔註155〕 卷 27，頁 1919。

以成。周家七百年，王業本農耕，造端無甚奇，至今稱太平。」〔註156〕
〈雜興〉六首之一：「秦漢區區了目前，周家風化遂無傳。君看八百年
基業，盡在〈東山〉、〈七月〉篇。」〔註157〕到八十四歲，他仍認爲：「總
角入家塾，學經至豳詩，治道本畊桑，此理在不疑。」〔註158〕又如〈讀
史〉云：「民間斗米兩三錢，萬里耕桑罷戍邊。常使屏風寫〈無逸〉，應
無烽火照甘泉。」〔註159〕《尚書》〈無逸〉以開篇所云：「君子所其無逸。
先知稼穡之艱難，乃逸，則知小人之依。」〔註160〕爲全篇主旨，陸游推
崇此篇，表達的正是對「稼穡」乃立國之本的認識。

　　開禧二年，耒陽令曾之謹將自己所著的《農器譜》與其伯祖所著
之《禾譜》寄給陸游，陸游十分高興，題詩云：「歐陽公譜西都花，
蔡公亦記北苑茶。農功最大置不錄，如棄六藝崇百家。……我今八十
歸抱耒，兩編入手喜莫涯。神農之學未可廢，坐使末俗慚浮華。」〔註
161〕對農功推崇備至。詩人自己也著有《禾譜》，可惜已經亡佚。〔註
162〕譜錄至宋代發展到空前的高峰，是當時文士階層尚雅、尚博之風
的產物，並與文人日常生活中的高雅事物緊密結合。撰寫譜錄因而成
爲士大夫標榜自我之好古博雅的標誌性行爲。〔註163〕但在宋代譜錄的
作者中，像陸游這樣讚許他人「禾譜」，且自己也從事撰述的情形，應
該不多見。這點與以上幾個面向，都充分反映陸游對農業的高度重視。

〔註156〕卷35，頁2305。
〔註157〕卷50，頁3013。
〔註158〕〈幽居記今昔事十首以詩書從宿好林園無俗情爲韻〉之一，卷76，
　　　　頁4167。
〔註159〕卷49，頁2940。
〔註160〕漢・孔安國傳、唐・孔穎達等正義、許錟輝分段標點：《尚書正義》
　　　　（臺北：新文豐出版公司，2001），頁635。
〔註161〕〈耒陽令曾君寄《禾譜》、《農器譜》二書求詩〉，卷67，頁3771。
〔註162〕陸詩〈秋懷〉十首之六（卷68，頁3802）云：「身嘗著《禾譜》」。
　　　　孔凡禮〈陸游佚著輯存〉將《禾譜》列入「佚著考目」。詳參宋・
　　　　陸游撰：《陸游集》（北京：中華書局，1976），頁2548。
〔註163〕詳參王瑩：〈宋代譜錄的勃興與名物審美的新境界〉，《鄭州大學學
　　　　報・哲學社會科學版》，47卷5期，2014年9月，頁113～116。

　　本論文的四、五兩章即將指出，陸游在田園詩中屢次表達對農民豐收之樂的欣喜、並以農村男耕女織、時平歲豐的景象為「太平」的縮影；乃至於以「力耕」為報國之途。凡此種種，都與詩人的重農思想有直接的關係。

　　儒家的仁愛思想，更是陸游田園詩的精髓與靈魂。在接下來的分析中，我們將會看到，種種人際的關懷以及與之密切相關的生活情事，被陸詩反復地、細膩地描繪詠嘆，成為其一大特色。在抒發田園之樂的各類主題中，滲透著諸如父子、鄰曲、朋友之際濃郁的人間溫情，洋溢著民胞物與的博厚情懷；在表達自我失意之悲的篇章裡，依舊充斥著報效社稷的責任感，回盪著關切時局的心聲。凡此種種，都是深受儒家仁愛思想薰陶的表現。只有關心社會、宅心仁厚如陸游者，才能表現出「投身在災難裡、把生命和力量都交給國家去支配的壯志和宏願」〔註164〕，不忘生活於水深火熱中的北方同胞；也才能在晚年入世濟民之可能已然渺茫之際，仍心繫蒼生，創作出別開生面的田園詩篇。

　　陸游也與理學有甚深淵源。他終身尊重的老師曾幾，其學「源委實自程氏」，「獨以誠敬倡導學者。吳越之間，翕然師尊，然後士皆以公篤學力行、不譁世取寵為法。……道學既為儒者宗，而詩益高，遂善天下。」〔註165〕陸游也與當代理學家有交往。例如隆興二年（1164）陸游任鎮江通判時，曾晉謁與陸家有故交的右丞相督軍張浚，其子張栻（1133～1180），也是理學中「南軒學」的創始人，與他「相與論議」、「無日不相從」。〔註166〕陸九淵的姪子陸煥之（1140～1203）亦為其好友。陸游稱許他「家世為儒，力學篤行，至老不少衰。所為文，皆本六經，無一毫汨於釋、老。」〔註167〕〈次金溪宗人伯政見寄韻〉

〔註164〕錢鍾書：《宋詩選注》（北京：生活・讀書・新知三聯書店，2003），〈陸游小傳〉，頁271。
〔註165〕〈曾文清公墓誌銘〉，卷32，頁288。
〔註166〕〈跋張敬夫書後〉，卷31，頁273。
〔註167〕〈陸伯政山堂類稿序〉，卷15，頁140。

有句云：「道義流聞意已傾，豈知晚歲託齊盟。」〔註168〕三年後〈贈陸伯政〉又云：「未喪斯文天壽我，豈無餘子我思君。」〔註169〕有引陸煥之為同調之意。

　　理學大師朱熹與陸游更有長達二十餘年的交誼。他們不僅多次題詩互贈、也表達對對方弟子僚屬的讚許。陸游早年就相當推崇朱熹的道德文章，有詩云：「有方為子換凡骨，來讀晦菴新著書」〔註170〕、「天下蒼生未蘇息，憂公遽與世相忘」〔註171〕，隱然將朱熹比作謝安，期待他出山為國效力。慶元年間兩人均處於謫廢之境，朱熹仍向陸游表示生活上的關心，〔註172〕陸游則無視當政者對朱熹的打壓，作墓銘盛讚朱門弟子方士繇「熏陶器質，涵養德業，磨礱浸漬於至以廣大高明者，蓋朱公作成之妙，而伯謨甫有以受之也。」〔註173〕肯定了朱熹的理學思想。慶元六年（1200）朱熹去世後，陸游不顧黨禁的嚴峻，作文祭悼。其詞雖有所避忌，但悼念之情的沉痛溢於言表。〔註174〕陸游對朱熹頗為懷念，嘉泰元年（1201）〈新涼書懷〉四首之三有「晦翁入夢語蟬聯」之句，自注云：「昨夕夢朱元晦甚款」〔註175〕。次年（1202），又為朱熹《易傳》作跋。〔註176〕

　　由存留至今的資料可見，陸游不僅與當時著名理學家有相當的交情，對他們的道德、思想也有一定程度的熟悉與認同，受其影響也就在意料之中。

〔註168〕卷40，頁2555。
〔註169〕卷51，頁3053。
〔註170〕〈寄題朱元晦武夷精舍〉五首之二，卷15，頁1201。
〔註171〕〈寄題朱元晦武夷精舍〉五首之三，卷15，頁1202。又，關於陸游與朱熹歷年交往的詳細情況，請參邱鳴皋《陸游評傳》（南京：南京大學出版社，2002），頁211～214。
〔註172〕慶元三年（1197）冬，朱熹罷官居建寧，冬季還寄紙被給陸游，陸游有〈謝朱元晦寄紙被〉兩首（卷36，頁2350）。
〔註173〕〈方伯謨墓誌銘〉，卷36，頁319。
〔註174〕〈祭朱元晦侍講文〉，卷41，頁364。
〔註175〕卷47，頁2848。
〔註176〕〈跋朱氏易傳〉，卷29，頁258。

　　理學對陸詩的影響，主要體現在對道德綱常的重視，以及對天地間流轉之生機的抉發與欣賞。例如作於三十歲時的〈和陳魯山十詩以孟夏草木長遶屋樹扶疏爲韻〉十首之一云：「言語日益工，風節顧弗競。杞柳爲桮棬，此豈眞物性。」〔註177〕之九云：「萬物備於我，本來無欠餘。竂儒可憐生，東抹復西塗。」〔註178〕許總指出兩詩：「全同理學家強調內省修養、性情之正的思想。」〔註179〕理學的核心是性理之學，陸游也認爲古之學者「其所遇雖不同，然於明聖人之道，闡性命精微之理，則一也。」〔註180〕宋儒將倫理道德觀念提升到「天理」的高度，以之爲事物存在的依據與人的本質，並力求修養道德，以臻至與天道合一之境。陸游也認同「人皆可堯舜，身自有乾坤。」〔註181〕「人人本性初何欠，字字微言要力行。」〔註182〕主張人應努力發揚天命之性，以在「天爵」、「吾道」的修持中契合天理，獲得無求於外的安頓。〔註183〕理學重視誠、敬等修養功夫，陸詩則云：「八十光陰猶幾許，勉思忠敬盡餘生。」〔註184〕「老負明時無補報，惟將忠敬事心君。」〔註185〕「亹亹循天理，兢兢到死時。」〔註186〕論調正與理學家如出一轍。

　　陸游也接受了理學重視「生生」的觀念。宋代理學認爲，宇宙是一個有機聯繫的和諧整體，並且以連綿不絕的生生活動爲根本特

〔註177〕　卷 1，頁 7。

〔註178〕　卷 1，頁 13。

〔註179〕　氏著：〈論南宋理學極盛與宋詩中興的關聯〉，《社會科學戰線》，2000年第 6 期，頁 106。

〔註180〕　〈陸伯政山堂類稿序〉，卷 15，頁 140。

〔註181〕　〈書意〉，卷 83，頁 4450。

〔註182〕　〈睡覺聞兒子讀書〉，卷 25，頁 1818。

〔註183〕　〈村舍雜書〉十二首之十（卷 39，頁 2513）：「及今反士服，始覺榮天爵。出入阡陌間，終身有餘樂」；〈寓言〉三首之三（卷 48，頁 2921）：「藜羹均玉食，茅屋陋朱門。耕釣此身老，乾坤吾道尊。」

〔註184〕　〈聞蛩〉，卷 54，頁 3177。

〔註185〕　〈仲秋書事〉十首之八，卷 78，頁 4232。

〔註186〕　〈衰嘆〉，卷 61，頁 3523。

徵。這一生生流行即是仁。萬物皆秉此生機以爲自性。〔註187〕朱子
更指出秋冬盛夏亦是生生不息，亦是生意貫通。而且動靜間不是機
械性的靜止和動作的彼此交替，動靜是貫通的、統一的。因此，從
隱微虛靜處體會動、從死中體會生，是認識「生生」的重要方面。
〔註188〕

　　生生不已是天地仁德的體現，且流轉不息的生命之理貫通於萬
物，所以理學重視玩味自然界活潑潑的感性生命，從中體悟天地之
仁、淨化自我之心靈，或展示得道者的胸襟修養。「在理學家那裡，
體道識仁每每表現爲對生命與自然的禮讚與欣賞，天道之『生』由此
而化爲道德境之『仁』，進而轉化爲審美境界之『樂』。」〔註189〕
與之相應，「兩宋理學家的詩歌，對自然的關注點主要集中在變動不
居、生機勃勃、欣欣向榮的景象上，從中去領悟天理的流行化育、領
會『四時佳興與人同』的意趣。」〔註190〕

　　陸游的思想亦受理學沾溉，他的許多詩文都蘊含著上述理學觀念
的痕跡。例如〈幽居即事〉二首之一：「霜林兩株橘，春圃數畦菜，
仁哉造物心，乞我曾不愛。」〔註191〕以冬春蔬果的生長不息爲造物
「仁心」之體現；又如〈苦寒〉詩云：「誰知冰雪凝嚴侯，自是乾坤
愛育心。」〔註192〕作於秋冬之際的〈旅社〉云：「木落不妨生意足，
水歸猶有漲痕存。」〔註193〕霜雪蕭瑟中仍體現了天地生物之心，顯

〔註187〕陳來：〈仁學本體論〉，《文史哲》，2014年第4期，頁44。

〔註188〕向世陵：〈易之「生」意與理學的生生之學〉，《周易研究》，2007年
第4期，頁72～73。

〔註189〕黃寶華：〈從「透脫」看誠齋詩學的理學意蘊〉，《文學遺產》，2008
年第4期，頁74～75。

〔註190〕張鳴：〈即物即理　即境即心──略論兩宋理學家詩歌對物與理的
觀照把握〉，陳平原、陳國球主編：《文學史》（北京：北京大學出
版社，1996），第3輯，頁57。

〔註191〕卷84，頁4513。

〔註192〕卷16，頁1236。

〔註193〕卷69，頁3848。

然與朱子思想相通。又如〈甕池〉云:「埋甕東階下,灩灩一石水。買魚畜其間,鱍鱍三十尾。力微思及物,為惠止於此。無風水不搖,得志魚自喜。涵泳藻與蒲,永不畏刀几。飯罷時來觀,相娛從此始。」〔註194〕揭露對活潑生意的珍重與自我的仁民愛物之志相呼應。這些詩都體現理學「觀生意」思想的深刻影響。〔註195〕

理學的社會理想也對陸游有所啟發。宋儒構思的理想社會的特點,在於大力提倡倫理精神,從而將政治與歷史倫理化,並使社會結構固定在宗法倫理的框架之中。理學家還將遠古與三代視為理想社會的化身,主張以三代奉行的井田、宗法、封建及禮樂教化等制度來治理天下。〔註196〕陸游在詩中也表示過對這些觀念的認同,例如〈歲暮感懷以餘年諒無幾休日愴已迫為韻〉十首之十:「井地以養民,整整若棋畫。初無甚貧富,家有五畝宅。哀哉古益遠,禍始開阡陌。富豪役千奴,貧老無寸帛。因窮禮義廢,盜賊起蹙迫。誰能講古制,壽我太平脈?」〔註197〕又如〈跋蔡忠懷送將歸賦〉讚許「宋興百餘年,累聖致治之美,庶幾三代。」〔註198〕

在論文第四、五章的文本分析中,我們將指出,陸游田園詩在嚮慕農村民情、表白自我志意與人生目標時,都有重視倫理綱常、道德人格的傾向。此外,陸游經常在田園間體會盈溢天地的生機流轉之趣。在理解了陸游的思想背景之後,我們可以確定,這類內涵受到理學思想的影響。

〔註194〕 卷82,頁4422。

〔註195〕 類似的例子還有〈野興〉二首之二(卷76,頁4158):「東望城闉十里遙,野人生計日蕭條。棋枰棄置機心息,肉食蠲除業境消。送藥時時過鄰父,放魚日日度溪橋。自憐愛物還成癖,門巷春來草沒腰。」頷聯顯示道、佛思想為閒居時的心理寄託,尾聯由周敦頤不除覆砌茂草,以觀造化生意之事衍化而來,又表現「送藥」、「放魚」等仁愛行為與理學的淵源。

〔註196〕 詳參范立舟:〈宋儒對理想社會的構思〉,《杭州大學學報》,27卷3期,1997年9月,頁99～103。

〔註197〕 卷31,頁2114。

〔註198〕 卷29,頁261。

　　葛曉音曾指出，濫觴於陶淵明，並爲唐代王、孟等人發揚光大的田園詩傳統，基本上以體合自然、適己爲樂爲宗旨，體現出道家與玄學自然觀的影響。〔註 199〕但陸游田園詩明顯滲透了儒家思想的影響。這是陸詩異於前代田園詩的一大特點。但是它又不同於元、白等人的「田家苦」之詩旨在針砭時弊，具有較明顯的實用性與針對性；而毋寧說是指向自我的，其中最爲突出的是詩人心繫天下的浩博胸臆，與爽朗剛健的道德精神。

　　陸詩的這種新變，既是個人崇儒思想的反映，也與宋代儒學強調倫理道德規範的文化背景有淵源。但陸詩並非一味強調個人的社會性情懷，其詩境仍帶有道家和佛禪思想的烙印。已有學者指出，宋代社會的文化心理結構有顯著的二重性特徵：一方面，宋代的士大夫比起以往更具有強烈的憂患意識與濟世精神，但另一方面，宋代士大夫也仍重視並追求個體存在與人性自由。這種文化心理的二重性結構，突出地表現在士大夫中影響甚大的儒、佛互補思維模式中。〔註 200〕陸游的思想結構在儒家思想之外，兼容道家與佛教思想。這使其田園詩的新境也帶有關注個體存在與人性自由的鮮明色彩。

二、道家與禪宗思想

　　陸游的家庭中道家或道教的習尚都比較濃厚，對他也有較大影響。陸游高祖陸軫親受〈三住銘〉於神仙施肩吾，〔註 201〕陸家從此「累世相傳〈三住銘〉」。祖父陸佃也與方外交往密切，他傳世不多的著作裡，就有與慈覺大師、李柔得道士、眞戒大師、法雲長老重喜等人的酬贈之作。〔註 202〕

〔註 199〕〈論山水田園詩派的藝術特徵〉，氏著：《詩國高潮與盛唐文化》（北京：北京大學出版社，1998），頁 109～114。

〔註 200〕潘立勇：《朱子理學美學》（北京：東方出版社，1999），頁 65～68。

〔註 201〕陸游對此深信不疑，有〈跋修心鑑〉（卷 26，頁 232～233）詳細記述陸軫遇仙經過。

〔註 202〕參氏著：《陶山集》，卷 1、卷 3。

　　陸游本人也深受道家的薰陶。他不僅多與道士來往，甚至曾以煉丹的方式追求長生。研讀道家或道教典籍更是他終身不倦的活動。他自述玉笈齋所藏的道書達兩千卷，以嚴君平《道德經指歸》為首。〔註203〕常讀的道書則包括《老子》、《莊子》、《黃庭經》等。

　　尤其在晚年退居山陰後，《老》、《莊》尤其是《莊子》成為他重要的精神食糧。其詩云：「退居消日月，太半付莊周。」〔註204〕「門無客至惟風月，案有書存但老莊。」〔註205〕「手自掃除松菊徑，身常枕藉老莊書。」〔註206〕「散髮林間萬事輕，夢魂安穩氣和平。……一篇說盡逍遙理，始信蒙莊是達生。」〔註207〕「築舍水雲鄉，蕭然似淨坊。……素壁圖嵩華，明窗讀老莊。與人元淡淡，不是故相忘。」〔註208〕「奇文窺楚屈，妙理玩蒙莊。」〔註209〕「點誦內篇莊叟語，長歌半格白公詩。」〔註210〕從中可以想見他閉戶徜徉於老莊玄境的情狀。

　　陸游對佛教也有不少接觸。雖然他沒有對佛教義理作深入的探究，但其詩文中卻有大量與禪師和佛法有關的作品和議論，陸游在宦遊期間或退居故鄉時期，也都與名僧大德有交往，並為其撰作碑記塔銘。〔註211〕可見他對佛教、尤其是當時流行的禪宗仍有一定的熟悉度。〔註212〕

〔註203〕〈跋老子道德古文〉，卷26，頁234。
〔註204〕〈書室獨夜〉，卷45，頁2778。
〔註205〕〈閑中〉，卷30，頁2058。
〔註206〕〈自笑〉，卷76，頁4159。
〔註207〕〈雜興〉二首之二，卷42，頁2642。
〔註208〕〈築舍〉，卷54，頁3189。
〔註209〕〈新涼〉，卷83，頁4457。
〔註210〕〈古壽人至聞五郎頗有老態作長句自遣〉，卷82，頁4403。
〔註211〕詳參《渭南文集》，卷16～22。
〔註212〕關於陸游與佛教的關係，詳參伍聯群：〈論陸游的佛教思想〉，《船山學刊》，2007年第2期，頁132～134；麻天祥：〈陸游與松源崇岳交游簡考〉，《中國政法大學學報》，2013年第5期，頁140～146。

　　道家所推崇的人與萬物相親相和、渾融無間的境界，〔註213〕及其所衍生的惜生、護生觀念，對陸游有甚深影響。道教認為，人與萬物均源於「道」，都是大道至德的顯現，因此所有生命都是平等的，人應該愛護並珍惜一切生命。道教的生命倫理即以「貴生」為基本價值取向。它認為善待萬物正是大道普濟美德的最好體現，也是做人的根本與修道的必須。人類之「富」也以自然界的生命興旺與物種多少為評判，萬物備足、生命各盡其年、物種延續發展則為「富」。它熱情讚頌生命從孕育到誕生的過程，並以戒律鼓勵護生、放生，強調戒殺。道教所建構的仙境（可視為審美理想的體現）重要特點之一，就是自然風景極為優美，動植飛禽與人類和諧雜處，共榮共生。〔註214〕

　　上述道流思想均能在其詩文中找到痕跡。惜生、放生、戒殺等觀念更是屢見於詩中。例如〈書屋壁〉：「築室鏡湖濱，於今四十春。放生魚自樂，施食鳥常馴。土潤觀鋤藥，燈清論養真。桃源隨處有，不獨武陵人。」〔註215〕較直接地揭示護生之舉與道教思想的淵源。又如〈懷舊〉三首之四云：「剡溪百里徹底清，石闌干裡真人行。大丹一粒擲溪水，禽魚草木皆長生。」〔註216〕詩中不無幻想的成份，但也顯示出對道教護生理想的認同。陸詩中類似內容亦多，如：「補柵

〔註213〕　在莊子所追懷的遠古社會，人生活在自然萬象的天然生機之中，對萬物不持知性的分解、佔有的態度，保持著無知無欲的素樸之心。人與萬物之間泯而未分，與物無傷、恬淡自得。詳參劉紹瑾：《復古與復元古：中國復古文學理論的美學探源》（北京：中國社會科學出版社，2001），頁40～43。

〔註214〕　道教的生命倫理與相關的審美取向，詳參張繼禹主編：《道法自然與環境保護——兼論道教濟世貴生思想》（北京：華夏出版社，1998），頁27～33；蔣朝君：《道教生態倫理思想研究》（北京：東方出版社，2006），頁205～293；胡雄：〈道教生態倫理的哲學涵蘊〉，《湖北廣播電視大學學報》，18卷1期，2001年3月，頁60～61；陳望衡：〈神仙境界與中國人的審美理想〉，《社會科學戰線》，2012年第2期，頁64～65。

〔註215〕　卷75，頁4106。

〔註216〕　卷55，頁3256。

憐雞冷，分糧憫雀飢。」〔註217〕「除卻放生并施藥，更無一事累天君」〔註218〕「燒草溫新犢，編籬護伏雌。」〔註219〕「孤村野徑不曾鋤，惡草從來一寸無。每爲遊魚疏港瀆，更緣啼鳥植楸梧。」〔註220〕「鵲從熟後頻分食，鹿漸馴來不避人。」〔註221〕「偶因將鹿出，遂作放魚行。」〔註222〕「摘此幽澗果，哺我高枝猿。」〔註223〕「拍蚊違殺戒，飲水動機心。老耄誰規我？忠言抵萬金。」〔註224〕他還有兩首〈戒殺〉詩，其〈雜感五首以不愛入州府爲韻〉之四，也反對無休止地戕害禽獸。

　　這些表達珍重萬物生命之情的詩篇大多作於晚年，與本論文第四章將詳論的、其田園詩體察生機蓬勃之美的現象，大致上是同一時期的產物。陸游田園詩中對各種飛潛動植生命活力的熱愛，應在很大程度上受到道教護生思想的影響。

　　此外，道家寡欲知分、因任天性的思想，以及禪宗無心任運、隨緣自適的思想，也對陸游有較大影響。陸游深受道家順任自然之性觀念的薰陶。道家肯定個體的生命價值，追求個體天性的自然發展，主張保全人自然而然的本初狀態，使之不被人爲的人文發明或政治倫理所斲喪。陸游屢次表示對此類思想的認同。例如在淳熙七年（1180），他正在提舉江南西路常平茶鹽公事的任上，調離蜀地已兩年，鎮日忙碌於茶鹽經營、訴訟公務、賑濟災民等，離抗金收復的志願日遠。其時所作的〈自贊〉即云「遺物以貴吾身，棄智以全吾眞」〔註225〕，顯示他在漂泊於「劍外江南」之間、浮沉宦海的歲月之中，仍以道家

〔註217〕〈縱筆〉三首之二，卷33，頁2204。
〔註218〕〈菴中雜書〉，卷55，頁3232。
〔註219〕〈幽居即事〉二首之一，卷73，頁4014。
〔註220〕〈幽居〉，卷57，頁3344。
〔註221〕〈初冬雜詠〉八首之八，卷79，頁4280。
〔註222〕〈舍傍晚步〉二首之二，卷79，頁4273。
〔註223〕〈哺猿〉，卷55，頁3252。
〔註224〕〈自警〉，卷57，頁3317。
〔註225〕卷22，頁204。

重視養護天性的觀念自期自勉。

　　淳熙八年（1181）剛退居山陰時也自陳：「性本自然憎截鶴，器非大受愧函牛。平生最愛嚴灘路，早晚貂裘換釣舟。」〔註226〕淳熙十五年嚴州任滿回山陰所作詩亦云：「冥鴻遠舉謝斯世，白鷗自放全其天。幽棲幸脫市朝械，捷徑那著功名鞭。」〔註227〕晚年退居時期，更是屢次抒發對遠離官場使本性免於在聲利、浮華中被污染扭曲的慶幸之意，如：「雖媿蛟龍起雲雨，尚勝魚鳥困池籠。秋來莫道無遊興，野渡村橋處處通。」〔註228〕「殘髮凋零不滿巾，閉門聊得養天真。」〔註229〕「雪滿漁蓑雨墊巾，超然無處不清真。……酒樓僧寺留詩徧，八十年來自在身。」〔註230〕八十歲後仍有詩云：「遯迹荒村慣忍貧，秋毫不使喪其真。」〔註231〕「行年過八十，形悴神則旺。往來江湖間，垂老猶疎放。」〔註232〕回顧一生坎坷的宦途以「歸聽鏡湖雨」告終，仍表示：「結廬三間茅，泛宅一枝艣。天真儻可全，吾其老煙浦！」〔註233〕在去世前一年和當年更分別留下了「野性從來與世疎，俗塵自不到吾廬」〔註234〕；「久泛煙波不問津，騰騰且復養吾真」〔註235〕等詩句。

　　他也很認同道家知足、知止的思想。他早在淳熙八年（1181）謫居山陰時就有〈對食〉詩闡發知足之理：「人苦不知足，貪欲浩無窮。豹胎日饜飫，萍虀卻時供。飲豚以人乳，萬乘亦改容。方其未遇時，鵝炙動英雄。哀哉王相國，計墮飯後鐘。所以賢達士，一視約與豐。我亦蹭蹬者，羈遊半生中。木盤飽藜莧，美與玉食同。口腹嗟幾何？

〔註226〕〈醉題〉，卷13，頁1041。
〔註227〕〈泛湖上雲門〉，卷20，頁1560。
〔註228〕〈秋晚書感〉，卷36，頁2337。
〔註229〕〈閉門〉二首之一，卷61，頁3496。
〔註230〕〈初歸雜詠〉七首之一，卷53，頁3164。
〔註231〕〈遯迹〉，卷75，頁4126。
〔註232〕〈讀王摩詰詩愛其散髮晚未簪道書行尚把之句因用爲韻賦古風十首亦皆物外事也〉之九，卷63，頁3596。
〔註233〕〈雜感五首以不愛入州府爲韻〉之五，卷61，頁3492。
〔註234〕〈野性〉，卷77，頁4189。
〔註235〕〈示客〉，卷83，頁4437。

曾是役我躬。放著一笑粲，賦詩曉愚公。」〔註236〕十餘年後他再度退居故鄉，作於慶元二年（1196）的〈二愛〉二首之一也表達了類似的意旨：「結屋不袤丈，著身還有餘。破壁作小窗，亦足陳吾書。無酒當飲水，無肉當飯蔬。知止乃不殆，此語良非虛。古人造道處，正自無絕殊。願君勿它求，且復愛吾廬。」〔註237〕二詩均以整首的篇幅闡發對道家知止、知足觀念的認同。

　　禪宗隨緣任運的思想亦為其知足心態的重要源頭。陸游詩歌、尤其是其晚年退居山陰之作多次可見相關情懷，例如〈村飲〉：「無念無營飽即嬉，老翁真個似嬰兒。」〔註238〕〈雜詠〉四首之一：「少日狂疏觸怒嗔，每緣憂患喪吾真。晚收咄咄書空手，卻作騰騰任運人。」〔註239〕〈秋興〉十二首之七云：「淹速從來但信緣，襟懷無日不超然。喚船渡口因閒立，待飯僧床得暫眠。」〔註240〕這些詩篇說明了陸游晚年所受的禪宗的影響。禪宗思想除了使他得以用無心於物、委順於世的態度面對退居的失意；另一方面也使他不起分別之心、於物無所貪戀。這樣，他才能隨遇而安，甘於眼前擁有的一切。「茆屋惟須補漏穿，家人衣食亦隨緣。」〔註241〕「一條紙被平生足，半盌藜羹百味全。放下元來總無事，雞鳴犬吠送殘年。」〔註242〕正揭示了「知足」與隨緣任運的關係。

　　禪宗無所執著的觀念，也使陸詩頻頻出現無往非快、無所不樂的情境。禪宗強調要回復「平常心」，亦即隨順現實之心，無有取捨，無所執著、不別是非，任其自然運作。〔註243〕這樣，自然能獲得清

〔註236〕卷14，頁1094。
〔註237〕卷34，頁2262。
〔註238〕卷40，頁2546。
〔註239〕卷74，頁4074。
〔註240〕卷68，頁3812。
〔註241〕〈示子孫〉，卷67，頁3777。
〔註242〕〈自詠絕句〉八首之六，卷61，頁3494。
〔註243〕方立天：〈洪州宗心性論思想述評〉，《中國社會科學》，1994年第2期，頁146。

淨自適的內在之樂，進入觸處皆春的境界。陸詩云：「客瞗終歲常稱疾，兒訝經旬嬾賦詩。枉卻愁過強健日，身閑何往不熙熙？」〔註244〕「我是人間自在人，江湖處處可垂綸。掃空紫陌紅塵夢，收得煙蓑雨笠身。」〔註245〕「綠樽一醉眞當勉，白髮千莖莫自疑。野渡山村梅柳動，身閑何處不熙熙？」〔註246〕所謂「身閑何往不熙熙」、「江湖處處可垂綸」，都是在主體破除審美執著之後才會產生的心態。

　　總之，道家順任天性、知足寡欲的思想與禪宗隨緣任運的觀念，既是陸游調節仕途失意的文化資源，也深深契入他的人生態度，並影響著他的思維方式和感受內容。下文即將論及，其田園詩日常之樂中充滿疏野率性、無拘無束的意興，恬適知足的情味；民情淳古之慕中表達農民純樸無僞的稱頌；安貧之志中蘊含全生養性的欣慰。它們均與此種價值取向密不可分。

　　陸游思想中兼容三教的現象，與時代文化有著深刻的淵源。以儒爲主、佛道爲輔的「三教合一」傾向，從中唐開始發展，至北宋蔚爲潮流。宋代士大夫多能同時吸收三家在人生哲學方面的思想，從而表現出與前代不同的處世心態。具體來說就是：「承擔社會責任與追求個體的自由、人格的獨立，已不再是互相排斥的兩極。儒家積極入世的思想使他們精神振奮，熱情參與政治，而道家任自然、輕去就的思想和佛家追求解脫的思想又使他們能超然對待人生的榮辱得失。」〔註247〕亦即融儒家崇尚倫理綱常、社會責任的思想與佛道超然物外、隨遇而安的精神於一身。既是仁者，也是達者。陸游身爲第一代成長於南宋、直承北宋文化的詩人，〔註248〕自然難以擺脫這種人格模式的影響。

〔註244〕〈老甚自詠〉二首之二，卷56，頁3289。

〔註245〕〈溪上小雨〉，卷78，頁4239。

〔註246〕〈去新春才旬餘霽色可愛〉卷69，頁3874。

〔註247〕張玉璞：《「三教合一」與宋代士人心態及文學呈現》，曲阜師範大學 2009 年博士論文，劉躍進先生指導，頁 36。

〔註248〕陸游不僅師從高宗朝後文化傳承的中堅人物曾幾，而且有接續北宋文化統緒、再造文化盛世的訴求。相關研究，詳參王建生《通往中

　　陸游以儒爲主、兼容佛道的思想結構，既從他直接表達三教觀念的詩文中透露出來，也必然在其他詩的詩境中有所反映。在他所有宦途失意時期的詩作都不難發現以下態度：既能達到閒適自由的心境、發現生活中瑣碎的美好與詩意；又不爲一己窮通所動，而依舊堅持儒家思想、砥礪自我操守、追求生命價值的實現。且此類詩歌越到晚年越多。田園詩作爲此期陸詩的重要組成部分，經常表現樂世且入世的情懷與雖然平和卻不流於枯槁消極的心境，也就順理成章了。

　　三教合一的思想結構，爲宋代士人提供了爲官處世進退自如、維持精神平衡的法寶。因此，他們無論官運亨通或仕途坎坷，大都能以從容平靜的心態坦然以對。這也導致唐代文學中大量存在的「士不遇」主題到宋代大爲淡化。〔註 249〕但以往的陸游研究，往往傾向於強調陸詩中「英雄失路」的沉鬱悲壯，而忽略了陸游思想結構中淵源自北宋三教合一的文化心理的另一面。這種思路與成見，導致許多研究者或並未正視陸詩閒適之作的價值，或僅視之爲詩人悲憤之情的曲折表現。其實，如果接受陸游既遵奉儒家思想也受道、禪深刻影響的事實，並以之爲理解陸游田園詩的參照，應該就能承認陸詩中悅樂之情在某種程度上的「純粹性」，從而更妥切地把握陸詩的意蘊。

　　在掌握了陸詩特徵的思想淵源之後，也必須認識到，雖然陸游的思想觀念影響了其詩內涵可能具備的品質與境界，但思想觀念畢竟仍需經過詩人的藝術見解與審美創造機制的中介，才可能眞正化爲具體的詩歌內容。因此，接下來我們將探索對陸詩的形成有較全面影響的詩學見解。

　　　興之路：思想文化視域中的宋南渡詩壇》（上海：上海古籍出版社，2011），頁 350～355。
〔註 249〕關於宋代士人三教合一的文化心理對宋代「士不遇」主題的影響，詳參張玉璞前揭書，頁 115～125。

第五節　藝術見解

作家的思想、情感雖然是作品的內在依託，但由於詩歌創作是自覺的藝術創造，因此詩人的思想情感仍須經過他的藝術見解的篩汰與鎔鑄，方才能化爲詩歌的內容。所謂藝術見解，即作家對藝術的本質、功用等的認識，它制約著作家創作、表現的方向，因此主要在題材選擇、內容旨趣的層面發生影響。〔註250〕

對於陸游的藝術見解，以往研究者往往更強調與其「愛國詩」有更緊密關聯的部份或面向，例如標榜文章需表現至大至剛的公道人心，與作者剛強正氣的「必有其實，乃有其文」和「以氣爲主，養文根柢」；高揚卓犖不平的忠義之氣的「悲憤積中，不平則鳴」等等。〔註251〕

相較之下，對描寫閒適生活的大量作品影響更直接的藝術思想往往被忽視。但這正是我們準確理解此類詩歌的重要基礎。若對之缺乏了解與重視，我們就難以眞正觸及陸游創作活動的實質。此外，陸游並無呼應兩類詩歌而發表不同見解，或以兩類不同見解爲指導而創作壁壘分明的兩類詩歌的明確意圖。所以部份看似與「愛國詩」關係較密切的詩學思想（如「娛悲紓憂」），其中是否包含與閒適之類詩作相通的內涵，也是值得進一步思索的問題。

藝術見解既然是形成陸詩型態與特色重要的基礎，因此研究陸游實際上頗爲強調但尚未爲今人充分注意的相關觀念，對於了解其詩自有重要的意義。以下，我們將針對陸游的「以詩爲娛」與「詩材隨處足」等創作思想進行探討，以爲深入論述其詩作鋪墊。

從陸游在詩中的自白可知，將欣賞生活時的審美愉悅化爲詩篇，是他閒居之暇怡情遣興的重要方式。他曾云：「文章不傳世，自適亦

〔註250〕關於「藝術見解」的說明，曾參考李軍：〈論作家精神個性對語言風格的影響〉，氏著：《語用修辭探索》（廣州：廣東教育出版社，2005），頁192～193。

〔註251〕詳參顧易生、蔣凡、劉明今著：《宋金元文學批評史》（上海：上海古籍出版社，1996），上冊，頁263～270。

有餘」〔註252〕，而更具體地說，此類「文章」抒發的即是生活中的審美愉悅。他或是有意將鄉居之欣悅情事傳寫下來，如：「莫笑題詩還滿紙，小園幽事要君知」〔註253〕、「小詩戲述幽居事，後有高人識此心」〔註254〕；或是明確地將「賞景」與「作詩」連繫起來，以「成詩」爲一段審美經驗的結尾或高峰，如：「欲歸且復留，造物成吾詩」〔註255〕、「賦罷新詩自高詠，滿汀鷗鷺欲忘形」〔註256〕、「剩倩東風吹柳絮，放翁詩到此時成」〔註257〕、「一首清詩記今夕，細雲新月耿黃昏」〔註258〕；或是將景象譜入詩中以酬答韶光美景的饋贈，如：「風光未忍輕拋擲，聊付詩囊與酒巵」〔註259〕、「已返山林遺世事，尚憑詩酒答年光」〔註260〕、「作意賦新詩，佳夕不可孤」〔註261〕。

他還屢次表示，這種創作活動本身令人感到愉快，如：「題詩本是閑中趣」〔註262〕、「今夜明月卻如霜，竹影橫窗更清絕。造物有意娛詩人，供與詩材次第新」〔註263〕、「霜露沾衣迫歲徂，天公欲爲老人娛。斷雲新月供詩句，蒼檜丹楓列畫圖」〔註264〕、「淡靄輕颺入夏初，一窗新綠鳥相呼。出門易倦常歸臥，著句難工但自娛」〔註265〕。由以上的詩人自述可知，將即目所見的美好事物化爲精美作品是他閒居的一大樂趣，他的確有在詩中抒寫生活愉悅的自覺。

〔註252〕 〈書幸〉二首之一，卷41，頁2609。
〔註253〕 〈山園〉，卷28，頁1940。
〔註254〕 〈幽居述事〉之一，卷55，頁3245。
〔註255〕 〈春曉東郊送客〉，卷18，頁1444。
〔註256〕 〈樊江〉，卷22，頁1648。
〔註257〕 〈出遊〉四首之四，卷66，頁3715。
〔註258〕 〈西村〉，卷46，頁2812。
〔註259〕 〈初春幽居〉二首之二，卷70，頁3888。
〔註260〕 〈冬日排悶〉二首之一，卷79，頁4299。
〔註261〕 〈秋夜感遇十首以孤村一犬吠殘月幾人行爲韻〉，卷58，頁3372。
〔註262〕 〈村居閑甚戲作〉二首之二，卷69，頁3851。
〔註263〕 〈冬夜吟〉，卷15，頁1218。
〔註264〕 〈舍北獨步〉，卷59，頁3435。
〔註265〕 〈初夏〉，卷39，頁2486。

陸游的這種感受是有創作心理學方面的依據的。由於在創作過程中，作家充分運用自己各方面的藝術才能使作品臻於完美，創作因而成爲其藝術才能的對象化過程。作家也因此得以通過作品觀照、欣賞自己的藝術才能、本質力量，由此而產生精神的愉悅滿足。這種樂趣正是作家創作的動力之一。〔註 266〕

挖掘生活中的愉悅將之化爲詩篇，也是陸游排遣憂愁煩悶的重要途徑。陸游論及詩時常用「娛悲舒憂」或「娛憂紓憤」一語，意指作詩是傾瀉悲慨的手段，從而具有抒發鬱悶的功能。〔註 267〕但從他在詩中的自白可知，他其實也認爲詩歌舒散憂愁的途徑不止「宣洩憂愁」一途。尤其是他在六十五歲退居山陰後，經常強調不再以詩「鳴不平」，甚至否定以詩宣洩怨憤的行爲。〔註 268〕陸游認爲，將生命中美

〔註 266〕詳參吳建民：〈「發憤」與「自娛」：古代作家創作的基本動力形式〉，《曲靖師範學院學報》，22 卷 5 期，2003 年 9 月，頁 45。

〔註 267〕如〈跋吳夢予詩編〉（卷 27，頁 244）；〈上辛給事書〉（卷 13，頁 122）；〈陳長翁文集序〉（卷 15，頁 146）。又，關於陸游「娛憂舒悲」創作主張的研究，詳參姚大勇：〈娛悲舒憂：陸游文學思想之核心〉，《新疆大學學報．社會科學版》，29 卷 1 期，2001 年 3 月，頁 107～112、楊理論：《中興四大家詩學研究》（北京：中華書局，2012），頁 162～163 等。

〔註 268〕例如：「衰鬢星星換舊青，世間萬事但堪驚。晨炊欲熟客未覺，夜漏漸殘人尚行。花發且爲無事飲，詩成非復不平鳴。京華朋舊凋零盡，忽見緘題似隔生。」（〈發篋得故人書有感〉，卷 21，頁 1624）「初聽高枝鵯鵊鳴，旋聞深井轆轤聲。煙籠小閣猶疑雨，日射東窗頓作晴。古洗注湯供頮濯，春畦摘菜助炰烹。老人頹惰雖堪笑，終勝胸中懷不平。」（〈晨起〉，卷 66，頁 3714）「東軒嫩日上疏櫺，吹盡浮雲作意晴。林暖牆頭雙鵲語，水清池面小魚行。畦添藥品誰能別？架引藤陰忽已成。倚杖怡然便終日，老夫那復不平鳴。」（〈新辟小園〉六首之五，卷 29，頁 1998）「推枕悠然起，吾詩忽欲成。雖云無義語，猶異不平鳴。有得忌輕出，微瑕須細評。平生五字句，垂老媿長城。」（〈晨起偶得五字戲題稿後〉，卷 54，頁 3204）他還認爲，人若能知道、明理，自然能胸懷超然、心平氣和，「詩成非復不平鳴」。例如〈南堂默坐〉（卷 30，頁 2024）云：「日日樹頭鵯鵊鳴，夜夜谿邊姑惡聲；堂中老子獨無語，寂然似可終吾生。大鵬一舉九萬程，下視海內徒營營。秋蟲春鳥非我類，何至伴渠鳴不

好的一面挖掘出來，化為語言的藝術，同樣能排遣日常難免的煩悶、或心頭生起的疲倦落寞之感，甚至是功業無成的憂愁。例如〈湖塘晚眺〉二首之一先抒發了撫今追昔的「孤憤」，〔註269〕之二則專注於景物描寫：

> 病起閑無事，時來古渡頭。煙中賣魚市，月下采蓮舟。帆鼓娥江晚，菱歌姥廟秋。長吟無傑句，聊以散吾愁。（卷46，頁2835）

此詩在陸詩中算不得上乘之作，陸游自己也承認詩中「無傑句」，但其中同時透露他的一種態度：徜徉於風景之中，並將一時興會譜入詩中，將即目所見的審美對象化為具體的詩句，能夠達到「散愁」的效果。又如〈閑吟〉云：

> 閑吟可是治愁藥，一展吳牋萬事忘。不惜暮年酬倡絕，猶能作意答秋光。（卷64，頁3641）

此詩明言「閑吟」足以「治愁」，但並未指明「愁」的具體內涵。但作此詩前不久陸游又有詩抒發「憶昔遨遊蜀漢間，駸駸五十尚朱顏。……舊事已無人共說，征途猶與夢相關」〔註270〕、「百歲光陰半歸酒，一生事業略存詩」〔註271〕等孤寂感慨，可推知此愁大概亦不出虛度歲月、北伐恢復之壯志難酬等內容。此詩顯示，陸游「治愁」之途徑不是將「愁」直接宣洩出來，而是將注意力轉至眼前的美麗秋光，與之相互應答，亦即將秋景引發的美感譜入「閑吟」。

又如〈雨中作〉三首之一、之三表達了「泥深散酒市，風惡惱燈天」、「病為陰天劇，春緣閏歲遲」的無奈，但之二則云：

平！」〈自詒〉（卷70，頁3887）云：「一廛東近會稽城，鑿破煙蕪偲偲耕。上藥養神非近效，善言銘座要躬行。論書尚欲心先正，學道寧容氣不平？天付吾儕元自足，滿園春薺又堪烹。」
〔註269〕 其詩云：「綠樹暗村墟，青山繞草廬。奉祠神禹舊，馳道暴秦餘。浦色沉煙網，蛙聲入雨鉏。清秋又如許，幽憤若為攄？」（卷46，頁2835）
〔註270〕 〈蜀漢〉，卷64，頁3767。
〔註271〕 〈衰疾〉，卷64，頁3634。

　　淅淅連江雨，愔愔一室幽。茶甘留齒頰，香潤上衣裘。泥
　　滓將雛鴨，林樊喚婦鳩。短章雖漫興，聊足散吾愁。（卷35，
　　頁2303）

從此例亦可知，挖掘事物感性形式中蘊含的意蘊與美感，並藉由詩歌
創作將此種生命體驗藝術化、對象化，以美的形式保存下來，同樣是
陸游開解愁悶憂煩的重要途徑。陸游八十四歲時更明確指出，傳達「安
時處順、超然事外」之情的「沖澹簡遠」之詩，其實並不遜色於傾瀉
悲憤、慷慨高歌的「感激悲傷」之詩。〔註272〕

　　其實，田園詩之祖陶淵明就曾數度言及「為文自娛」。葛曉音也
指出，「在大自然中追求逍遙自在、任情適意、快然自足的樂趣，這
就是中國山水田園詩的基本精神所在。」〔註273〕以往大多數田園詩
的作者，不論是否有如陶淵明、陸游這樣明確的自覺，應多少都有此
種將遊賞田園時的美感愉悅寫下來以自娛自適的意識。陸游真正的特
殊之處在於，他不僅有意以詩為娛，而且他的詩材與感興是頻繁出
現、包羅萬象的。他屢次強調，「詩情隨處有」〔註274〕、「詩材隨處
足」〔註275〕、「詩思出門何處無」〔註276〕；並且經常體會到「詩成
興不盡」〔註277〕、「詩憑寫興忘工拙」〔註278〕、「詩材故不乏，處處
起衰慵」〔註279〕、「篋中詩思來無盡，十手傳抄畏不供」〔註280〕的
創作快感。

　　總而言之，在「以詩為娛」的明確自覺和「詩材隨處足」的創作
態度影響下，陸游田園詩不僅以樂境為主，愉悅之情表現得更是明

〔註272〕　〈曾裘父詩集序〉，卷15，頁144。
〔註273〕　氏著：《山水田園詩派研究》（瀋陽：遼寧大學出版社，1997），頁
　　　　　31。
〔註274〕　〈野步〉三首之二，卷81，頁4367。
〔註275〕　〈露坐〉，卷58，頁3358。
〔註276〕　〈病中絕句〉六首之一，卷13，頁1087。
〔註277〕　〈晨過天慶〉，卷18，頁1422。
〔註278〕　〈初晴〉，卷77，頁4185。
〔註279〕　〈龜堂雨後作〉，卷50，頁3001。
〔註280〕　〈晚眺〉，卷25，卷1802。

朗、突出。而且，其中之「樂」來源多樣，舉凡田園風光、農村民情、個人生活等領域中的細節，都能成爲詩人審美玩味與詩化的對象，從而型塑出陸游田園詩的整體特徵──前所未見的開闊豐富的詩境。

當然，即便是「以詩爲娛」或「詩材隨處足」，也並不意味如此創作出來的詩就都是遊戲之作。由於詩人胸襟、學養的超凡，即便詩歌的內容偏向愉悅和樂，其氣象格局也可能甚爲可觀。上一小節的分析已初步指出，陸詩之樂境包括了儒、釋、道三家的思想，意蘊豐厚，遠非一般流連光景之作可比。但可以肯定的是，出於自娛目的的作品不會有太尖銳的諷刺批判、太沉痛的大聲疾呼，或是對社會弊病的嚴重關注。陸游田園詩較少取徑中唐田園詩揭發農民疾苦的路線，與他「以詩爲娛」的創作目的應該也有一定的關聯。

經由以上的探討，我們應該可以確定陸游包括田園詩在內的「流連光景」之作，多數不是「感激悲憤、忠君愛國之誠」的曲折反映。在研究了陸詩生成脈絡的各個層面之後，不難發現：此類詩（如其字面所顯示的）以愉樂安閒之情，或對困境的昇華與超越爲基調，既是可能的，更是合理的。因爲陸游的思想結構與藝術見解中，本有與建功立業或抒發忠義之氣相對的、傾向於自由與超越的一端。在長年宦途不順的際遇裡，其心態更非一味的憤激與沉鬱，而展現樂觀、頑強或藉其他途徑充實自我人生的努力。其田園詩作爲此種創作背景的產物，呈現出怡悅爲主、淡化抑鬱的情調，也就是很自然的事了。

既然陸游田園詩主要並非旨在變相地表達他壯懷激烈或悲憤蒼涼的愛國熱情，也並不總是在隱微地傳達壯志難酬的悵惘與失落，那麼它們自然也不宜被視爲「愛國詩」的派生物或附屬品。其內容與特點所在，理應得到更仔細的研究與深入的挖掘。當然，關於陸詩內涵旨趣與詩藝技巧的具體情況與特徵所在，無法從背景探討得知。從下一章起，我們將緊扣文本本身，並結合田園詩的發展線索，展開詳細的分析。